超界

③ 永劫之境

BEYOND THE BOUNDARIES OF TIME AND SPACE

赫尔墨斯 著

北京联合出版公司
Beijing United Publishing Co.,Ltd.

图书在版编目（CIP）数据

超界. 3，永劫之境 / 赫尔墨斯著. -- 北京 ： 北京
联合出版公司，2018.3
ISBN 978-7-5596-1274-8

Ⅰ．①超… Ⅱ．①赫… Ⅲ．①科学幻想小说－中国－
当代 Ⅳ．①I247.5

中国版本图书馆CIP数据核字(2017)第285362号

超界．3，永劫之境

作　　者：赫尔墨斯
出版统筹：新华先锋
出版策划：王　铭
责任编辑：孙志文
特约监制：黎　靖
策划编辑：黎　靖　李　娜
ＩＰ运营：覃诗斯
封面设计：王　鑫
版式设计：刘　宽
营销统筹：章艳芬

北京联合出版公司出版
（北京市西城区德外大街83号楼9层　100088）
三河市祥达印刷包装有限公司印刷　新华书店经销
字数163千字　787毫米×1092毫米　1/16　16印张
2018年3月第1版　2018年3月第1次印刷
ISBN 978-7-5596-1274-8
定价：39.80元

目　录

CHAPTER
01

黑 天

    在浩瀚的太平洋上，有一座偏僻的小岛，这座小岛从来没有被人类踏足过，因此这岛也没有名字，其实也用不着起名字，因为这座小岛将会和其他的许多小岛一样消失。

    某日黄昏时分，西天云霞错落铺开，并试图延伸至东方苍穹。仰望周天，由西向东，颜色由火红到浅黄渐变，过中线则转为浅蓝，至东极呈深蓝，地平线处显出紫色。各色海鸟在天空中翱翔着，远处的海面上时而能看见一头鲸鱼翻身而出，射出一道水柱，而后又没入海里。

    就在这时，在那头鲸鱼刚刚喷过水的上空，水雾还尚未完全消散，可以隐约看见有一个东西正朝着这座小岛飘来。那个东西恍恍惚惚，即使天光依旧明亮，也无法判断它究竟是何物，只能看出那是一团黑色的东西。直到那个东西离这座小岛越来越近，才渐渐显出形态。

    那竟然是一个人，他凌空飘浮在海面之上。他的身体看起来非常轻柔，恍如古籍《庄子》中所载"列子御风而行"，只是没有透着仙气，反而因为这人穿着一身黑衣，让人觉得有些诡异恐怖。

    当这个人飞到了这座岛上，轻轻地落在地面上时，才让人看清了他的长相。

他看起来还算年轻，穿着一身黑色的大衣，头发梳得颇为整齐，而他不是别人，正是江天佐。他走在这座荒凉的小岛上，看着岸边的矮草和一棵棵椰子树，不知为何叹了口气，就好像这些草木随时都会凋零一般。

"规律看起来只是表象，错乱才是本质，不过在错乱的深处，还有更深层的规律，只是一般人很难理解罢了。"江天佐像是在自言自语，海风一阵阵吹来，将他的头发和大衣吹得东飘西荡，他抬头看了看天空，暮色垂临，西天的云霞此刻虽然依旧绚烂，但比起刚才还是要黯淡了一些，很快将被夜幕吞噬，"这件事原本与你们无关，我可以另派他人，但你们非要参与，我也是没办法。"

天空开始发紫，海风依旧。

"棋局已经摆好了，不过我们暂时没必要轻举妄动。"江天佐说道，这时，他走到了小岛的中央，那里有一片空地，他站在空地的正中间，向四周望了望，"这里倒是不错，面积不大，位置也比较偏，对你们来说应该是很好摆弄的。"

"你们的想法也对，先做好防御工事，未雨绸缪。不过，我们最重要的还是要像叶孤城的'天外飞仙'那样，让他们都始料不及。"江天佐又继续说道，他用脚磨了磨地面，蹲下身，捡起了一颗石子，好像在观察这里的矿物究竟是以石英石为主还是方解石为主，但又不像在观察矿物，因为他一直在东看西看，不知道究竟在看些什么。

"我是学过象棋的，我最喜欢的一个棋局叫'蚯蚓降龙'，目前从表面上看，我们很可能会成为蚯蚓，但即便如此，还是有取胜的机会的。"江天佐说道，"不过相比之下，还是围棋更有意思，规则虽然很简单，但变化无穷，应该说围棋是最接近'道'的一种游戏，你们会吗？"

"真是可惜，我倒是觉得如果像冯·诺依曼这样的人来学围棋，一定会很有趣。"江天佐说道，"不过，我们眼前的棋局却是神的棋局，这个棋盘可以无限地大，但规则却只有一条。这条规则的基础是生存，而原动力则是强大的意志，我这么说可不是在强调叔本华或是尼采，而是我们的强力意志。当然，从技术上来说，唯一的法则就是数。我当然也不是在强调毕达哥拉斯，而是我们的数。"

江天佐此刻又站起身来，到处看了看，这会儿天已经完全黑了。

"要不是怕惊动那些末人，我可不愿意一个人在海上飞来飞去，这海风吹得我头疼。"江天佐说着，揉了揉太阳穴，又说道，"这是第74站了，你们定好了吗？定好了的话，我就得去下一站了。"

江天佐找到一块岩石坐了下来，夜幕之下，星月当空，他抬起头望着璀璨的星空，心里感到前所未有的平静，他知道眼下的宁静持续不了多长时间了。今晚的月亮并非是银白色的，而是有些发红，这就是并不常见的血月，是一种光线透过大气层在人眼中所产生的变化。不过他更愿意将之视为神话中的"火月"，无论它在哪部神话中象征着哪些不同的内涵，此刻对于江天佐来说，它只是奇幻世界的一个窗口，望着它能暂时忘掉现实。

"好吧，那就这么定了。"江天佐不知为何，有些无奈地说了一句，接着，他脱下衣服，在夜色之中，黑色的衣服显得更加模糊。

朦朦胧胧中，有一些人从黑暗中走了出来，一共有七个人，并且空地上还凭空多出了一些非常古怪的器械，不知究竟为何物。不过，这些人和这些古怪东西的出现，应该都与江天佐有关，似乎就是他带来的，他就仿佛是印度神话里的黑天，可以将整个宇宙含在口中。

"一切就交给你们了，我还得去别的岛屿。"江天佐说道。

夜幕之下，有一个人说道："你放心吧！"

江天佐说道："你这犹太人，中文说得倒是不错！"

那个在夜幕之下看不清面貌的犹太人笑了起来，说道："你不是也学会了希伯来文吗？"

"古老的文字，希望到时候我还活着。好了，别的我就不说了，这是第74号站点，到时候我会把方位图发送给你们。我们建造的网是真正的天罗地网，每一个站点都至关重要，你们得把地球的每一个角落都给网罗起来。"江天佐说道。

"哼！你刚才不是还说我们没必要参与进来吗？"犹太人问道。

"其实刚才我并不是在开玩笑。"江天佐说道，"虽然说多一重防御总归是好的，但其实我倒是更愿意你们和我在一起，而不是留在这里。"

"就怕这两重防御也不够。"犹太人说道。

"放心，足够了，如果这盘棋我们下得漂亮，或许都用不上这两重防御。"江天佐说道。

犹太人冷笑了一声。

江天佐说道："不过这里会成为一个特殊的站点，那个东西我也带来给你们了，一旦发生意外，你们就可以使用。"

"尽管放心，你快走吧，还有很多地方需要布置。"犹太人说道。

江天佐点点头，穿好衣服，冒着海风，一瞬间又飞到了高空之中，转眼便消失在了夜幕下的大海之上。

当江天佐飞离这座岛屿后，那个犹太人和剩下的六个人开始在黑暗的夜幕下，摆弄带来的仪器。岛屿上的夜幕比起海上的夜幕更为黑暗，就好像他们给自己的上空增添了好几层乌云一般。渐渐地，从高空俯瞰下去，这座岛的轮廓变得越来越模糊，与周围的黑暗所形成的边界也越来越分不清楚，接着，这座岛所属的范围开始闪现出一些光点，转瞬即逝，仔细望去，原来是波动的海水所反射的月光与星光，而那座岛却凭空不见了！

CHAPTER
02

幸存者

满眼的破败与萧条，街道上一个人都没有，偶尔从某棵树上传来的乌鸦叫声，让人不禁感到这里更像是一片坟地，而不是城市。街边上那些原本门庭若市的大商场，此时门前也堆满了落叶，无人打扫。再往前走，甚至能看见一些残垣断壁，倒塌的墙壁，磨损的墙皮，以及路上堆得杂乱无章的石头和砖头，风一过必定会扬起一阵灰尘。

但如果有人说这里被人类遗弃了，没有人类居住，那他就错了，因为在某些地方，你能看见人的痕迹，而且这些痕迹很新，并不是很早以前留下的。甚至当你走到某些角落的时候，仔细聆听，能听见人的说话声和呼吸声，可是你却看不见他们，除非你用一种扫荡的方式，或者是他们愿意主动出来见你。但在一般情况下，如果他们察觉到有外来的人，他们就会不知不觉地隐蔽起来，让人无处寻找。

也就是说，这个像墓地一样的城市里是一定有人的。而且人是属于不会冬眠或是夏眠的哺乳动物，更不可能像肺鱼一样，在泥土里挖个洞，然后休眠大半年的时间，连水都不需要。人是一定需要活动的，所以当你静下心来观察，就能看见在某个窗帘的后面，或是某块玻璃的后面，抑或某家餐厅的厨房里总是有一些人在鬼鬼祟祟地拿一些东西，并以此为生。

从这个角度来说，这里更像是一片丛林，每个人离开自己的安居之处时都是格外小心，似是生怕有猎手埋伏，对他们来说，天上的鸟儿都似食人的巨鹰一样，让人胆战心惊。

一日，在一条狭窄的街道上，有一只猫正趴在树梢上，它并没有睡觉，只是懒洋洋地看着下面。这时，这只猫的头动了一下，眼睛很明显地在盯着下方的一个物体。这是一个人，一个穿着一身灰色旧T恤的男孩儿，他非常警觉地朝四处望了望，确定没有人，就一下钻进了路边的一家蛋糕店中。

他从口袋里拿出了一个大布袋，这个布袋看起来脏兮兮的，但他也顾不了那么多了，迅速打开柜台之后，把里面的那些面包、蛋糕，还有各种甜品、巧克力之类的东西，统统塞进了大布袋里，很快，这个布袋就被他装满了。接着，他就打算离开这家蛋糕店了，可就在这时，有个三十多岁的女人突然走了出来，男孩儿吓了一跳。

"怎么样？"女人问道。

男孩儿点点头，指了指背在身后的大布袋。

"你还是太大意了。"女人说道。

男孩儿的脸色一瞬间变得无比惊恐，瞪大了眼睛看着面前的女人，女人从口袋里拿出一把手枪，枪口上装有消音器，她抬起枪，男孩儿吓得差一点儿跌坐在地，只听见女人开了一枪，男孩儿的身子也跟着猛烈地颤动了一下。

就在男孩儿的身后，那棵大树上的那只猫被打落在地。男孩儿回过头，看着那只猫的尸体，吓得脸色发白。

"走吧，我希望下次你不要再有这样的失误了。"女人说道。

男孩儿惊魂未定地点了点头，跟着女人很快就离开了这里。女人带着男孩儿从一些非常偏僻的小巷子里穿过，很快就来到了一条地下通道，他们连续下了三层，来到了那里的地铁口后，女人带着男孩儿跳进了轨道，他们沿着已经断电的轨道又走了一段距离，终于在一个非常幽暗的地方停住了脚步。在右侧的一片墙壁上，他们打开了一扇只有半人高且十分隐蔽的小门，女人带着男孩儿伏着身子走了进去，而后关上了门。

将门关死后，女人从口袋里拿出了一个手电筒，两个人沿着螺旋形的走道一直蜿蜒往下。在手电筒的光束照射下，这条螺旋向下的走道看起来十分幽闭狭窄，好在他们只走了两三分钟的路程，就看见一扇大铁门。女人敲了敲门，门上出现一个细长的口子，里面是一双眼睛，这双眼睛看见女人和男孩儿后，大约过了几秒钟才打开门，让他们进去。

那双眼睛的主人是一个身材高大的男人，他穿着一件背心，露出一身结实的肌肉。他的眉毛很浓，眼睛就像虎狼的眼睛一般锐利凶煞，他粗声粗气地问道："怎么样？"

"差一点儿就被发现了。"女人说道。

男孩儿有些愧疚地低下头，男人看了看他，瞪大眼睛问道："怎么回事？"

"一只猫，不过你放心，它已经死了。"女人说道。

男人有些心不在焉地点了点头，说道："反正没事就好。"

里面是一群人，他们有男有女，有老有少，但多数以青壮年为主，他们看起来就像是从矿洞里出来的工人，每个人浑身上下都是脏兮兮的。这一片地下空间，就像是某个原始部落聚集的山洞一样，而聚集在这个地洞里的人，看起来都死气沉沉的。此时，这个男孩儿正在把一袋子的食物发给每个人，每个人只能拿到一小块糕点，但这已经很好了。

这里大约有不到一百人，整个地洞呈半球状，直径约有六七十米。在人群中摆放着一些乱七八糟的东西，例如破烂不堪的桌椅板凳，以及一些破旧的架子之类的东西，架子上和桌子上杂乱地堆放着一些日用品。这里的人有的坐在椅子上，更多的人则坐在地上。

在混乱的人群中，有个年轻的母亲正陪着自己的小女儿坐在墙角处，一同看着一本名叫《威利的世界》的书，她们仿佛与周围乱哄哄、脏兮兮的人群隔绝开来，就如陶渊明所说的"心远地自偏"。

"你看，爸爸这会儿应该是在这里，在因纽特人的世界，他很快就能回来了。"母亲说道。

女儿问道："他在哪儿？"

母亲说道："你能找到威利在哪儿吗？爸爸和威利一样。"

女儿将小脑袋凑近书，仔细看着书上五彩斑斓的画面，找了好一会儿，终于在一个北极熊的脑袋后面找到了躲藏在那里的威利，她高兴地笑了起来，说道："我终于找到爸爸了！"

母亲既欣慰又难过地看着女儿。这时，刚才那个健壮的男人走了过来，看了看小女孩儿，又看了看这个母亲，低声问道："你确定他们会来吗？"

母亲抬起头，目光坚定地看着这个男人，说道："他会的。"

男人没有说话，他从口袋里拿出一把手枪，递给了这个母亲，母亲见了，皱起眉头，想要拒绝。

"没得商量，你必须拿着，为了你女儿，也为了那个早晚会来找你的丈夫。"男子说道。

女人犹豫了几秒钟，还是接下了这把手枪。她的女儿看着这把枪，虽然脸上没有表情，但还是从眼中闪出了一丝厌恶，女人把枪收了起来。

"外面真的有这么危险吗？"女人问道。

男子点了点头，说道："如果今天那个男孩儿被那只猫跟踪，或许我们这里就会遭殃。那些人都是魔鬼，他们会控制动物，利用那些动物来监视我们。"

"那天上的鸟呢？我们该怎么对付？"女人问道。

"没办法，只能尽量隐蔽，所以我们即便是出去，也尽量不要走大路。"男子说道，"现在有越来越多的人中邪，他们会猎杀我们这些没有中邪的人，就好像红火蚁一样，拦都拦不住。我们只能躲在这里，先保住自己再说。你不是说过吗？你那个丈夫正在想办法解决这个问题，他告诉过你。"

女人苦笑了一声，说道："其实我们之前也中了邪，因为我丈夫，我们才被解救了出来。"

"不管怎么样，你们被解救出来了，而且没有遭到那些中邪的人的追杀。"男子说道。

女人没有说话。

突然，从洞外传来一阵混乱的声音，不知道是什么东西发出来的。有个青年慌慌张张地跑到人群中，大声地对所有人说道："有人上轨道了！"

那个壮汉听了，大步走上前去，粗声问道："你能确定那些是什么人吗？"

青年有些慌张地摇了摇头。壮汉毫不犹豫地从旁边的一个架子上抄起一把冲锋枪，打开大门，回过头对所有人说道："你们所有人都不要动，也不要发出声音，待在这里！"

说着，他一个人走了出去，顺着那条螺旋通道蜿蜒而上。他的脚步很轻，生怕弄出太大的动静。在一片漆黑中，他依旧能清楚地看见脚下的路，而且能感知到周围的动静。很快，他走出了这条通道，来到了那道小门旁，小门那里有一道细缝，他透过细缝望向外面。他拿出了手机，在手机上敲出一条短信，上面只有一个字"开"，但此刻他还没有发，而是在等待着。

接下来，他听见不远处有脚步声传来，这些脚步声越来越密集，而且绝不只一个人。他还在耐心地等待着，直到有人已经来到了这道小门前，他透过门缝儿，看见这些人都拿着枪。这时，一道白光正照在小门上，透过缝隙射在了他的双眼上，他本能地闭上眼睛。可当他再次睁开眼睛的时候，就看见有人举起了枪，他立马转过身，躲在旁边的石墙后面，接着便听见一阵密集而刺耳的声音从他耳边呼啸而过，这道小门顷刻间被打得千疮百孔，他咬着牙，按下了那条信息。

几秒钟后，外面传来一阵阵雷暴的声音，一道道白光透过无数子弹留下的缝隙一阵阵闪射进来。在这一阵突如其来的雷暴之后，周围又陷入了一片漆黑之中，所有的光源瞬间消失。又过了几秒钟，彻底地安静下来。

男子紧握着枪，轻轻地推开门，慢慢地伸出头，来回望了一眼，地上还有零星的火星尚未熄灭，空气中弥漫着烧焦的刺鼻味道，一具具尸体杂乱地堆在铁轨上，满地狼藉。

就在他准备回去的时候，忽然看见有两个人从远处的铁轨上走来，他根本没弄清这两个人到底有没有看见自己，他也已经顾不了那么多了，抬起手就是两枪，将那两名男子击倒后便关上门，大步朝地洞走去。

一分钟后，男子回到地洞，大声说道："快离开这里！他们来了！"

话音刚落，人群里顿时引起了一阵骚乱，男子见状，大声说道："不要乱！把不必要的东西都留下，所有人都转移到火月山那里！把倒计时打开，让他们和这个地洞同归于尽！"

但人群还是掀起了一阵混乱。在人群中，有个人拿出了一部手机，手机里有个倒计时程序，他将手机放在一个角落后，就跟着人群朝着地洞的另一个角落走去。地洞最里面的一堵墙上打开了一扇宽约两米的门，所有人排着队鱼贯而入。转眼之间，这群人都纷纷进入了这条隧道中。那个男子是最后一个进入的，他将大门关上，然后触动了一个机关，在他身后，一堵约两米厚的石墙赫然落下，将隧道与那个地洞完全隔绝开来，地洞里只留下那部还在倒计时的手机以及埋藏在暗处的炸弹。

大约七分钟后，当他们感觉到身后传来一股剧烈的震动时，每个人都慌乱地加快了脚步。在他们头顶上不断有碎石和灰尘落下，他们根本不知道炸弹有没有将那些人炸死，他们眼下只顾着自己能快一点儿离开这条隧道。这支长长的队伍在这狭长的隧道里走了大约十分钟后，他们终于看见了一丝亮光，前方有一个出口。

"赵璐，你在哪儿？"在一片混乱的人群中，那个男人的声音从后方传来。

"我在这儿！前面就是出口了！"赵璐在人群中回应道。

赵璐此时正抱着陈苗苗，跟随人群，一步步地接近前方的光点。这个光点越来越明显，越来越大，终于在他们面前出现了一扇门，门上有一盏灯，光线就是由这盏灯发出的。前方有个人就着这道光线，将钢铁把手用力一扳，大门打开，刹那豁然开朗，人们一个接着一个地越过这扇大门，来到了一片开阔地带，在他们上方是一排排电灯。

男子从人群中走出，他推开周围的人，径直走到了赵璐面前，看见赵璐和陈苗苗的脸上都脏兮兮的，但并没有受伤，他松了一口气。

"你们没事吧？"他问道。

"谢谢，我们没事。"赵璐说道，"这是火月山的里面？"

男子点点头，说道："地铁那里被发现了，我们只能转移到这里，这里是时空安全局的一个分部。"

这里一片空荡，这群人就像是一群进入羊圈的羊。赵璐带着女儿陈苗苗也开始寻找自己的安身一隅。这个强壮的男人背着冲锋枪，带着她们母女俩找到了一片空地，在人群中暂时安歇了下来。整个分部空空荡荡的，所有的东西都被搬走了，就连桌椅板凳都没有。

"你们先待在这里，我们可能不会在这里做太久的停留。"男子说道，"那些人一旦发现同伴被杀，他们很快就能找到这里。"

"这里为什么什么都没有，但灯却是开着的？"赵璐问道。

男子说道："我实话告诉你，我以前就是时空安全局的人，曾被分到这个分部工作，这条地道很久以前就被挖了出来，包括我们之前居住的那个地洞，但没想到这么快就派上了用场。"

赵璐吃了一惊，问道："你是时空安全局的人？你为什么一直都没说？"

"到现在也没有人来接应我们，所以我也不想说这件事。"男子说道，"这里的灯常年都开着，供电系统自动维持。"

陈苗苗这时拉着母亲的手，轻声问道："我们什么时候能回到地上？"

赵璐看着自己的女儿，不知道该怎么回答。男子这时蹲下身来，温柔地看着陈苗苗，用笃定的语气说道："我们很快就能回家，你相信我吗？"

陈苗苗微微点了点头，问道："叔叔，你叫什么？"

"我叫王腾。"

CHAPTER
03
八千年前

在 EIPU7，拉普达飞船幽浮于印度洋之上。在会议室里，来自 EIPU1 的陈羽正与其他人一起商讨着下一步行动，而来自 EIPU7 的陈羽此刻则一个人在自己的房间里，等待着他们商量的结果。

陈哲教授说道："对于这些纳米机器人的研究，我已经有了一些新进展，这些机器人都与一个主机相连，我现在已经开始破解这其中的路径了。如果可以的话，我就能直接破坏敌人的主机，使其瘫痪。"

莉迪亚说道："陈教授，这一点我们是绝对相信你的，但我们同时还得有所行动，毕竟他们是绝不会束手就擒的。我们得抢在他们前面行动，因为从我们上次的观察来看，他们的科技文明应该是高过我们的，因此我们必须要先动手。"

"我们或许得将 EIPU7 中的所有人类都杀掉。"肖恩说道，"这样就能解除所有宇宙受到的控制。"

"不行！绝对不行！"陈哲教授第一个反对，他有些激动地站起身来，说道，"我们的目的在于拯救人类，而不是通过这种简单残暴的方式来解决问题。我们之前已经被迫杀掉了一座城市里的所有人类和其他的所有生物，不能再这么杀下去。何况即便这样做了，我们也还是没有掌握那些怪物的手段，到最后，我们还是无法对付那些怪物。"

"其实肖恩刚才说的话，思路是对的。"莉迪亚说道，"但并不是全部杀死，而是干扰。"

"我们现在面临两个问题：第一，敌人究竟是什么，是某个遥远星球上的外星人，还是在进化论的死角里产生变异的怪物？第二，他们的目的究竟是什么？"肖恩说道，"我们必须解决这两个问题，才能对付他们。"

"说到底，还是得有人去调查这些怪物。"江天佐说道，"这样，我们现在就可以制订一个大概的计划，兵分三路：第一，陈哲教授留在拉普达，研究这些纳米机器人，以及不同时空的量子网络；第二，我们得做一个大面积的部署，我们得假设那些怪物突然对我们发动进攻时，我们该如何防御；第三，派一个调查组，潜入那群怪物中，调查他们的所有相关信息。"

"那这个调查组，我想还是咱们几个。"莉迪亚说道，"我、陈羽、艾琳娜、王腾、肖恩、李耀杰、普拉萨德。对了，里夫斯（江天佐），你跟不跟我们一组？"

江天佐犹豫了几秒钟，说道："我看还是你们去比较好，我在这里可以同时观察你们几方面的动向，这样能协调你们各自不同的工作。"

莉迪亚不屑地翻了个白眼。

王腾朝椅子背上一靠，粗声粗气地问道："现在咱们这儿有两个陈羽，怎么分配？"

"让 EIPU7 的我去。"一直沉默的 EIPU1 的陈羽终于开口了。

"为什么？"王腾说道，"咱俩比较熟悉，我和那个陈羽可没有和你这么熟，虽然看起来都一样。"

艾琳娜看着 EIPU1 的陈羽的眼睛，问道："你是不是在想你的家人？"

EIPU1 的陈羽点了点头，说道："我们将 EIPU7 里的南桐城里的人几乎都杀光了，同时也就解除了那些怪物对其他宇宙中的南桐城里的人的控制，但你们有没有想过，他们现在身处险境，那些没有被解除控制的人一定会想尽办法对付他们，就像是我曾经险些被我妻子杀死一样。"

所有人听了之后一时都没有说话，EIPU1 的陈羽所说的是事实，但他们对这样的局势不好做出安排，毕竟眼下的任务太重要了。

李耀杰说道："陈羽说得很对，但现在麻烦的地方在于不止一个宇宙这样，而是所有的宇宙都这样。"

"如果有可能，我希望能回一趟 EIPU1。" EIPU1 的陈羽说道，"我做不到所谓的'兼爱天下'，我只想先救出我的妻子和女儿。"

艾琳娜望着 EIPU1 陈羽，眼神显得有些黯淡。她对这个陈羽已经产生了好感，只是现在任务在身，而且她看得出来，陈羽更多的心思还是在他的妻子和女儿身上。看见陈羽这么坚定，她多少有些难过。

肖恩说道："原本因为你受伤，所以就打算让你休息一阵子，既然这样，那就让那个陈羽去，你的事情得另作打算。"

"我想你们也有和我类似的想法，毕竟你们的家人也在各个宇宙的各个角落里。" EIPU1 的陈羽说道。

"还是别说这些了，先谈谈任务吧。" 莉迪亚说道。

李耀杰说道："我们如果要深入险地，探查那些怪物的情报，就必须用到'上帝的办公室'，毕竟那是我们人类目前最高的科技水准。若是只派个普通的飞船过去，那我们肯定有去无回了。"

江天佐看了一眼李耀杰，又看了看其他人，停顿了几秒钟，说道："可以，就这么安排吧，我留在这里。"

"普拉萨德，你怎么一直不说话？" 莉迪亚问道。

普拉萨德抬起头，抿着唇，看了一眼莉迪亚，又看了看其他人，说道："我总觉得会有一些让我们想不到的事情发生。"

莉迪亚翻了个白眼，说道："闹了半天，你就说这么一句废话？"

普拉萨德笑了笑，说道："我的确也没什么可说的，我觉得你们的安排挺好，只是有一点不太明白。"

"什么？"莉迪亚问道。

"调查组去EIPU10调查那些怪物,有必要安排这么多人吗?"普拉萨德问道。

江天佐这时说道:"普拉萨德,我知道你的疑问,但现在先这么安排,眼下很多事情还无法确定,目前只能是摸着石头过河。"

普拉萨德耸了耸肩,说道:"好吧。"

"要没什么事,我先回房间去了,你们和那个陈羽说一下。"EIPU1的陈羽说道。说完,他转身离开,艾琳娜看着他的背影,心中百感交集。

接下来,在"上帝的办公室"中,EIPU7中的陈羽、莉迪亚、普拉萨德、肖恩、李耀杰和艾琳娜一同来到了EIPU10,他们首先来到的是太平洋的上空。

"这是我们第二次来到这里了。"陈羽说道,"但我们还是不知道该怎么去调查这些怪物,我们对他们一无所知。"

莉迪亚笑了笑,说道:"这间'上帝的办公室'可以任意穿越时空的维度,回到过去对我们来说也不是什么困难的事情,那我们就一直往过去追溯,一直到这群怪物出现的时刻。"

"没错。"肖恩说道,"莉迪亚,你会操作吧?"

"当然。"莉迪亚说道,"不过唯一麻烦的是,我们也不知道他们究竟是什么时候出现的。"

"我想很可能是在史前,毕竟之前我们来看过,这里连那些最古老的人类建筑都没有,所以他们应该在人类还没有文明的时候就来了,又或者这里本来就没有人类,而这些怪物是这里的土著。"李耀杰说道。

"那就走吧,先回到八千年前去看一看。"莉迪亚说着,开始启动穿越时空的模式。一瞬间,他们就进入了一片黑暗的深渊里,这里是更高的维度,他们能看见下方的三维虚影,但稍纵即逝。

"'上帝的办公室'就这点好,穿越时空时不需要打通虫洞,而是在四维时空之外。"莉迪亚说着,将时间调到了八千年前。接着,他们就看见周围的虚影在一瞬间分崩离析，形成无数像被割裂的如沙粒一样的碎屑。

"不过八千年的时间也是够长的，我们得花多长时间才能过去？"陈羽问道。

"这个不知道，因为我们从来没有穿越过这么长的时间跨度。"莉迪亚说道，"不过一定比虫洞更快。"

陈羽看着眼前，一切都是无限割裂开来，他想起了维特根斯坦[1]所认为的，太阳的东升西落只是一种假设，逻辑在世界之外，如同康德描绘的"物自体[2]"。之前，他在陈哲教授的推荐之下，读过一本名叫《构造论》的哲学书。他知道，世界上还有更进一步的哲学体系。而在他看来，科学与哲学的关系，就好像一个人的眼睛与双脚，哲学是眼睛，它总是能最先看见最遥远的事物，而科学则是双脚，用最踏实的方法一步步计算所看见的景物。可是假如我们目视范围最远的一点为A，那么我们的哲学家就可以通过视角，率先用一种在科学之上或是科学之下的方式描绘出A的本质，这是一种纯思维的推论。接着，我们用我们的双脚一步步丈量，直到抵达A点，然后哲学的理论与科学的理论成了平行的两种理论，但偶尔也会有交集。可是当我们抵达A点的时候，哲学家的眼睛已经看到了B点，他们又开始进行一种纯思维的推论。接着，在科学领域，无论那些科学家承认与否，都会或多或少受到哲学的影响，而后也都会有意或是无意地一点点地走近B点。

他们穿越时间的方法与虫洞相比较，就好像他们现在可以把时间作为一条横线，他们在时间之上，很容易就能左右横移，而虫洞则是在横线的中心打通一个洞，一点点如同蠕虫一样从一点抵达另一点。

陈羽每次站在"上帝的办公室"中时，总是有一种自己就是上帝的错觉，即便在面对那些神秘莫测的怪物时，他也觉得不管那些怪物拥有多么高端的科技，也无法与这间"上帝的办公室"相抗衡，因为他们可以纵向穿越不同维度，

---

[1]维特根斯坦：出生于奥地利的英国天才哲学家，曾是罗素的学生，是分析哲学的代表人物之一。

[2]物自体：又称自在之物，是康德哲学中一个非常重要的概念，作为一切现象的基础，不可被认识的存在之物。

独立于四维时空之外。

"我们进入这个宇宙两次，那些怪物似乎都没有察觉，你觉得他们的科技当真有那么厉害吗？"李耀杰问道，"无非就是透明的身体、会发光的金字塔，我感觉在特斯拉的手稿里好像提到过类似的东西。"

"但是他们就用一种像虫草菌一样的东西，一下子控制了所有宇宙中的人。"艾琳娜说道，"所以，我们不能轻视这些怪物。"

"其实我们有一个办法，就是一次性将这些怪物赶尽杀绝，可以往这个地球上扔一堆氢弹，反正这里也没有人，干脆毁掉这里好了。"李耀杰说道。

"如果他们不仅仅存在于地球上呢？"陈羽回过头，反问了一句。

李耀杰撇了撇嘴。

"我们到了。"莉迪亚说完，"上帝的办公室"就出现在了八千年前的EIPU10里，他们依旧处在太平洋的上方。当他们凝视着这八千年前的海洋时，第一眼望去，并没有觉得与他们之前所看见的海洋有什么大的差别，但是赫拉克利特说过"人不可能两次经过同一条河流"，海洋也是一样。他们又抬头看了看天空，一片碧蓝，澄澈深邃。

"我们先去亚洲看看。"莉迪亚说着，就操纵着"上帝的办公室"一路向西飞到了亚洲，他们从马来群岛经过，看见的依旧是一片蛮荒，他们又从南亚次大陆一直朝着雷姆利亚大陆的方向飞去。当他们来到这座传说中的陆桥上时，尚处在高空中，莉迪亚将"上帝的办公室"调成了隐形模式，而后缓缓降落，就好像一片羽毛一样轻盈，以免被那些怪物发现。

到了让他们足以看见地上的一些建筑物的高度时，他们首先看见的不是下方的景象，下方究竟有没有那些怪物，他们尚不能确定。只见在他们周围出现了一个巨大的虚空，仿佛黑洞一般，正在以极强的吸力将他们连同"上帝的办公室"一同吸入，至于会被吸到什么地方，他们根本来不及思考，因为眨眼之间，他们就被这个巨大虚空吞噬了进去。

CHAPTER
04
罩 子

"我都不清楚为什么要和你来这儿！"王腾抱怨道。

"我也没有让你非得跟着我，但你还是来了。"陈羽说道。

两个人乘坐着飞船来到了 EIPU1，陈羽一心惦记着妻子和女儿，他操控着飞船，看着下面的太平洋，他们很快就能抵达南桐城。王腾坐在旁边，心不在焉地望着窗外。

"其实咱俩的行动对于整个计划并没有什么作用，不过咱们这个组织倒还算人道，允许了咱们这次的行动。"王腾说，"最主要的还是咱们人多，也不缺咱俩。"

陈羽哼了一声，说道："相信我，他们人再多还是会缺我们俩的。"

"你倒是挺自信的。"王腾说道，"前面是不是亚洲的范围了？"

"对，我们现在在日本的上空。"陈羽说道，"我们这个飞船多亏有隐形的功能，而且还能屏蔽那些雷达的侦察，否则途经这些国家一定会有麻烦。"

王腾说道："我记得在历史学中一直对汤因比都很有争议，不过我觉得他关于挑战与应战的说法还是有些道理的，在和平时期没有什么挑战，我们人类的科学发展也像蜗牛一样，但遇到了各种敌人后，我们现在的科学水平、发展的速度，就会像遇到猎豹的羚羊一般。最起码，现在我们穿越虫洞就像坐在一列普通的火车里穿过山洞一样。"

陈羽笑了笑，说道："没错，我们现在制造反物质、控制反物质的能力已经到了很精准的地步。我觉得汤因比的说法更类似于尼采的哲学，那种古希腊战士一样的品格。"

"反正读了尼采，其他的先不说，所谓挑战与应战之间，就不应该有任何其他的东西，什么犹豫、徘徊不定、自我怀疑、自我否定、推卸责任、逃避、自我辩解，这些东西越多，你就越难成功。遇到任何问题，唯一要做的就是想办法解决问题，我觉得尼采说的古希腊战士一样的精神，最起码应该具备这样的属性。"王腾说道。

陈羽非常赞同地点了点头。

"所以当我们两个人面对一群蚂蚁时，你觉得我们该怎么解决？"王腾问道。

"随机应变，我不认为他们能对我们造成什么伤害，一群末人而已！"陈羽说道，"我的目的很简单，就是救出我的妻子和女儿。"

王腾笑道："那我就舍命陪君子。"

两人说着话时，飞船已经进入了中国境内，他们很快就找到了南桐城。从高空俯瞰下去，他们并没有看出什么，但两个人都知道，那些醒过来的人就好像蚁群中的异类，随时随地都会遭到围攻。

"我们把飞船降到火月山上去。"王腾说道。

两个人开着飞船，很快降落在火月山的一个山坳处，周围草木繁茂，将飞船完全遮盖住了，加之他们又将飞船调成了隐形模式，想来不会被人发现。

两个人很快下了山，过了一条街后，他们就进入了市区。当他们置身市区时，对这座曾经熟悉的南桐城都感到了陌生，因为这里杳无人迹，到处都是空空荡荡的。街边的那些商厦里都空无一人，路上横七竖八地停满了各种车辆，但这些车里也都没有半个人影，十字路口处的红绿灯都已经熄灭了，整座城市就像是一座死城一样。

陈羽叹了口气，说道："和我想的差不多。"

王腾拍了拍他的肩膀，说道："你别太担心，我们去四处好好看看吧。"

两个人穿过一条条空旷寂寥的街道，偶尔能听见不知从哪儿传来的鸟叫声，陈羽带着王腾不知不觉就走到了自己的家，他们进入小区，四处张望，小区里依旧是什么人都没有。

"我能感觉到，他们并没有死，最起码还有人活着。"陈羽说道。

"我理解你的心情。"

"不，不是。"陈羽说道，"你想想看，如果他们真的都死了，尸体又在哪儿？你觉得那些蚂蚁会处理尸体吗？总不能都吃了吧？而且我的确感觉到有人的气息，有时候我们得逻辑与直觉并用。"

王腾想了想，还是有些半信半疑地点了点头，说道："你说得有点儿道理，的确不像是都死光了的样子。"

"但关键是我们不知道这里的人究竟都藏在哪儿。"陈羽说道。

两个人继续在这座空城中寻觅，偌大的一座城市，他们也不知道这么多人能藏在哪儿。就在这时，他们听见从远处传来了脚步声，而且他们断定这是人类发出的。两个人立即躲进旁边的一座居民楼里，快步上了三楼，通过楼道里的窗户看着外面。果不其然，有两个人正走在小区里，那两个人是一对年轻的男女，但陈羽和王腾一时还无法判断这两个人究竟是清醒的还是被控制住的。

只见这两个人在小区里一边走一边张望，就和他们刚才一样。陈羽有一种感觉，他觉得这两个人应该是清醒的，他们应该就是南桐城里的原住民。但他们还是不敢贸然现身，因为即便这两个人是清醒的，但他和王腾一旦露面，势必会引起那两个人的恐慌。这时，那个女人来到了他们所在的那栋楼内，而那个男的就站在楼下。陈羽和王腾两个人站在三楼的楼道里，听见脚步声越来越近。

"怎么办？"王腾小声问道。

陈羽深吸了一口气，说道："上楼，先躲起来！"

两个人轻手轻脚地一路朝着顶层走去，不时留心下面的脚步声，他们一直上到七楼，发现那个脚步声停在了差不多五楼的位置。他们悄无声息地返回六楼，透过楼梯的缝隙看见这个女人拿出一把钥匙，打开了中间的那扇门，然后进了屋。

"看来她应该是这里的居民。"王腾轻声说道。

过了大约一分钟，那个女人又从屋里走了出来，她的手里拿着一个塑料袋，里面装的是一些药品。女人下了楼。

"走！跟上！"陈羽说道。

两个人悄悄地跟在这个女人的身后，她走出这栋楼后，男子看见了她就迎了上去，问道："这些够吗？"

"应付一些常见病应该没有问题。"女人说道，"走吧，别被人发现了。"

这时，陈羽和王腾两个人走出了楼道，王腾上前一步，不管不顾便朗声说道："嘿！你们两个，等一下！"

那两个人的身体一下子就僵住了，虽然陈羽只能看见他们的背影，但能感觉到他们受到了可能是这辈子最大的惊吓。王腾是个粗人，根本没想过这些，不过无论他们怎么小心，这里的人恐怕都早已成了惊弓之鸟。

陈羽见状，立马说道："你们别害怕，我有些事情想问你们。"

这一男一女缓慢地转过身来，当看见陈羽和王腾的那一刻，他们的眼睛瞪得老大，一副无比惊恐的神色。他们不敢说话，也不敢乱动，像极了森林里被老虎盯上的野鹿。

"其他地方的人是不是对这里发动过进攻？"陈羽开门见山地问道。

男人微微点头，轻声试探地问道："你们是什么人？"

"我家也住在这里。"陈羽说道，"你们要是不信，我可以带你们去看看。"

女人刚要开口说话，男人拦住了她，上前一步，说道："那你带我们去。"

陈羽和王腾互相看了一眼，王腾觉得这两个人惊恐的表情颇为有趣，就忍不住笑出了声，他说道："那就走吧。"

陈羽带着王腾和这一对男女很快就来到了自己的住处，他从口袋里拿出家里的钥匙，转瞬便打开了房门。这时，这两个人才对陈羽和王腾稍稍放下了一些警惕心。陈羽进了屋，带着他们来到了卧室，很快就从抽屉里找出了自己的照片，两个人见了后，才完全相信他们俩。

"那你们怎么没有和我们在一起？"男人问道。

"这件事说来话长，简单来说，我们是来救你们的。"陈羽说道，"你们有多少人，都待在什么地方？能带我们去吗？"

男人和女人相互看了一眼，女人这时开口说道："好，你们跟我们来。"

陈羽离开了自己家，临离开前，他又朝卧室里看了一眼，就看见妻子赵璐和女儿陈苗苗的照片放在床头柜上，他忍住情绪，不再多想，关上门离开。这对男女带着陈羽和王腾离开了这个小区，朝着南面一直走去，绕过了路上停得乱七八糟的汽车。

"老城南。"陈羽说道，"这里看起来的确是个能藏人的地方。"

王腾说道："这些老建筑拆得都差不多了，反正现在到哪儿都一个样。"

这对男女走在前面，一声不吭，陈羽和王腾也开始不说话了，四个人安安静静地走在这座城市里。当他们来到枫湖边一座清朝遗留下来的老宅前的时候，那一对男女便停住了脚步，陈羽和王腾也停住了脚步。

"怎么了？"王腾问道。

陈羽皱起眉头，盯着前面的那一对男女，他的一只手已经伸进了口袋里，他对这两个人产生了怀疑，因为这两个人突然停住脚步的样子让他着实感到了恐惧。他也希望这两个人停下脚步只是为了看看什么东西，但他还是理性地握住了口袋里的枪柄。

那个男的说道："你们是时空安全局的人。"

陈羽和王腾听了，立即掏出了枪，然而就在王腾率先开枪的时候，只听见一声刺耳的敲击声，子弹在射出不到两米的地方忽然就被猛烈地弹了回来，从他和陈羽的中间飞过。

陈羽见状，立即向前一步，却不想他碰到了一堵无形的墙壁，将他挡住了。他仔细看了看四周，用手来回摸了一番，大致能判断出包围他们的这个无形的东西呈半球形，好似一个大穹顶将他们罩在了其中。他们甚至都不知道这个隐形的罩子是什么时候出现的，在不知不觉中，他们就被罩住了，连子弹都打不穿它。

这时，前方的那对男女才转过身来，女人笑了起来，说道："看来时空安全局的人也不过如此，这么容易就上当了。我们是故意经常出现在这里的，并不是为了找到那群躲藏起来的老鼠，而是为了钓你们这些时空安全局的特工。果然不出所料，你们真的就来了。"

陈羽和王腾两个人此刻的状态，就好像刚才那一对男女假装出来的惊恐模样，只不过他们这次是真的。这一切都不过是一场骗局，这就是兵法上经常说的"围点打援"。棋局到了这里，时空安全局几乎是一败涂地，他们也不知道还有没有机会反败为胜。

CHAPTER
05
隔 绝

　　陈羽和王腾两个人被罩在这四平方米左右的范围内，里面什么都没有，就算是动物园里的牢笼，里面还会有一些假山、花草，而他们就待在大太阳下，没有任何遮挡物。罩子外面的那个男人说道："如果你们肯说出时空安全局的总部在哪儿，你们就能活着离开。"

　　陈羽和王腾没有回应，男人继续说道："既然如此，你们就在这里待着吧，直到饿死、渴死为止。你们就像是鱼钩上的蚯蚓，我可不怕你们跑掉。"说完，这一男一女就离开了。

　　陈羽和王腾来回转了一圈，王腾试着用脚去踹，可这个无形的罩子却纹丝不动。他们也曾试着从下方掀开这个罩子，可是却找不到任何缺口，仿佛这个罩子就是长在这坚硬的水泥地上的一样。看来，他们真的出不去了。

　　"你不该跟我来这儿。"陈羽说道。

　　王腾脸色阴沉黯淡，他坐在地上，说道："说这些有什么用，我之前说了，遇到问题，唯一可以做的就是想办法解决问题。"

　　"可我们现在被困在这里，不知道怎么才能出去。"陈羽说道。

　　王腾拿出了手机，眼睛忽地一亮："快看！手机有信号！"

陈羽摇了摇头："他们是故意这么做的，就是要让我们打电话请求援助，然后他们好将我们一网打尽。"

王腾说道："但我们现在没有吃的，也没有水，这样下去我们很快就会死。"

"这就是他们非常厉害的一招，因为这个世界上没有什么人能忍受饥渴，他们认为一旦我们熬不住的时候，就会请求援兵来救我们。"陈羽说道，"不得不说，他们这一招的确太漂亮了！"

"这里的时空安全局分部的人不知道有没有被控制住。"王腾说道，"不过你说得对，即便是找到了他们的方位，联系上他们，最后的结果也是他们跟我们一样被抓起来。"

陈羽看了看四周，没有说话。

"再试试能不能打开这个罩子。"王腾说着，又开始在周围摸索起这个隐形的罩子来。虽然他们根本不知道这个罩子究竟是用什么物质制造的，但他们还是得想办法出去，就好像是动物园里的狼，虽然知道自己走不出去，但仍然会来回不停地踱步，寻找哪怕是一点点能逃离牢笼的机会。

在火月山的下方，王腾带着那一群幸存者还在努力地为生存而斗争，他们必须随时提防有敌人接近，还得让这里的人有一个基本的生存保障。

这一天，王腾一个人走出了火月山分部，想看看山下的情况。当他一个人借着茂密的树丛，一路来到山脚的时候，看见城市里空无一人，满大街的车辆停得横七竖八，但他还是不敢轻易现身。观察几分钟后，他便又回到了地洞中。赵璐和陈苗苗一起来到了王腾面前，赵璐问道："外面怎么样了？"

王腾摇了摇头，说道："看着是空无一人，但我能感觉到，那里到处都是埋伏，我们暂时只能待在这里。"

"那这里的那些科学仪器就没办法修好了吗？如果能修好的话，或许可以利用这些东西，把我们带到一个安全的地方去。"赵璐说道。

"除了一些无关紧要的电器，所有用来打通虫洞，连接量子网络的仪器都毁坏了，而且无法修复。当时他们在控制我们的时候，最先做的就是这个。"王腾说道，"说实话，现在时空安全局的大部分分部都被敌人攻陷了，我只是一个幸存下来的人而已。"

赵璐失望地低下头看着女儿，陈苗苗睁着大大的眼睛，无辜地看着自己的母亲，又时不时地望着王腾。

王腾说道："之前我把电通到了轨道上，电死了一批敌人，所以即便是在火月山，这里也很快会被发现，你们得准备一下，今天夜里咱们就得动身，我知道还有一个地方，那里暂时不会被发现。"

这一群人就在分部的大厅里待着，他们食物匮乏，只能省着吃。对于这些人来说，现在连阳光都是奢侈的，他们已经很久没有见过天日了。但是他们却不知道，他们之所以还活着，是因为敌人正在拿他们做诱饵。

午夜时分，王腾带着这一群人，打算离开火月山。在大厅内，王腾让所有人都站在了一起，前方就留下了一大片空地。在王腾身后的那面墙上，有一个非常不起眼儿的挂钩，看似是挂衣服用的。只见王腾用食指钩了一下这个挂钩，地面就出现了一阵颤动，前方的那块空地被分割成两块，朝两边打开，一条螺旋形的阶梯直通而下。

"不到万不得已，我不会带你们去那个地方。"王腾的语气里充满无奈，看来他已经没有办法了。

"这里通向哪儿？"一个人问道。

"最后的避难所。"王腾说道，"你们带上必要的东西，跟我走吧。"

虽然还有人不明白，还在大声地向王腾提问，但王腾并没有回答，他顺着这条阶梯，走了下去。那些人根本就找不到其他的避难之所，只能跟着王腾一路往下。这条螺旋状的阶梯一直通到地下大约三十米深的地方，周围一片漆黑，只能靠着手电才勉强看清前路。这里的空气凝重潮湿，他们甚至感觉到空气里都飘浮着水滴，时不时就会黏在他们的身上。

到了下面后，王腾走在最前面，带着他们一路朝南走去。所有的人都觉得这里的空气潮湿闷热，难以忍受。陈苗苗不停地擦着脑门儿上的汗，赵璐很是心疼，但却一点儿办法也没有，只能帮着女儿擦汗，她自己的额头上也在不断地冒汗。

"这里通向的是枫湖底吗？"人群中一个声音突然响起。

王腾叹了口气，说道："是的，如果敌人还是发现了我们，我们就只能和他们同归于尽了。"

人群中掀起了一阵恐慌，但他们已经没有退路了，虽然每个人都开始犹豫起来，脚步变得踟蹰不前，但最终还是跟着王腾一路往南，来到了枫湖底。

这是时空安全局在火月山分部的最后一个避难所，湖底有一个巨大的牟合方盖状大厅，面积大约有三个足球场那么大。大厅里什么都没有，比起之前火月山下的那个大厅更为空荡。他们必须在这里继续躲下去，不是等着有人来救他们，就是等着与敌人同归于尽。

"这里有一扇小门，食物不够的时候，可以派人从这扇小门出去，找点儿吃的回来。"王腾指了指拐角处的一个地方，那里有一扇白色的小门，但即便如此，一旦有敌人进入，他们也很难全部逃出去。

陈羽和王腾两个人此刻正躺在地上，他们依旧被罩在这个隐形的罩子里，他们在这里已经待了一天了，饥饿倒还能忍受，但口渴已经让他们的身体感到很不舒服。白天，大太阳就在上方照着，直到晚上，他们才觉得凉快了一些。这也是让他们很震惊的一件事，因为他们并没有窒息，相反，微风拂过时，他们能感觉得到。这样看来，这个罩子除了没有隔绝信号，也并没有隔绝空气，但具体的物体却无法出入。

"如果下雨的话，不知道这个罩子能不能挡雨？"王腾说道。

陈羽坐起身来，说道："我希望这个罩子不能挡雨，最起码我们能喝点儿水，哪怕这些雨水并不干净。"

"你觉得我们挖得动脚下的水泥地吗？"王腾问道。

"这是不可能的，首先我们没有那么多的食物和水源提供能量，最重要的是，我们没有时间。"陈羽说道。

"要不我们去请援兵，然后告诉他们这里可能会有埋伏。"王腾说道。

"那些人也一定能预料到这些，他们会比我们筹划得更远，不管我们找到哪里的援兵，都可能会被他们一网打尽。"陈羽说道，"比如我们把这里的情况告诉给我们的人，那么他们就会知道我们是诱饵，他们或许会来救我们，或许不会来救我们。如果他们来救我们，他们一定会做好防备，预防这里的埋伏，但这里的敌人也会推测他们会如何防备，等他们来的时候，就破解他们的防备，将他们也抓起来或是杀死。"

王腾翻了个白眼，说道："你想得真复杂！"

"这是一定的。"陈羽说道，"再反过来说，如果我们那边的人也想到了这一步，又多做了一层防备，那么敌人也有可能会想到，就会再多设置一重陷阱，将他们诱骗进来。"

王腾哼了一声，说道："你的意思无非就是这边多一重陷阱，那边多一重防备，然后这边再多一重陷阱，这不就是博弈论吗？"

陈羽说道："没错，不过如果我们反过来想，可能就会有另一种途径。首先这个罩子是一种非常神奇的物质，或许连我们的科学家都不曾见过，那么即便周围没有埋伏，想要救出我们也可能极为困难。如果他们派人过来，那么一定不可能是一个人，如果他们派了军队来，那么这里一定会有敌军做埋伏。但时空安全局即便派人来，人数也不会很多，毕竟只是为了我们两个人，他们都是些很理智的人，所以最有可能的就是派一小队人马来。无论是陆军还是空军，敌人一定会做好防御的措施。如果我们的人也提前做好了防备，那么敌人最有可能使用的武器，我猜就可能是这种罩子，只不过会大一些，将我们的人大部分或是全部罩起来，这样无论内外如何反抗，都无法脱离这个罩子，那么我们的人就会被他们一网打尽。他们不会将这里炸成废墟，因为这座城市里的幸存者将会成为他们的诱饵，他们一定会充分利用这群人，引得我们不断派人前来，然后就会中了他们的埋伏。"

王腾听着陈羽的这番推论，说道："你这么分析的确有些道理，最起码概率上是这样的，就算不是罩子，也一定是能将我们的人活捉的武器，因为他们一直想打听时空安全局的总部在哪儿。"

陈羽点点头，说道："所以，不能让他们来救我们，必须得我们自己逃离这里。"

"废话！"王腾说道。

陈羽眯起了眼睛："如果是符合逻辑的推论，那么即便这个结果再荒唐，也是正确的。"

"你有办法了？"

"得冒一冒险。"陈羽说道。

在湖底的巨型牟合方盖中，赵璐和陈苗苗两个人靠在一个角落里，周围散发着一股人体的臭味，但她们早已经习惯了。陈苗苗此刻靠在赵璐的肩膀上，睁着两只眼睛，呆呆地望着前方，也不知道她在看什么。

赵璐低头问道："怎么，睡不着吗？"

陈苗苗点点头，说道："那本书我忘记带来了。"

赵璐从身上拿出了一本封面已经被磨得很烂的《威利的世界》，递给了陈苗苗，说道："你看，妈妈给你带来了一本。"

陈苗苗高兴地拿过来，翻了翻里面的图画，开心地笑了。赵璐只觉得心里发酸，她不知道为什么她们要遭受这样的苦难，但此刻想这些已经没有任何意义了。王腾这会儿已经在另一个地方睡着了，许多人也都纷纷睡下了，到处都是鼾声，只有她们两个人睡不着，赵璐抬起头来，看见的却不是星空，而是牟合方盖那些怪异的顶。就在这时，她不知为何睁大了眼睛，四处张望。

"妈妈，怎么了？"

赵璐并没有看见有任何人进来，便拍了拍女儿的后背，说道："没事，你快睡吧！"

"你是不是看见爸爸了？"陈苗苗小声问道。

赵璐顿时一惊，她的确感觉到了，而且这种感觉还非常强烈，异常真实，她仿佛看见陈羽就在附近，就要从对面的那扇小门走进来一般。但过了大约两分钟，也没有谁从外面进来，可是刚才的那个感觉又是怎么回事？难道是自己太想陈羽了吗？但她总觉得有一些不一样的地方。

枫湖边老宅前，陈羽突然有一种感觉，似乎赵璐就在这附近一般，他猛然间站起身来，四处张望着。

"兄弟，你怎么了？"王腾见陈羽如此便问道。

"我也说不清，我好像看见我妻子了。"陈羽说道。

王腾笑了起来，说道："老兄，睡吧，她这会儿可不会出现在这里。"

陈羽说道："不，我真感觉到了。"

"好吧，你真感觉到了，可周围并没有人。"王腾说道。

"但我肯定，她离我一定不远。"陈羽说道，"我认为所谓的心灵感应，应该也是量子纠缠的一种。"

王腾说道："或许是吧，不过你就别纠缠了，我们得想办法出去，你刚才说得冒险，说得你好像已经有办法了一样。"

陈羽又坐了下来，见周围没有出现半个人影，有些失望，无力地说道："没错，我说了，得冒险。"

王腾耸了耸肩，说道："冒险对我们来说就像一天三顿饭一样，没什么大不了的。"

CHAPTER
06

快子宇宙

在黑暗的深渊中，"上帝的办公室"仿佛是唯一的存在。他们几个人被"上帝的办公室"暂时保护在其中，但却不知道身陷何处。

他们望向外面，可目之所及，空无一物，只有一片虚空，而且透着一股阴冷。事实上，他们感到"上帝的办公室"里面的温度也在不知不觉地缓慢降低，但是有一点他们可以确定，他们现在处在八千年前的EIPU10。

"莉迪亚，这到底是怎么回事？"艾琳娜问道。

莉迪亚看了看四周，说道："只有一种解释，就是这些怪物在地球上存在的时间超过了八千年，而且这很可能是他们设置的一个陷阱。当我们从时间线回到过去，就好像从狭窄的河道里逆流而上的鱼，直接被渔夫的网给网住了，只不过这张网应该是一种异次元空间的网。"

"我们能出去吗？"李耀杰问道，"还是等着他们收网？"

陈羽说道："如果他们能在八千年前设置障碍，也就是说，当我们来到这里的时候，他们就已经知道了。他们能探测到虫洞的方位，如果等他们收网，那我们就毫无胜算了，必须得尽快离开这里。"

普拉萨德说道："我记得'上帝的办公室'可以进行超光速的运动，或许可以让我们脱离包围。"

莉迪亚点点头，开始启动超光速模式，接着，他们就仿佛化成一道光束，在这无极的虚空之内蹒跚而行，因为光速在这里就如同蜗牛爬行一般。周围的虚空就似如来的手掌，而"上帝的办公室"成了孙悟空，无论如何，他们都无法逃离这掌中世界。

"加大能量！"肖恩说道。

莉迪亚又加大了能量，可让他们惊奇的是，在他们身边散发出来的那道长长的光束反而变弱变短了，而且他们的速度也更慢了，如果刚才还是蜗牛，那现在几乎就和海星一样了。

"加大能量，速度反而变慢了？"普拉萨德惊奇地说道，"这里到底是什么地方？"

"这里难道是快子宇宙？"陈羽惊呼道，"它是正向坐标的宇宙！"

莉迪亚回过头，瞪大了眼睛说道："很有可能，我们加大了能量，速度却变慢了，可是如果我们将能量全部释放，或许就能达到无限大，超越快子宇宙，逃离出去。但是如果我们将能量释放，即使可以逃出去，也有可能会永远被困在这八千年前，再也没有能量可以穿越时空了。"

"这就是那些怪物给我们出的难题？"陈羽说道。

艾琳娜点点头，说道："看起来应该是这样。如果不断加大能量，会逐渐耗尽我们的能量储备，但如果我们直接将能量全部释放出去，这样就会更快。他们制造快子宇宙，就是希望我们能将所有能量散尽，那么即便我们逃离出了这个快子宇宙，我们也不可能再安全返回，等待我们的也只能是束手待毙。"

"我很好奇，八千年前他们又是怎么知道会有人突然闯入的？而且设置这样一个快子宇宙肯定不是一件容易的事，他们怎么可能这么快就布置好了？"陈羽说道。

"这些问题现在都不是最重要的，我们得做出选择，是继续被困在这个快子宇宙中，还是先逃出去，然后再做打算？"莉迪亚问道。

"我们这次行动是不是太大意了？都还没有准备好，一下子就回到了八千年前。"李耀杰说道。

"我们对那些怪物一无所知，我们想准备也没什么可准备的，或者说我们现在就是为之后和那些怪物展开全面战争而做准备。"肖恩说道，"那就脱离吧，试试看，看看需要释放掉多少能量。"

莉迪亚咬了咬牙，说道："你们都坐好，系上安全带，我们得超速行驶了。"

几个人都坐了下来，系上一条非常结实的特殊质地的安全带，他们全身都绑了好几道，他们的座椅也被牢牢地固定住，如此，才算是做好了超速行驶的准备。

最终，莉迪亚按下了一个键，"上帝的办公室"开始释放自身储备的能量，与此同时，速度反而在成几何倍数骤增，他们又仿佛化成了一道光束，而当能量消耗到一定程度的时候，周围的虚空开始向后移动。他们的眼中都只有极快的速度，而没有具体的景象，他们感觉到一阵阵眩晕，只能闭上眼睛，握紧扶手，而他们的速度还在加快。

陈羽坐在里面，他感觉到周围一道道无形的能量正在被散出，脚下也越来越不稳，他甚至感觉自己仿佛凌虚了一般，身体也变轻了，周围的一切都在逐渐变得模糊不清，直到近似消失了一般。这种感觉对他们几个人来说都是一样的，最终，他们感到原本飘忽不定的身体突然变得很重，陈羽一瞬间有些支撑不住，好在他身上系着安全带，但他还是有一种仿佛被骤然抛出去的感觉——他们已经冲出了那个快子宇宙。不需要莉迪亚动手操控，因为"上帝的办公室"的能量此刻已经耗费得差不多了，当他们从快子宇宙冲出后，原本能量越少便速度越快的法则瞬间反转，"上帝的办公室"刹那速度骤减，紧接着又是一阵俯冲，当他们落地的时候，发现自己落在了一片树林中。

"上帝的办公室"此刻就成了一个几乎没有太多能量的壳子，陈羽跟着身下的座椅一同朝前倾斜过去，但座椅并没有倒，陈羽身体向前弓着，只感到这股冲击力险些将他的骨骼震裂，好在下方的树冠抵挡住了一部分冲击力。几个人几乎都向前倾斜，直到这股力渐渐散去，他们才缓缓地坐直身体，解下安全带，眼前的一切让他们确定自己已经回到了地球上。

"我们现在在八千年前，'上帝的办公室'已经能量耗尽，接下来我们有的玩了。"李耀杰说道。

莉迪亚摇了摇头，很显然刚才的冲击让她到现在都还没缓过来。她深吸了一口气，走到操纵台上看了一下，说道："实际情况比我们想象的要好一些，我们还算是幸运的，我们的能量虽然无法让我们回到八千年后，但还够用一阵子的。"

"够用多久？用在哪里？"肖恩问道。

"穿越时空是不可能了，不过够我们在这里飞行的，还能开启隐形模式。"莉迪亚说道。

陈羽说道："你现在就把隐形模式开启。"

莉迪亚按了隐形模式后，这间"上帝的办公室"就飞到了半空中，很快又飞到了印度洋的上空，盘旋在那里。可就在此时，他们突然感到"上帝的办公室"好像撞在了什么东西上面。

"该死的！"莉迪亚气急败坏，忍不住破口大骂，"这又是什么鬼东西？"

在他们的周围是一个隐形的罩子，好似一种能量网，将他们罩在了距离海岸很近的海面上。莉迪亚只能先让"上帝的办公室"缓缓降落，落到了海面上，但是海面上也被罩了一层，让他们无法潜入海底，或是从其他地方逃脱，他们就这样被困在了海面上。这个罩子似乎可以罩住任何东西，包括这间"上帝的办公室"。

莉迪亚低下头，懊恼地说道："在这些怪物看来，这个所谓的'上帝的办公室'也只不过是艘普通的飞船而已。"

"你们快看！"普拉萨德指着海岸喊道，他们顺着普拉萨德所指的方向望去，只见海岸上站着一群怪物，这些怪物他们之前曾经见过。这些怪物的身体呈青灰色透明状，从远处望去，他们并没有人类高，具体的身体构造，陈羽等人也看不出来，只是看见这些透明的怪物披着银色的斗篷，正站在海岸上观察着他们，同时也正在讨论着他们。他们就好像是被渔人捕获的鱼一样，几乎没有任何反抗的能力。

他们从未像此刻这样丧气过，因为他们的行动似乎完全在对方的掌握之中，而且其强大又诡异的能力，更让他们难以应付。最让他们气愤的是这群怪物并没有主动上前来把他们一个个都抓出去，而是就这样离开了海滩，把他们撂在了这里，不闻不问，让他们自生自灭。他们若一直被困在这个罩子里，很快就会因为缺少食物和水而丧命，虽然他们带了很多食物和水，但终究会有用完的那一天。

"你们几个外国人都读过《西游记》吧？"李耀杰苦笑道。

"我知道，佛祖的手掌。"艾琳娜不耐烦地说道，"你就不必再说一遍了。"

"到底是什么把我们困在这里面的？"普拉萨德说道，"能探测出来吗？"

莉迪亚摇了摇头，说道："他们一定做了极为周密的谋划，首先当我们前往 EIPU10 的时候，这些怪物并没有对我们发动任何进攻，我觉得他们那时就已经探测到了这间'上帝的办公室'并不好对付。于是他们在虫洞的出口处设置了快子宇宙，关于这点我无法理解，不知道他们是如何计算出来的。总之，他们利用那一个快子宇宙消耗掉了'上帝的办公室'绝大部分的能量，然后又用这个罩子把我们困住，让我们在这里面慢慢地死掉。很显然，在我们耗尽所带来的食物之前，'上帝的办公室'在这个罩子里是很难获得充足的能量的，我们也就无法逃离这里了。"

"你确定吗？"陈羽问道。

莉迪亚看了他一眼，点了点头。

"有几个疑问我一直没有弄清楚。"陈羽说道，"第一，就像你刚才说的，他们是怎么知道我们会回到八千年前，然后提前在那里设置一个快子宇宙？第二，他们这会儿可以轻易就杀死我们，但为什么不杀？第三，如果八千年前他们就在这里，那时的他们就有这样强大的科技文明，为什么在几千年前他们不控制我们，非要等到 21 世纪才去控制 EIPU7 里的人类？你们不觉得尤其是这第三点最让人难以理解吗？"

"你现在说这些可没什么用，我们现在得想办法出去。"李耀杰说道。

"不！"一直没怎么说话的肖恩说道，"我觉得他的分析很有道理，也很有价值。"

李耀杰翻了个白眼，走到了旁边。

普拉萨德说道："陈羽，依你看，你觉得应该怎么解释呢？"

陈羽沉思了一会儿，又看了看周围，一时之间他也没有答案。

"这样，陈羽，你慢慢想。"李耀杰又对莉迪亚说道，"'上帝的办公室'剩下的能量还能超越四维时空吗？如果可以的话，我们就能从这个罩子里逃出去。"

"我看你是脑子越来越不清醒了！"陈羽见李耀杰一直在一旁聒噪，便很不耐烦地斥道，"即使我们靠着剩下的能量逃出这个罩子，可然后呢？然后你打算怎么办？"

李耀杰被反问得说不出话来，陈羽没有再理他，而是继续思考他刚才所想的问题。

对陈羽来说，他现在唯一要做的就是思考。几个人也都不再说话，他进入了一种深度的沉思状态，试图调动最高的智慧，去思考所面临的一切问题。一切对他来说，都是思维的原材料，他会充分利用这些进行思考。他的脑海中出现了一条黑暗的地平线，随着思考的深入，地平线上出现了一道光，渐渐地，一切都变得明晰起来，他似乎已经知道了答案。但是，他不能说，因为他追求的是一种严谨的推论，因此必须由科学来做最后的验证。这个答案在他的脑海中是石破天惊的，因为从没有这样的事情发生过，仿佛只存在于尼采所描述的那种终极虚无的状态，永劫回归！他的脑海中出现了一个几何图形，一个非常简单、人人都见过的几何图形，在这个图形上，仿佛一切名词都有了来源与归处。《构造论》的启发对于他来说无处不在，如今只希望有科学家能拼命地跑到那个已被哲学家看见的目的地。

　　可是，即便他思考出了基本的原理，但他们却仍旧无法逃离这里。这间"上帝的办公室"毕竟凝聚了人类最高的科技水平，因此它即便消耗了绝大部分能量，但其蕴含的智慧，仍旧可以帮到他们，陈羽是这么认为的。当他想到这一步的时候，他终于开口了，他对莉迪亚说道："莉迪亚，我问你，当我们在另一条时间线上对付那个江天佐的潜行者组织的时候，那段历史在这间'上帝的办公室'里有保存吗？"

　　莉迪亚停顿了一下，说道："有的，我知道你想做什么了。"

　　"如果有足够的剩余能量，我需要进入那个被删改之前的有关潜行者的历史之中。"陈羽说道。

　　莉迪亚说道："这并不难，只要将你的大脑与这段历史连接上就可以了。"

　　"能做到吗？"

　　"可以的，这个消耗的能量和穿越时空所需的能量比起来根本不算什么。"莉迪亚说道，"总之，你想做就去做吧，我们现在只能全力一搏了。"

　　"我曾经听你说过这段历史，我有个办法，能让我们彻底摆脱这些怪物的控制。"陈羽说道，"这个办法就在那个被删改掉、现实中已经不存在的历史中。"

　　艾琳娜走上前，问道："你确定吗？"

　　"不能完全确定，但得试一试。"陈羽说道。

　　"你能说得清楚一点儿吗？你究竟要做什么？"普拉萨德说道。

　　"我也说不清楚，不过既然剩下的能量足够让我去做这件事，那就不妨去做一做。"陈羽说道。

　　莉迪亚从操纵台下方的一个抽屉里拿出了一个银色的头盔，上面插着一根数据线。她将数据线的一头接在了操纵台上，然后把头盔递给了陈羽。所有的人都看着陈羽，不知道他究竟想出了什么办法，但他们知道陈羽的每一次深度思考都能思考出一些让人匪夷所思的东西。

　　"戴上它。"莉迪亚说道，"你首先会进入深度睡眠，然后你的意识就会进入我所设置的那段被删改之前的历史中。"

陈羽深吸了一口气，戴上了头盔，莉迪亚从一边拿来了一张躺椅，让他靠在上面，陈羽笑道："这让我想起来以前有个老片子，叫《黑客帝国》。"

"没错，不过你到时候就会知道，这和电影还是有差别的。"莉迪亚说道，"听好，这是一种极为深度的虚拟体验，没有什么具体的规则，一切都需要你随机应变，你得尽快获得你想要的东西。"

陈羽点了点头，说道："来吧。"

"祝你好梦！"说着，莉迪亚按下了进入按钮，陈羽感到他的意识一瞬间就进入了最深层次的状态，他就像一个自虚空诞生的灵魂，逐渐感知到一个世界的存在。在黑暗无际的深渊中，他想要挣脱混沌，于是他产生了一个强有力的意志，这个意志在说："要有光！"于是，就有了光……

CHAPTER
07
强力意志

在 EIPU1，南桐城枫湖边的一条街上，陈羽和王腾已经在那里度过了一夜，他们只感觉口干舌燥，腹中空空。但他们还尚有体力支持一段时间，他们得在这段时间里逃离这个罩子。

白天，大太阳就照在他们的头顶，王腾时不时便去擦脸上的汗，愈发显得烦躁不安。而陈羽却盘起腿，一动不动地坐在地上，这样既可以节省体力，还能让自己静下心来，思考下一步该如何行动。

"你想出来什么了吗？"王腾问道。

"我已经将我们的境况发送了出去。"陈羽说道。

"哼！说了半天，还是得靠别人来救我们。"王腾说道，"你之前的那一番推理看来也没什么用，只希望那些来救我们的人不要中了敌人的埋伏。"

"不会有人来。"陈羽说道。

"什么？"王腾没明白他究竟在搞什么，陈羽又闭上了眼睛，王腾叹了口气，坐到了一边。

这时，那天将他们引到这里的那个女人走了过来，她脸上露出一抹阴冷的浅笑。王腾一看见她，眼中几乎就要喷出怒火，厉声喝道："你来做什么？给我滚！"

"我来看看你们啊。"女人说道，"你们饿不饿？渴不渴？"

"废话！"王腾怒道。

"你们只要说出时空安全局的总部在哪儿，我们自然就会放了你们。"女人说道，"你们还想扛到什么时候？"

"你要是没有别的话可说，就给我滚！"王腾斥道。

女人冷笑了一声，说道："很好，反正我每天都会来这里看你们一次，我也很想看看一个人面对饥渴到底能撑到什么时候。"

王腾怒视着这个女人，女人很不屑地瞟了他一眼，又看了看一直坐在地上，眼睛都没有睁开的陈羽，她没有再说什么，就转身离开了。陈羽依旧坐在那里，一声不吭，仿佛刚才的这番纷争与他毫无关系一般。他还在静心思考着，王腾也不知道他究竟在想些什么，只觉得他这样的状态很古怪，就像之前他们两个人在一栋烂尾楼的天台上，陈羽为了思考一个问题，站在天台的边缘，背对着外面一样。王腾看着眼前的怪人，无奈地摇摇头，坐在一边，不再去管他。

在"上帝的办公室"里，所有人都在等着陈羽，他的意识已经进入了那个被删改之前的时空中。当那段历史被打开后，陈羽觉得自己仿佛就是上帝，他的意志无处不在，他能感知到这个时空中的一切细微的变化。可是，当他有了这样一种无所不知的感觉后，又觉得自己好像什么都不知道。因此，他决定还是从上帝的状态回到一个人的状态，他需要的是感知某些具体的东西，而不是所有的事物。

当他的意志决定这么做的时候，他开始渐渐地从上帝变成了一个人，虽然他并没有身体，只是一团飘浮在空中的没有形体的意志。虽然他已经回到了人的意志，但仍旧凌驾于万物之上。

他找到了一个时间点，在那里找到了"上帝的办公室"，他的意志也由此进入了更高的领域，但意志似乎能超越一切，这让他不由得想起了叔本华的哲学。

他需要感知其中的一些东西，一些已经被删除的东西，他需要把这些东西全部记下来。然后，他开启了一个虫洞，进入了另外一个时空中，在这段被删除的历史里，他拓宽了知识的领域，因为他知道了当一个宇宙发生变化，其他的宇宙也会相应地发生变化。他看见了一段难以置信的历史，他看见潜行者组织竟然使得这些怪物没有办法对付人类，这些怪物因为潜行者组织一直藏在EIPU10里，并没有对其他的宇宙发起任何进攻。

他找到了潜行者组织克制这些怪物的方法，他看见潜行者组织里的人利用最神秘的赫尔墨斯振动原理，将那些怪物的各种武器尽数破坏，甚至还能破坏那些怪物设置的网络，从而使得那些怪物根本无法对付人类，更不敢轻易越出EIPU10一步。

接下来，他的意志开始去做两件事：第一，他要找到有关赫尔墨斯振动原理的手稿，然而他只能利用自己的记忆记住所看到的那些。他很容易就在"上帝的办公室"里找到了关于赫尔墨斯振动原理的文件，但这些文件并不储存在计算机中，而是在那些潜行者主要头目的大脑中，他进入了拉尔夫·克莱的意识里，又进入了江天佐的意识里。当他游走于不同人的意识里的时候，他强大的意志就遁于无形。但这些原本极为抽象的意识、记忆，在陈羽的感知里就变得格外具体，这种具体并非是某些场景，也不是一行行的文字，而是一个个难以形容的图形，这些图形仿佛能说明宇宙万物的一切奥秘，最重要的是陈羽以绝对的意志来感知这些东西的时候，一切都是那么清晰。在这些清晰的奥秘中，蕴藏着极其复杂奥妙的原理，他必须得一次性全都记下来，并且还要转化成一种具体的文字和可视化图案，这对任何人来说都是非常困难的考验。

但是，他毕竟也曾是潜行者组织里的人，因此他理解起来也会相对容易一些。再者，他读了《构造论》后，其中关于一种本源的作用力对构造层级的影响，让他理解起赫尔墨斯振动原理也就更为轻松了一些。他开始记忆这些数学公式，将最基本的原理几乎都记了下来。接着，他抽离出自己的意志，开始回想他记下来的赫尔墨斯振动原理，他能回忆出百分之八十，能记住基本的原理，至于许多复杂的计算，他就只能记住一个大概了。

第二，他需要验证之前的一个想法。他回到了过去，他的意志比起在"上帝的办公室"里也更加自由。当他回到过去，看见了一些场景，最终证明了他之前的那个大胆的猜想。

他抽离出自己的意志，让自己再一次回到高空中，俯瞰着下方。他决定在离开的时候，改变一个现状。他的意志能看见时间的走廊，他将这段被遗弃的历史中的一个人从 A 点重置到了 B 点，与此同时，过去的历史也发生了变化，过去发生的变化，正好能与这个人此刻在 B 点的这个事实连接起来。这一瞬间的变化颠覆了所有人对时间的认知，因为我们每个人都认为过去决定着现在的走向，而现在的一切事情的发生并不会改变过去。陈羽证明了一件事，即现在的改变同样会改变过去。然而我们每个人都是无法改变现在的，也就无从改变过去，因为过去已经决定了我们现在的一切走向，这听起来虽然有些像宿命论，但这是最精密的混沌理论。然而现在的改变并不是不会发生，但这个改变的力量来自我们所处的世界之外，超越一切维度。陈羽此刻作为意志的本体，他超越了一切维度，所以他能真正地改变现在，从而改变过去。

这一次意志的旅行，与他之前所预想的完全不同，当他决定回来的时候，他的意志一瞬间又集中在了一点，穿行于无边无际的深渊中，直到他渐渐感觉到身体的存在。

"怎么样？"莉迪亚说道，"你记住了吗？"

刚醒过来的陈羽神色迷离，他像是喝醉了一般，有些踉跄地站了起来，当看见眼前的莉迪亚的时候，他大声说道："快拿纸笔！再过一会儿我就要忘了！"

艾琳娜立刻从一个抽屉里拿出了一摞纸和一支钢笔，陈羽毫不犹豫地先将他所记下来的关于赫尔墨斯振动原理的内容尽可能地写了出来，以免时间越长，遗忘得越多。

"是赫尔墨斯振动原理？"莉迪亚问道。

"我们之前就用过，杀死了一座城市里所有的生物，为什么还要写出来？"

李耀杰问道。

"是啊，'上帝的办公室'就可以直接启动这种武器。"肖恩说道。

"你们都别急，让他先写出来。"莉迪亚说道。

"我想问一下，为什么'上帝的办公室'里没有直接保存这些资料？"肖恩问道。

"这说起来很复杂，与第一次对抗潜行者组织有关。当潜行者组织覆灭后，一切时空线都被重置了，虽然'上帝的办公室'可以跳脱于四维时空之外，但那些潜行者其实并未保存相关手稿，那些资料都被他们记在了脑中，好在这段历史被保存了下来，陈羽也有办法感知得到。"莉迪亚说道。

"这么容易就能感知到？"肖恩还是有些怀疑。

"是意志，强力意志。"莉迪亚说道。

"这算是科学还是哲学？"肖恩追问道。

"科学和哲学很多时候必须要分开来谈，但有些时候也不必强调类别。"莉迪亚说道，"当那段历史已经不复存在的时候，保存下来的就只是虚影，陈羽的意志相对于那一团虚影而言就如同神一样。"

普拉萨德走到陈羽身边，他静静地看着陈羽在奋笔疾书之下写出的内容，有很多甚至不是数字或是文字，而是谁都没有见过的一些符号，但陈羽就这么写了出来。此刻的陈羽就像是进入了一种非常特殊的状态之中，在这种状态里，似乎他的身体虽然依旧处在世界之中，但他的精神却悬浮在世界之外，聆听着更高的启示。而这种启示在普拉萨德看来应该是具有节奏感、绵密的，有起伏，有跳跃，在一个巨大的框架中能够形成一种高度精密的节奏，如果用一种语言来形容，便有些类似巴赫的赋格。因此陈羽写得虽然很快，看起来有些癫狂，但却丝毫不乱，在快速中偶尔会稍稍慢下来。

李耀杰拍了拍普拉萨德的肩膀，把他叫到了一边，说道："即使我们掌握了某种可以对付那些怪物的手段，但一时半会儿我们也发明不出来，到时候还是会被困死在这里，而且我们现在剩下的能量也不多了。"

普拉萨德看了一眼陈羽，回过头对李耀杰说道："你先不要着急，等他写完，我们未必没有希望。"

李耀杰耸了耸肩膀，说道："不过我想这间'上帝的办公室'也不会这么容易就被困住，否则这个'上帝'也未免太弱了一点儿。"

"耶和华本身就是个区域性的小神，但后来犹太人不断赋予他神性，让他甚至能将那些远在天边的神祇击溃。在我看来，这就是一种强力意志的不断增强，才会出现这么强大的排他性。"普拉萨德说道。

李耀杰笑了起来，说道："尼采是不会喜欢你这个解释的。"

"只要我的这种解释能让我们最终获胜就可以了。"普拉萨德说道，"我感觉陈羽快要写完了。"

两个人这时又回过头去看陈羽，他的确有一种即将要写完的迹象。过了大约两分钟，他丢掉了钢笔，站起身来。

"我写出来了！"陈羽仍旧非常激动地说道。

所有人都围了上去，看着陈羽写出来的东西，但他们一时也看不懂其中的一些符号和标记，可陈羽似乎都明白。

"你写出来多少？"莉迪亚问道。

"百分之八十五。"陈羽说道。

莉迪亚点点头，说道："这已经很好了，我们终于有机会离开这里了。"

除了陈羽，他们都不明白莉迪亚为什么要这么说。

"哦，还有，我们从来就没有回到过所谓的八千年前。"陈羽说道。

众人听了都极为愕然。

两天过去了，陈羽和王腾两个人都已经极为虚弱，饥饿让他们浑身无力，加之没有水分的摄入，让他们几近崩溃。陈羽靠在罩子的内壁上，脸色发白，皮肤干枯，王腾坐在他对面，也是如此。但是陈羽的心底却仍然保持着希望，虽然他一直都没有说。王腾也不知道他究竟是怎么想的，只觉得他们离死不远了。

当那个女人再一次出现的时候，他们甚至不愿意开口说话，以免流失更多的水分。

"测试人性善恶的实验其实很老套，你们虽然到现在也没有出卖时空安全局，但你们不可能没有想过，你们之间也不可能没有抱怨过，只是因为饥渴，你们不愿意浪费体能而已。"女人说道。

陈羽和王腾就这样无力地看着她，对她所说的话无力去听，更无力去分析。

"如果世界能形成一个完美的矩阵，你们为什么要去反对？"女人问道，"一切都符合一套稳定的、和谐的逻辑，每个人都能获得幸福的生活，逻辑对你们来说难道不是最重要的吗？"

"有一种东西超越逻辑。"陈羽终于开口说话了。

"什么？"

"意志！"

女人哼了一声，不屑地摇了摇头，说道："不要说这些虚妄的东西了，你们现在连命都快没有了，还哪儿来的意志？不过你们也可以让自己再多活一阵儿，那就要看你们俩谁的手更快一些了，杀死对方，喝对方的血，吃对方的肉。"

两个人都没有说话，女人的脸上露出得意的笑容，她甚至很期待他们在临死前能自相残杀。

"我看得出来，我刚才说的话并没有完全被你们所唾弃，你们在考虑。"女人又说道，两只眼睛眯成了一条缝，里面闪着寒光。

"你们无法理解意志，这就注定你们会失败。"陈羽说道。

"是吗？"女人很不屑地冷笑起来。

"是的。"陈羽说道，"没有意志的逻辑，就是牢笼。"

"可你现在就在牢笼之中。"

"是吗？"陈羽话音刚落，只见一道诡异的光不知从何处射来，只一刹那的工夫，光就消失了，女人上前一看，罩子里竟空无一人，陈羽和王腾就这样凭空消失了！

CHAPTER
08

不可知

　　枫湖底，后半夜，所有人都在酣睡，只有赵璐一人醒着，陈苗苗此刻躺在她身旁也早已进入了梦乡。赵璐看着自己的女儿，也不知她此时究竟在做什么梦。赵璐睡不着是因为刚才那一阵突如其来的奇怪感觉，这种感觉到现在都还没有完全消失，她不时会满眼希冀地看着周围，仿佛陈羽就在周围，随时都会出现一般，可是她又很理智地知道，这只是个幻觉而已。

　　"怎么了？"王腾的声音在她身边轻轻地响起。

　　赵璐回过头，看见他后问道："你怎么还没睡？"

　　王腾回道："中途醒了，正好看见你还没睡下，所以就过来看看你。"

　　"我没事。"

　　"我刚才看你的表情，好像在找什么人。"

　　赵璐悄悄地站起，和王腾一起去了一个没有什么人的角落。王腾看了一眼睡了一地的人们，轻声问道："怎么了？"

　　"我有一种感觉，到现在也还有，我感觉我丈夫就在附近。"赵璐说道。

　　"是吗？"王腾听了，脸上的表情在一瞬间显得有些失落，但他转而又报以微笑，说道，"可能是你太想他的缘故。"

"我也说不太清楚，但这种感觉特别的真实，好像有一种引力，让我能感觉得到他，我绝不是在说什么玄而又玄的东西，这是真的。"赵璐竭力想要用语言去描绘她这种非常特殊的感受。

王腾听了后，说道："不管你说的感觉究竟是什么，但是你必须得知道，他很可能不会来了。"

赵璐转过头，对王腾说的话她打心底是抵触的，她觉得陈羽一定会来找她和女儿，把他们这一群人都救出去。但是她的理智似乎在偏向王腾所说的话，她很矛盾，面对眼前的处境，她只能带着女儿疲于奔命，而做不了别的。

王腾叹了口气，说道："对不起，我不该这么说。"

赵璐摆摆手，说道："没关系。"

王腾忽然用双手握住了赵璐的肩膀，说道："我不该在这个时候说这些话，但或许我们很快就会死去，我不得不说，我爱上你了！"

赵璐并没有特别惊讶，因为这些日子以来，王腾对她们母女俩总是格外照顾。她看着眼前这个健壮且坚强的男人，一直带着众人想尽一切办法来躲避那些狼蛛与红火蚁的围剿，他们能活到现在，王腾可谓是起到了领导的作用。如果没有陈羽，对于王腾这样的英雄，赵璐自然会爱上他，可是正因为她心里还有一个陈羽，所以她对王腾一直都保持着距离，可即便如此，她也不得不承认王腾身上散发出来的那种充盈的雄性气息，的确具有一种吸引力。

"我是一个母亲，带着一个女儿，浑身还又脏又臭的，你怎么会爱上我？"赵璐用一种玩笑的口吻说道。

"现在谁都一样，但在人群中，你和苗苗总像是与我们隔绝开来的人，尤其是你带着她一起读书的时候。"王腾说道，"我曾经当过兵，上过战场，后来加入了时空安全局，又遇到了这场灾难，可直到今天，我可以说除了我小时候，就只有你能带给我平静。"

赵璐轻轻推开王腾，走到了一边，说道："现在的情形并不适合说这些。"

"我知道，可我们不知道还能活多久。"王腾说道，"当然，我不该去逼你，只是我要让你知道我的心意。"

赵璐点点头，说道："谢谢，我得去陪我女儿了，这会儿我也有些困了。"说着，她从王腾身边走开，回到了陈苗苗的身边。女儿依旧在熟睡，赵璐轻轻抚摸了一下她的额头，陈苗苗那张稚嫩的小脸也给了她平静。

在拉普达飞船上，陈羽和王腾两个人还有些不适应自己的身体，但毕竟他们获得了新生。清晨时分，陈羽从床上爬了起来，他没有做梦，但脑子里却是迷迷糊糊的。他去餐厅，碰见王腾也正巧在那里吃早餐。

"我们还在这里，一会儿我得让陈哲教授送我去EIPU1。"陈羽说道。

"我和你一起去，之前我就说过了，他们那么多人都去了EIPU10调查，根本不差咱们俩。"王腾说道。

江天佐这时从餐厅外走了进来，他面带微笑地坐在他们旁边，拿了一块杂粮饼，大口地吃了起来。

"你这人总是像鬼一样，执行任务的时候也没见你这么积极。"王腾说道，"你准备怎么布置战场？"

"你们俩怎么样？觉得有什么不舒服的地方吗？"江天佐问道。

"刚才起床的时候还有点儿不对劲儿，但这会儿已经好很多了。"陈羽说道，"你打算怎么去布局？"

"那些怪物目前盘踞在EIPU10，并且以EIPU7为控制核心，那么我们就得分成两个部分，分别对付EIPU10和EIPU7。"江天佐说道，"陈哲教授现在正在研究那些'虫草菌'，并且希望能找到彻底破解的方法，一旦他的研究成功，我们就可以针对EIPU7展开行动。同时，等莉迪亚和陈羽他们调查出这些怪物的来处，我们就能针对EIPU10发动全面进攻。我认为应该是两头并行，尤其是针对EIPU10的行动，我打算联合各个宇宙中的人类力量，进行全方位的围剿。"

"你要如何调动各个宇宙？"陈羽问道，"目前EIPU7已经被那些怪物控制了，时空安全局的各个分部恐怕也被他们控制了大多数，所以还是要先破解那些'虫草菌'的控制才行，这样才能联合各个宇宙中的人类。"

江天佐摇了摇头，说道："你没有理解我的意思，我是指联合那些并没有被控制的时空安全局里的人，让他们分散到各个平行宇宙中，让他们分别藏好。之后，一旦发动全面战争，我就会让他们轮番进攻，而且进攻的方式一定会让敌人找不到方向。既然我们的科技还没有那些怪物的科技发达，那就必须采用最精密的战术，才能有获胜的机会。"

"具体说说看。"王腾说道。

江天佐神秘一笑，说道："你们会知道的。"

"你能派人把我送到EIPU1吗？我要找我的老婆和女儿。"陈羽说道。

"对，还有我，我要跟他一起去。"王腾说道。

"你们已经去过了。"江天佐说道。

陈羽和王腾都觉得不可思议，因为在他们的记忆中他们并没有去过EIPU1，可江天佐的眼神却非常笃定，就好像他们真的已经去过了EIPU1一样。

"这怎么可能？"陈羽问道，"我们到现在都还没有离开拉普达飞船。"

江天佐笑了笑，说道："简单来说，你们是被重新创造出来的人，之前去过EIPU1的你们都已经不存在了。是那里的优素福通知了我们，你们被抓困住一事，然后我们让他利用定点坍塌技术，让你们化作一团粒子，飘散在了空中，之后，我们又重新复制了你们。再简单些说，之前的你们已经死了，此时此刻的你们，是在你们前往EIPU1前保存在计算机里的量子数据。当确定你们死了以后，重新根据你们之前留下的数据分毫不差地复制了你们俩，不是基因克隆，而是量子复制，把你们重新打印出来，因此你们的记忆、思维模式、身体状况和你们的前身离开之前一模一样，而现在距离你们的前身死去已经过了一个半月了。不过，这也是我们首次尝试复制人，看来很是完美无缺。陈羽，你之前曾跟陈教授讨论过量子复制这方面的事情，我想在你们被困住的时候，你已经想到我们会这么做了。"

陈羽和王腾听了，顿时头脑一片空白。

在"上帝的办公室"里，每个人都在仔细地看着外面的每一个细节，但即便如此，他们也看不出他们所处的时间，只有陈羽知道他们从来就没有回到过八千年前，一直都在时间的原点打转，且为此消耗掉了绝大部分的能源。

"你是怎么看出来的？"艾琳娜问道。

"这是一种推论。"陈羽说道，"首先，从我们看见的来推理，八千年前的这帮怪物几乎不可能设置好陷阱来拦截我们。如果八千年前的这帮怪物设置了快子宇宙的陷阱，也就是说过去已经发生了改变，八千年后也自然会发生改变。如果八千年后发生了改变，那么八千年后的我们也就会发生改变。我们并不是穿越到别的宇宙的过去，而是这个宇宙的过去，这是有外祖母悖论的。除此之外，还有一点，当我的意志如同上帝一样进入那段被删改的历史中时，我做了一个实验，一个能从宏观的角度彻底验证'量子延迟'的实验，我改变了现在的一个点，我同时看见之前的所有轨迹也都相应发生了变化，而这种改变的力量来自一切维度之外。我不是在说这个实验，而是我能感知到无限的时空，这种感觉一直到刚才我的意志重新回到我身体里的时候依旧存在，就像是醒来后短时间内还能记得梦中的场景一样。这种感觉仿佛是超越逻辑的，是最高的真实，有点儿像佛教里说的'真如实相'。当我残存的感觉回到眼前的这个世界时，我知道我们并没有回到过去，这些怪物设置了一个迷阵，这里的时间似乎是一个环，我们消耗了那么多的能量，实际上只是原地踏步而已。"

"可这只是你的感觉而已，并不能用逻辑去证明。"普拉萨德说道，"毕竟我们判断一切事物都必须严谨才行。"

陈羽笑了笑，反问道："你能用逻辑去分析梵天吗？"

普拉萨德不由得一惊，他看着陈羽，陈羽的表情绝不是一个人类的表情，就似神一般。陈羽静静地微笑着，仿佛能洞察万物，但他毕竟只是进入那段历史后才仿佛成了神，有了超越一切逻辑的意志。陈羽也在思考这种感觉，可是当他想起叔本华的哲学时，又不由得想起了托尔斯泰的哲学，托尔斯泰认为一切自由性的东西都源于未知，而我们不断求知，就能将必然性的规律一点点地扩展，那些原本因为未知而被认为的自由性，也终将成为一种必然性。

　　陈羽相信托尔斯泰是对的，也相信叔本华是对的，因为世界是无限的，就好像古希腊先哲芝诺的圆环哲学一样，朴素而永恒。当他思考到这里的时候，就出现了一个非常有趣的终极悖论，因为世界是无限的，所以反而无法最终确切地证明世界是无限的，如果我们可以确切证明世界是无限的，那么反过来就可以说世界其实是有限的，康德能破解吗？陈羽很怀疑。

　　陈羽在思考的时候，所有人也都沉默了。因为他那句"你能用逻辑去分析梵天吗"，让所有人都不由得去反思逻辑的局限性，或者更准确说是人类对逻辑认知的局限性。

　　"相信我，是那些怪物用了某种方法，使得这里的时间形成了一个闭环，或者说他们改变了我们穿越时空的路径，让我们在原地绕了一圈。"陈羽说道，"因此我们也就更难知道这些怪物是何时来地球的了。"

　　"你的意思是我们必须得解开这个闭环，才能查出源头？"莉迪亚说道。

　　陈羽点了点头。

　　"可我们现在被困在这里，无法脱离目前的三维空间，否则我们就能变成一道超越三维的影像离开这个罩子了。"艾琳娜说道。

　　"这间办公室能聚集能量吗？"李耀杰问道，"比如太阳能之类的。"

　　"可以，这个罩子倒是没有隔绝能量，但是想要获得能让我们离开的足够能量则需要一段很长的时间，若是一直等的话，我们大概活不到那个时候了。"莉迪亚说道，"陈羽，你进入那段历史后，除了获知赫尔墨斯振动原理，是否还找到了其他方法？"

　　"只有赫尔墨斯振动原理。"陈羽说道，"但是我们一时还无法制作'幽灵手指'这些武器，因为赫尔墨斯振动原理有很多层级。而'上帝的办公室'遗留下来的，其实还停留在较为浅显的层面，还无法完全对付那些怪物，所以只有一种方法……"

　　"等一下，有一点我没弄懂，即便是浅显的层面，但这间'上帝的办公室'

本身就能制造振动波，也就是说，如果能量足够，我们就能利用这间'上帝的办公室'对付这些怪物，那你为什么还要再写一遍？"李耀杰问道。

陈羽停顿了一下，说道："我刚才说了，因为这项科学原理非常复杂，分成很多层级，潜行者并没有完全开发出这项技术的潜能，他们只利用到中层的潜能，控制住了那些怪物，但并不能彻底地消灭他们。简单来说，利用这种振动原理杀人，并不是什么难事，但并不能摧毁那些怪物设置的网络，因此我必须将这项技术最根本的原理以及数学公式写出来。"

"也就是说我们还得在这个基础上开发下去？"普拉萨德问道。

"是的。"

"你刚才说我们有办法能离开，究竟是什么办法？"肖恩问道。

"你一直在沉默，但一开口总是会问最实际的问题。"陈羽笑道。

肖恩浅浅一笑，说道："对，一切都基于我们能够活下去。"

"你说得对。我的方法就是利用'上帝的办公室'制造振动，破解这个罩子，然后逃出去。"陈羽说道。

"废话！我还以为你有什么更好的办法呢！"李耀杰摇摇头，走到了一边。

"可是你想过吗？我们只剩下一点儿能量了，即使可以逃出去，也无法逃离这个宇宙，到时候还是会被那些怪物抓起来。"艾琳娜说道。

莉迪亚说道："艾琳娜说得对，你想过之后该怎么办吗？"

陈羽露出了神秘的微笑。

CHAPTER
09
棋盘的边缘

　　枫湖底，几乎每隔几天就会有一两个人死去，他们的尸体只能暂时堆在一个角落里，虽然有些尸体已经开始腐烂，但大部分人都没有闻出来，因为他们每个人的身上都散发着一股难闻的气味，这些气味混在一起，对他们来说早已经习以为常了。

　　一种平静的绝望正在一点点地侵蚀着他们，就连王腾在内，都认为他们会这样一点点地消失不见，但他们依旧处于世界之中，即便是枫湖底这样的小地方，虽然极为隐蔽，但还是会受到一些外力的干扰。

　　某日，王腾一个人准备去地上找点儿吃的，临行前他还特意嘱咐赵璐和陈苗苗，让她们要格外小心一些。他一个人带着一把冲锋枪，顺着一条小路，从枫湖边缘拾级而上。当他来到出口处，打开那扇很窄的小门时，用一双眼睛透过门缝儿来回扫视了一遍，确定没有人后，他才推开门，从下方跳了出来。随即他又关上门，朝周围扫了一眼，以确定没有被人发现。

　　他深吸了一口气，毕竟这外面的空气比起枫湖底的空气要格外清爽宜人，他吸了一口后似乎还嫌不够，又连续吸了好几口。温暖的阳光也让他感到前所未有的神往，在阳光下他觉得一瞬间就得到了非常多的能量。

　　枫湖是市区里的一个公园，他必须要在最短的时间和空间范围内找到食物，因此他来到一家一百多米远的超市，如今他也只能看见什么拿什么了。走到超市的门前后，他先停住了脚步，仔细观察了一番，确定没有人后才走了进去。他在货架上尽可能挑了一些实用的东西，比如面包之类的。他用一个大布袋，将食物一一装了进去，接着，他准备离开。

走在枫湖边的树林中时，一阵阵微风拂面而来，在这一刻，他终于按捺不住，流出了眼泪。当他越来越接近入口的时候，他就越是怅然若失，因为他将再一次回到那潮湿闷热的湖底。他甚至在想，为什么不能将所有人都叫出来，让他们也一同享受一下和煦的阳光、轻柔的微风和清新的空气。就在他忍不住去想这些的时候，一个声音突然从他身后传来："别动！"

王腾在这一瞬间就定住了，他不知道背后的这个人或者是一群人究竟是什么来路，反之，对方也不知道他究竟是什么来路。

"你拿的是什么？"这个声音低沉而浑厚。

"吃的。"

"放在地上。"

王腾的手一松，这一大袋食物"扑通"一声就掉在了地上。王腾用余光看见下方有一只手伸了过来，打开了布袋。

"你不用担心，我们是一样的人，都没有被控制。"

那个声音问道："为什么你会这么说？"

"如果你是狼蛛或是红火蚁，很简单，你根本不会在半路拦截我，而是会一路悄悄尾随。"王腾说道，"你也会相信我并没有被控制，因为我的模样现在很狼狈，而且我在这样一片没有人住的公园里找吃的，而那些狼蛛和红火蚁可不必像我这样为了生存而大费周折。"

"哼！你分析得倒是合情合理。"那个声音说道，"看来你的确有能力去保护那样一大群人。"

王腾一怔，回过头去看这个人，只见这个人穿着一件黑衣，神情肃穆，他手里并没有拿任何武器，只是站在那里。他身上带着一种深不可测的气质，即使是王腾见了，心里也不禁有些发怵。

"你是什么人？"

"我叫江天佐。"

王腾没有说话，只是静静地观察着这个人。

"那些狼蛛和红火蚁迟早会找到你们，把你们绞杀得一个都不剩。"江天佐说道，"你们不能总这样东躲西藏。"

"那我们该怎么办？"

江天佐深吸了一口气，回过头看了一眼这片枫湖，说道："找个好地方，让他们永远都找不到。"

"永远都找不到？"

江天佐点了点头，说道："你把这里的人全都带出来，我要带他们去一个地方。"

"什么地方？"王腾警觉地看着江天佐，这个人的一言一行都与常人不同，王腾到现在也看不出他究竟是什么来路。

"我知道你对我有所怀疑，但是有些事还是得和你说清楚。"江天佐说道，"你想想看，如果你们继续留在枫湖底，结果会怎样？"

"你知道？"王腾惊道。

"所以你不必怀疑我。"江天佐说道，"你现在就快去把那群人叫出来，我带他们走。"

"去哪儿？"

江天佐有些不耐烦地摆了摆手，说道："别问这么多了，我就在这里等着，你去把他们都叫出来。"

王腾犹豫了几秒钟，最终还是选择相信他，便进入了枫湖底。大约过了十多分钟，那群人才出了枫湖底，来到江天佐的面前。他们之所以这么半天才出来，是因为害怕，最终他们选择出来，是因为渴望重见天日的本能。赵璐和陈苗苗站在人群边上，所有人都沐浴在阳光之中，湖面的风在他们面前盘旋，每个人和王腾刚才的感觉一样，仿佛重获新生。对于面前的江天佐，他们甚至都可以视而不见。

"你们就在这公园里好好地享受一下，不要有任何担心。"江天佐说道，"有我在，你们会很安全。"

每个人此刻都感到十分疑惑，但既然已经出来了，他们一时也顾不得这些了。王腾却有些担心，他上前问道："你就让他们在外面，不怕被那些蜘蛛和蚂蚁发现吗？"

江天佐说道："如果你还在怀疑我是敌人，现在就可以一枪打死我。"

王腾叹了口气，摇了摇头，说道："我现在怀不怀疑都已经没用了，我们这么一大群人，你究竟要把我们带到什么地方去？"

"我说了，安全的地方。"

王腾还是直摇头，说道："我真不知道怎么就相信了你！"

"你用的是逻辑推论，认为我不是敌人，或者我有一半以上的概率不是敌人，所以才听了我的话，让他们出来。"江天佐指着这群人，说道，"你也看见了，他们现在心里仍然是害怕的，但害怕绝没有排到第一位，阳光、新鲜的空气，这些才是他们最需要的。"

王腾没有说话，因为他自己刚才也和这群人是一样的状态。在人群中，他看见赵璐和陈苗苗两个人坐在公园绿道边的一个花坛上，面对着波光粼粼的湖面。

"苗苗，你现在是不是觉得舒服多了？"赵璐问道。

陈苗苗点点头，问道："我们是不是不用再回去了？"

"我不知道，但王腾叔叔刚才说有个人来救我们了，我想我们可能不用再回湖底了。"赵璐说道。

"是爸爸来救我们了吗？"

赵璐黯然地说道："不是。"

陈苗苗的脸色也随即黯淡下来，赵璐摸了摸女儿的头，说道："不用担心，他会来找我们的。"

陈苗苗面无表情地点了点头。

江天佐看着这群人，他们普遍都昂着头，就好像向日葵一样拼命地吸收着阳光，他不由得叹了口气，心想：这些人的求生意志真强，看来应该能为我所用。

王腾走上前，问道："我们该走了，如果被发现就麻烦了。"

江天佐淡淡一笑，说道："不用担心，这会儿对他们来说，没有比享受阳光和新鲜的空气更重要的事了，让他们再待一会儿。哦，对了，你不是还有一大袋食物吗？分给他们，不够的话，尽管去周围的超市里拿，让他们好好地吃一顿。"

王腾还想再说些什么，但他现在也已经很饿了，便打开布袋，将食物分给了在场的每一个人。食物不够的时候，他又去了附近的超市，将剩下的食品统统拿了过来，每个人就在原地好好地吃了一顿。赵璐和陈苗苗两个人坐在一边，正在吃着面包，王腾走了过来，递给她们一瓶矿泉水，说道："喝点儿水。"

"谢谢！"赵璐接过了水，先给陈苗苗喝了一大口，然后自己才喝。

王腾说道："这个人我到现在也没有弄懂，瞧着不像是敌人，但我还是不明白他一个人要怎么救我们这么一大群人。"

赵璐看了江天佐一眼，说道："我们现在也没办法了，如果有谁能救我们，我们也只能听他的。继续待下去，即便不被发现，我们也没办法一直坚持下去。"

"他说要把我们带到一个安全的地方去，希望那里真安全吧。"王腾说道。

赵璐一听，站起身来，径直走到江天佐面前，江天佐看见她，愣了一下。赵璐问道："请问你是来救我们的吗？"

江天佐点了点头。

"我……"赵璐刚想问关于陈羽的消息，但她对眼前这个人并没有百分之百的信任，就立即转移了话题，问道，"你打算把我们带到什么地方去？"

"一个安全的地方。"

"是这样，我有家人没有和我们在一起，我担心如果我们离开了，他回来会找不到我们。"赵璐说道。

"现在全世界都遭到了神秘力量的控制，你觉得你的家人如果不在这里，他能像你们这样，既没有死，也没有被控制住吗？"江天佐反问道。

"我相信他一定不会有事的。"赵璐说道，"我只希望他回来的时候能找到我们。"

"抱歉，这个我可没办法保证，不过运气好的话，你们还是有机会回到这里的，到时候你就可以见到你的家人了。"江天佐说道。

"需要多久？"

"这个我也没办法保证。"

赵璐感到很无奈，在这一刻，她甚至不愿意跟着这个人去某个安全的地方，她就想留下来，等着陈羽回来找自己。王腾在一旁看出她的犹豫，他走上前，说道："你不用再犹豫了，你必须走，就算不为你自己，也要为了你的女儿。"

赵璐回过头，看着正在吃面包的陈苗苗，她最终只能是点点头，同意跟江天佐去一个安全的地方。

"差不多了，得走了。"江天佐说道，"都过来吧。"

王腾示意大家都围拢过来。江天佐敞开那一身黑色的风衣，抬头看了看天，此刻虽然艳阳高照，但天边开始出现一团团灰色的云，湖面上的风也变得有点儿凉了，他自语道："要变天了。"

王腾问道："我们怎么走？"

"都到我怀里来吧！"江天佐敞开胸怀，朗声说道。

所有人都愣住了，江天佐如此突然的言行让他们都感到莫名其妙，可他的脸上依旧挂着胸有成竹的微笑，看着每一个人。

"这是什么意思？"王腾问道。

江天佐脱下那件黑色的风衣，说道："这件衣服里有一个转换器，可以将三维物体转换成二维平面，这样无论物体有多少，都可以无限叠加，因此我要带你们走，就得把你们都转化成二维平面。"

王腾瞪大眼睛，问道："这怎么可能？"

"当然是可能的，纵向相对论，或者说金字塔式相对论你听过没有？"江天佐问道。

王腾想了想，过了一会儿，说道："我好像听过，但并不明白这究竟是什么意思。"

"简单来说，就是从奇点到无限维度，互为影像，比如三维相对三维就是实体，而相对四维就是影像，反过来四维相对四维是实体，相对于三维就是影像。"江天佐说道，"弦也好，膜也好，都不是终点，或者说世界本身就没有极限，而目前我们所探索到的最深的真理，就是纵向相对论。我们可以证明，虚与实都只是相对而言，因此万事万物都可以转化成不同维度的状态。"

"我们会死吗？"王腾问了个最直接的问题。

"死也只是我们这个四维时空的说法，到了别的维度，一切我们以为永恒不变的自然法则都会发生相应的变化，即便是死亡也是如此。"江天佐说道，"来吧，你们只会感觉有点儿怪。"

说着，他把手伸进口袋里，按了一个非常神秘的按钮，接着，他的这件衣服就飘到了半空中，一个奇异的东西缓缓显现出来，仿佛是黑暗宇宙中的一个非常特殊的天体。

"这是什么？"

"二维世界，你们即将进入的一个世界。"江天佐说道，"二维世界就是绝对的平面，因此当你们进入后，会觉得很不适应，很古怪，但你们尽管放心，不用害怕。"

接着，这个特殊的小型天体开始不断扩大，几乎盖住了他们每个人。之后，一道奇异的光又将每个人都罩住了。

赵璐此刻抱着陈苗苗，王腾就站在她旁边，虽然他们的身体并没有什么感觉，但他们总觉得自己即将发生大的变化。接着，不知什么时候起了一阵大风，一些被吹落的叶子飘到了人群中，那些人一动不动站在那里，那些落叶穿过了他们的身体，他们此刻已经变成一道道三维的影像。那个神秘的小型天体收了那道奇异的光，所有的三维影像顿时消失不见，那些人此刻都变成了二维实体，叠加在一起，被收进那个小型天体里。最后，这个小型天体又变回那件普通的风衣，落了下来，江天佐伸手接住，重新穿在了身上。

CHAPTER

10

虚与实

过了九天，在"上帝的办公室"周围，围了一圈透明的怪物，这些怪物披着银色的披风，脚下是直径大约一米的圆盘形状的飞行器。在大海上，看到如此场景着实有些诡异，但他们几个人并没有特别惊讶，连续几天悬浮在大海上，他们早就习惯这样的场景了，在此之前，他们已经被这些怪物围观过好几次了。

陈羽看了一眼周围，他的眼睛就好像在高空飞行的隼一样，锐利如刀。他知道他们有机会逃离这里，但必须算准时机。莉迪亚来到了操控台，一脸严肃地望着外面。

"我们都准备好了，他们终于又来围观我们了。"李耀杰说道。

艾琳娜走到陈羽身边，小声说道："希望你的推理没有错。"

陈羽犹豫了几秒钟，说道："这个过程会比较复杂，任何一环出错，我们都很可能再也出不去了。"

"差不多了。"普拉萨德说着瞟了外面一眼。

肖恩随即来到控制台前，低声说道："那我就开始了。"

陈羽盯着肖恩，又用余光瞟了一眼外面那群正悬浮在空中包围着他们的透明怪物，说道："你得按照我的节奏来，尽可能不要出现太大的偏差。"

肖恩点点头，说道："放心！"

"到了！"莉迪亚说着，指了指外面。陈羽顺着她所指的方向望过去，目及之处是透过一圈青灰色透明怪物后的青灰色天空，那里看着并没有什么异常，但他们全都看见了。接着，陈羽向后退了一步，一只手扶在操作台上，低声说道："走！"

莉迪亚操纵着"上帝的办公室"，一瞬间，"上帝的办公室"就冲到了高空中，而那个神秘的罩子就好像消失了一般。显然，那些怪物也没有料到，他们看着"上帝的办公室"就这样冲出了包围，似是迎着太阳而去。

不消说，这些透明的怪物随即操控飞行器奋起直追。"上帝的办公室"储备的能量虽然被消耗了大半，但剩下的能量却仍足以使他们以极快的速度飞行，而那些透明的怪物也如鹰隼一般冲入云霄。

几个人站在"上帝的办公室"里，看着身后那些透明的怪物，那些怪物脚下的圆盘形状飞行器开始射出一道道激光，在空中密集朝他们而来。"上帝的办公室"已没有能量防御，只能是用最简单的方法在空中左闪右避，好在苍穹无际。

"上帝的办公室"在空中好似一颗玉石，虽说透明，但其中的众人和物事就好像玉石中的杂质一样。而那些怪物只是站在小型飞行器上，所以也只能用激光来发动进攻。不过，"上帝的办公室"速度极快，移动得异常灵活，闪转腾挪，到现在也没有被一道激光打中。

"这就像两个段誉在对打，一个单用六脉神剑，另一个单用凌波微步。"李耀杰笑道。

"六脉神剑会源源不断射来，而凌波微步很快就要撑不住了。"陈羽说道，"我们得再快一些，在内力用完之前使出小无相功。"

空中，仍有一道道激光从他们身边掠过，在来回躲闪之际，最终还是被一道激光打中。好在"上帝的办公室"并非一般的飞船，激光打中的地方也只是直径约五厘米的一圈焦黑，他们身在其中并没有感到太大的震颤。

"我们的内功还算深厚，没有受内伤。"李耀杰说道，"陈羽，时间到了吗？"

陈羽在"上帝的办公室"上下翻飞之际，看了一眼前方，见阳光愈发刺眼，他们完全暴露在阳光之下。阳光照射在"上帝的办公室"上，反射出一道道耀眼的光柱，随着"上帝的办公室"以极快的速度左右挪移、上下翻飞，这些反射出来的光柱也瞬息万变，令人无法直视。

"小无相功，这个形容倒是很有意思。"陈羽说着，一只手握在一根栏杆上，一口气已经顶到了他的胸口，他深吸一口气，大喊一声，"开！"

那些怪物也在阳光中被太阳弄得恍恍惚惚，激光一道道没入太阳光中，消失无影。就在这时，他们前上方的那艘神秘的"上帝的办公室"忽然消失不见，在空中出现了一个圆形的东西，一切光芒似乎都无法照射进去。在圆形之中，一切都不可见。仅仅过了一秒钟的时间，圆形的黑洞就消失了，"上帝的办公室"也消失在了那群怪物的视线中。

自己是一个新生的人，但是一切联系都与过去近乎一样，就好像"特修斯之船[1]"的哲学悖论一样，虽然帕菲特用化约论[2]方式解决了这个疑问，但陈羽仍在纠结于自己的身体以及灵魂。如果帕菲特认为内在的连接就可以破解这个悖论，那么将一幅名画复制，从这个理论上来说，这个复制品的内在也连接着原来的真品，那为何复制品的价钱就低于原作？那些顶尖古玩收藏大家与帕菲特或是佛陀究竟会产生怎样的一种辩论？那现在的自己究竟是什么，他还是觉得有一种矛盾的力量，最起码在之前的那个自己的身上是不存在的。世界上没有完全相同的事物，即便是复制的也一样，无论是复制一幅古画还是一个人，可内在又的确有一种相通的气息。

他对自己产生了一种疑问，可是如果将这个疑问放在自己的前身身上，就

---

[1]特修斯之船：典故出自罗马史学家普鲁塔克，描述一艘船的零件被陆续替换，这艘船是否还是原来的船，以此来表达一种哲学上的自我同一性的问题。

[2]化约论：是一种哲学思维，分解复杂事物再加以描述，帕菲特用化约论的方式来解释自我同一性的问题。

会出现一个有趣的现象，因为即便是自己的前身，他身体里的细胞在一定时间之内也会全部更换，那么他还是原来的他吗？此刻的自己是被复制出来的，与上述的疑问相比，只是变化大了一些而已，但本质上却是都变了。他无法完全认同帕菲特的理论，即便是化约论也无法解决他的困惑，与此同时，他脑中出现了一个与帕菲特完全相悖的理论，即他认为万事万物都是无限多的，是被无限分割成了无限多的分身，只是彼此联系紧密而已，就像分形几何[1]。又像是莱布尼茨所说的"单子"，一个物体真的能够分解到无法分解的地步吗？概念能够抵达，但现实不一定能抵达。

陈羽这几天在拉普达飞船里会经常思考这些问题，他仿佛能见到一点点微光，透过这点微光，他试图一窥真理，但每次试图往前一步的时候，这道光就熄灭了。

在拉普达飞船里，有一本名叫《先天完备论》的哲学著作，虽然只有几十页而已，但陈羽想要理解其中的理论却必须得花一番心思，因为这本书与《构造论》的哲学多有相悖之处，两本书好似一对二律背反，但到极深处又有相通的地方，陈羽试图来以此解答自己的困惑。这本书原本是《构造论》的导言，后独立成书。

这天，陈羽独自一个人来到大厅的窗台前，看着下方朦胧的世界。这是个阴天，就在他头顶的上方，一团团黑云和灰云交织在一起，来回翻滚着。

"可能要下雨了。"王腾从他身后走了过来。

陈羽点点头，说道："陈教授还在和那群科学家研究'虫草菌'，我们这会儿也是无事可做。"

"你不打算再去救你老婆和女儿了？"王腾问道。

陈羽有些沮丧地摇了摇头，说道："那块地方很显然被他们盯死了，我可不想再被复制一次。而且这样盲目地去找，等于大海捞针，我想还是等一个成熟的时机再去，我也希望她们都还活着。"

---

[1]分形几何：几何学的一种，研究自然界物体内部存有自相似的层次结构，以至无穷层次结构。

"也不知道艾琳娜他们这会儿怎么样了，到现在也还没有任何消息。"王腾说道，"他们会不会出事了？"

"江天佐不让我们去EIPU10。"陈羽说道。

王腾叹了口气，用手摆弄了一下窗台前的那盆花。

"如果连'上帝的办公室'都出事了，我们去也不过是送死而已。"江天佐站在他们的身后说道，"而且这里是我们的总部，这里无论如何都不能有任何闪失，这样我们还能联系到潜藏在世界其他地方的时空安全局的人，或是志愿加入我们的人。"

陈羽冷笑了一声，说道："这局棋我们一直都在下风，再这样下去就要满盘皆输了。"

"我们还没有输。"江天佐说道。

"那我们下面该做些什么？"王腾问道。

江天佐原本倒是有个计划，但眼下局势艰难，他也没有把握，被王腾这么一问，一时便没有回答，而是以沉默应对。

"你之前说要把那些没有被控制的时空安全局的人分散到各个宇宙中，等待进攻的时机？"陈羽问道。

"对，没错。"

"但怎么去找这些人？你又怎么知道他们有没有被控制？一旦他们之中有人被控制，又潜入了我们的组织，我们可就危险了。"陈羽说道。

"有份整个时空安全局的人员名单，也包括我们三人的名字。尤其是那些分部的人，他们所处的宇宙也都有记录，不需要知道这些人是否被控制了，只要在EIPU7这里找到他们，再杀掉他们，他们在其他宇宙里的分身自然也就解除了控制。"

"说到底还是要杀掉这些人。"陈羽摇了摇头，神色黯然地望着窗外。

"不行！"陈哲教授从实验室里走了出来，说道，"我一开始就说了，我们的目的是为了拯救人类，而不是杀了他们。"

"现在EIPU7整个都被控制了，如果不杀掉这里的人，那么其他平行宇宙里的所有人类会一直被这里控制下去，这样还不如牺牲这里的人，才能救出更多的人！"江天佐说道。

"人命怎么可以用数字来衡量？无论是一个人、一小群人，还是一个世界的人，人命是不能这样衡量的！"陈教授义正词严地说道，"我相信你也承认，我们的最终目的是要解救所有的人，而不是屠杀！"

"但他们现在变成了'虫草'，人不人鬼不鬼的，杀了他们，对他们来说也是种解脱。"江天佐说道，"一开始我也并不想用这个方法，但我们到现在也毫无进展，你的研究也没有找到解决的方法，你让我能怎么办？"

陈哲教授被江天佐的话弄得无言以对，一直到今天，他也没有研究出破解那些透明的怪物所设置的隐秘网络的方法，也无法破解那些"虫草"，如果再拖下去，或许真的会导致整个人类的彻底沦陷。即便人类没有灭亡，也很可能成为那些怪物的工具，如果杀了EIPU7里的人，或许还有一线希望。生存还是毁灭，这是个问题。他所崇尚的人道主义，在面对眼前的事实时也变得摇摇欲坠。可是，他还是无法接受杀掉这里的人的想法，即便这些人已经病入膏肓，成了敌人的傀儡，他仍然认为可以解救下方的这群人，而解决的方法绝不是夺取他们的生命！

江天佐问道："你们的研究进行到哪一步了？"

"我之前说过，我们目前也只能干扰小范围内的网络，但这种干扰并不能瓦解，而且也无法持续。"陈教授说道，"一般情况下，观察者的意志也会干扰到量子网络，但这些怪物设置的网络却非常牢固，我们目前的研究方向出现了一个从未有过的情况——一种超越了量子状态的能量。"

江天佐听了，着实感到震惊，毕竟量子论到今天仍旧是最艰深的领域。陈教授的话也点明那些怪物的科技领域已经进入了比量子论更深的层次。

"希格斯场[1]引发对称性破缺[2]，使物质拥有质量，我们通过研究希格斯粒子，进入了一种更深层次的领域，我们称之为'构造场'。我们偶尔能捕捉到其中隐秘的能量，一种比粒子更微观的东西，很难捕捉到它具体的形态，即便是在我们长时间的观测之下。它处于运动状态，但是却没有方向。"陈教授说道。

"没有方向？"江天佐感到很疑惑。

"对，并不是量子论中的不确定原理，我说它没有方向，并不是指它毫无规则地运动，而是它根本就没有朝任何方向运动。"陈哲教授说道。

"那你还说它处于运动状态？"陈羽问道。

"对，因为我们能测出它在运动，并在运动中产生能量，但是它却没有朝任何方向运动。"陈哲教授说道，"这是种非常古怪的现象，我有个猜测，那些透明的怪物设置的网络就跟我刚才说的这种古怪东西有关。"

"你把这些古怪东西所构成的场称之为'构造场'，是因为《构造论》这本书吗？"陈羽问道。

陈教授点点头，说道："虽然那本书是本哲学书，但里面提到的一些原理跟我们的研究是相通的。我们目前知道，希格斯粒子能让物质拥有质量，我们预测，希格斯粒子获取的质量就是从这个古怪的东西中得来的，它获取的是能量，而转化给其他粒子的则是质量，也就是说它并不是凌空创造了质量，而是获取能量后转化成质量。质能方程式我相信你们都知道，在极度微观的世界中一直都在发生。"

"看来那些怪物所掌握的科技，的确是远远超过了我们。"江天佐说着，不由得叹了口气。

"目前看来是这样。"陈哲教授说道，"我知道你们急于破解那些怪物设置的网络，但撇开这个目的先不说，我们在短时间内所取得的成就，是过去很

[1] 希格斯场：以英国物理学家彼得·希格斯的名字来命名，希格斯场的存在会促使自发对称性破缺，从而造成不同粒子、不同作用力彼此之间的差异。
[2] 对称性破缺：对称破缺是事物差异性的方式，任何的对称都一定存在对称破缺。

长时间都无法比拟的，我觉得人类还是有很大的潜能的，因此我绝对反对你们为了一时的目的，杀掉一整个世界的人。"

"但敌人很可能会先行动。"江天佐再次强调道。

"我们科学家团队在不断进步，你们也必须如此，你们应该这么想，如果不杀掉这里的人，还有没有别的解决办法。"陈哲教授说道。

江天佐有些无奈地点了点头，陈教授的观点虽然有些书生气，但并非毫无道理，他自己也并不忍心将这一整个世界的人全都杀光。何况如果真的杀光EIPU7上的人，必然也会引起敌方的注意，反而会打草惊蛇。

"一个小时之内，我会想出两全其美的办法。"陈羽说道。

三个人都愣住了，茫然地看着陈羽，陈羽眼神坚定地望向窗外。虽然陈羽这会儿一点儿头绪都没有，但他还是给自己下了一个期限，他觉得一个小时足够思考的了。就连陈哲教授听了他的话都有些难以置信，问道："你为什么会突然冒出这么一句？"

"因为这将是一句真话。"陈羽说道。

那群透明的怪物一时也难以理解，他们开始在空中到处搜寻，但却没有捕捉到丝毫的信号，即便通过最直接的肉眼也看不见"上帝的办公室"的踪影。刚才的那一瞬间，难道是他们有了足够的能量解开了罩子的束缚，又打通虫洞，逃离了这里？这是这群怪物心里都在疑惑的问题。

空中到处都是飞行器，即便如此，他们还是无法找到"上帝的办公室"。在流光波动的金字塔内，这些怪物通过最先进的探测器，仍旧探测不到一点儿信号。他们在会议室里开始商量这件事，"上帝的办公室"即便是对这群怪物来说，也是十分罕见的科学成果，他们设计困住了"上帝的办公室"，很重要的原因就是为了做研究，可眼看到手的猎物竟然就这么跑了！

可是最离奇的地方在于刚才那一瞬间制造的虫洞，并没有在这些怪物的探测器中留下任何痕迹。至于罩子是如何被破解的，这些怪物也是一无所知，所以他们对这个"上帝的办公室"也就更加好奇了。

"上帝的办公室"一旦能源充足，那么再想抓住它就会变得极其困难，在经过一番商讨后，这些怪物决定去其他宇宙，找到"上帝的办公室"。但他们并不知道"上帝的办公室"去了哪个宇宙，因此他们派了多艘飞船，同时前往各个宇宙，其中以EIPU7和EIPU1为主，其他的飞船则随机穿越到各个宇宙。

在流光波动的金字塔顶端，出现了一个偌大虫洞，一艘飞船垂直上升，直到进入虫洞，虫洞随即关闭。几秒钟后，顶端又出现了一个虫洞，又一艘飞船如刚才那样进入虫洞，然后虫洞关闭。就在金字塔顶端正开启第九轮虫洞时，一艘飞船刚刚起飞离地，突然从碧蓝的空中出现了一个阴影，所有的怪物都抬头望去，原来是"上帝的办公室"！它不知道从什么地方冒了出来，抢先一步，进入了虫洞，那艘飞船随即追上，也穿越了虫洞，虫洞随即关闭。

"你这招居然成功了！"普拉萨德忍不住笑了起来，在他们眼前是一片汪洋大海，这里是印度洋的上空。他们终于逃出了EIPU10，可他们并没有完全逃过那些怪物的追捕，在他们身后就有一艘飞船，通体呈流线型，蓝色而透明，表面不时有光掠过，就好像水面的涟漪。

"还没完呢！快离开这里！"陈羽喊道。

莉迪亚立即操纵"上帝的办公室"，试图朝陆地方向飞去，可那艘飞船的速度完全不亚于"上帝的办公室"，在他们的身后穷追不舍，眼看着就要追上他们了。"上帝的办公室"的能源几近枯竭，他们感觉到飞行的速度也越来越缓慢。一阵猛烈而无形的撞击，让他们几个人几乎都跌倒在地，当陈羽第一个抬起头来看的时候，却发现什么都没有。

"糟了！他们又用那种神秘的罩子把我们困住了！"李耀杰说道。

再回头看去，只见那艘飞船已经凌驾于他们的上空，从下方释放出一道无形的网，他们的肉眼虽然看不见，但是他们能感觉到"上帝的办公室"就像被困在渔网中一般，被那艘飞船拖着走，眼看就要被拖进虫洞，返回EIPU10。

"他们的速度还是太快了，即使我们能逃出来，还是会被抓回去。"肖恩说道，

"这一次我们连隐形的能量都没有了。"

陈羽这次也彻底崩溃了，他们拼尽全力所想到的办法，在这些怪物面前竟然显得这样不堪一击。

就在他们被无形的网拖着即将进入虫洞的那一刻，从海面的云雾中忽然射出一道红光，怪物的飞船猝不及防，被当场击中，火花和碎片飞旋出去，有一些碎片就落在他们的头顶，又沿着"上帝的办公室"顶端滑落下去。

"怎么回事？"所有人都惊呆了。

一个小时后，陈羽果然开口了，他对江天佐和王腾说道："我有个办法，不需要杀人。"

"你真的想到了？说来听听。"江天佐说道。

"我们可以把所有时空安全局分部的人列出一个名单来，然后我们把在EIPU7中相对应的被虫草控制的人找出来，屏蔽他们的网络，这样自然就能解开其他宇宙中所有时空安全局分部的人的束缚。"陈羽说道。

"可他们的网络很难入侵，即便是屏蔽，也只能维持一会儿。"陈哲教授说道。

"是啊，我以为你有什么好办法呢！"王腾不屑地说道。

"我说的屏蔽，是指杀了他们。"陈羽说道。

"说到最后不还是得杀人？"江天佐说道。

"但他们都是时空安全局的人，我相信你有他们所有人的量子数据，杀了他们，还可以将他们重新复制出来，其他的人就无法做到了。"陈羽说道，"你们既然能把我和王腾复制出来，那么其他的探员只要有其量子数据，我相信你们也一定能将他们复制出来。"

江天佐听了，和陈哲教授两个人互看了一眼，说道："看来咱们这台复制机器接下来会有很繁重的任务。"

"只要其他宇宙中的探员被解救了就行，但我们得复制EIPU7里的时空安全局分部的探员，我想他们大部分都已经变成了虫草，因此先杀死他们，然后再复制他们,这样就能让他们完全摆脱控制。当然,我相信会有一些名单是重叠的,这些人在 EIPU7 和其他宇宙的分身都是时空安全局的人,但照我刚才说的方法做就可以了。"陈羽说道,"这个办法稍微麻烦了一点儿,但可以解决我们接下来的问题。"

陈哲教授和江天佐都点了点头。

CHAPTER
11
X 宇宙

　　江天佐将除了 EIPU7 的所有时空安全局探员全都列在了名单上，从头到尾也不过才一百多号人，但他们都是被精挑细选出来，有资格胜任时空安全局工作的人。这些人分布在各个宇宙的各个国家里，他们现在需要找到这些人在 EIPU7 中被"虫草"控制的分身。

　　这个任务并不难，只是有些麻烦。他们首先来到了中国地区，必须趁着白天，这些"虫草"在太阳下面吸收能量一动不动的情况下利用定点坍塌技术，在高空远程杀了他们。

　　陈羽他们就在拉普达飞船上耐心地等待着，因为有些人所在的地点颇是偏僻，他们有时候会在一个很小的地方花很长的时间才能找到其中的一个人。

　　"其他宇宙中被解放出来的人，会不会遭到他周围那些狼蛛和红火蚁的围攻？"王腾问道。

　　"这是难免的，但他们在此之前都知道这个任务，而且他们都是受过训练的人，我想他们应该知道要怎么去做。"江天佐说道，"我想他们不需要任何人提醒，就知道自己该去做什么，他们自己会做好战斗准备的。只不过我得分别去他们所处的各个宇宙，而且要发送加密的信息，毕竟我们还无法发送跨宇宙的信息，而且我也得预防那些怪物会获取我们的信息。"

"等这里的事情解决完，我们就得尽快通知他们了。"王腾说道。

"当然。"江天佐说道，"不知道EIPU10那边的任务进行得怎么样了，希望他们不要有什么事才好。"

"但他们到现在也还没有回来。"王腾说道。

"上帝的办公室"中，陈羽一行人亲眼看见从天边的云层中射来一道红光，将那艘怪物的飞船击碎，掉进了大海中。他们都被这突如其来的一幕吓到了，因为他们根本不知道这里是什么地方，也不知道放出红光的又是什么人。可是眼下"上帝的办公室"的能量几近于零，只能勉强像一艘船一样落在印度洋上，随着海浪上下颠簸。

"我们最后的能量也用完了，希望不要被那些怪物发现才好。"李耀杰说道，"我想刚才击落飞船的人，应该是人类。"

李耀杰话音刚落，他们就感觉下方有一股巨大的力量将他们托了起来，他们纷纷朝海面望去。通过波动的海水，他们隐约看见一个巨大的物体正从海底升起，眼看就要升到海面上。

"这是……一座岛？"艾琳娜指着下方，对眼前所见感到不可思议。果不其然，在他们的下方有一座小岛正缓缓地从水下升起，最终完全暴露在海面之上，将"上帝的办公室"给托了起来。这座小岛并不大，呈不规则的椭圆形，直径大约两百米左右。

"这个宇宙我们似乎从没有来过。"陈羽说道。

"没错。"肖恩说道，"之前我们所去过的地方，没有这样的科技。"

"难道是这里的人发现了我们，然后又救出了我们？"普拉萨德说道，"但我们毕竟刚来到这里不久，这里的人怎么会这么快就打掉了那些怪物的飞船，还把我们放在了这座小岛上？"

"我觉得首先是他们探测到了虫洞的信号；其次，我们所处的范围应该离那些人不远。"李耀杰说道。

"不用猜了，是他！"莉迪亚指着下方，只见从小岛的一个地下通道里走出来一个人，他们见到这个人后，都感到一种久违的惊喜。

"是江天佐！"陈羽激动地大声说道。

江天佐穿着一件黑色大衣，走到他们面前，莉迪亚打开了舱门，几个人迫不及待地走了出去。

"你怎么会在这里？"莉迪亚大声问道。

"你好，我们是头一次见面。"

几个人都感到莫名其妙，一时都不明白他为什么会说出这么一句话。莉迪亚想了一下，恍然大悟，说道："对，我想我们的确是初次见面。"

"不过我和你应该是第二次见面了，陈羽。"江天佐望着陈羽，脸上挂着神秘莫测的微笑。

陈羽一时没有反应过来，问道："你这话是什么意思？"

"你曾经来过我家，告诉过我一些事情。"江天佐说道，"当然，我说的这件事已经不复存在了，在剿灭潜行者组织的同时，曾经发生在 EIPU9 上的事情都不复存在了，整个时间线都已被重置。但'上帝的办公室'保存了这段被置换掉的历史，你应该知道你曾经和张天华为了调查命案来过 EIPU9，并且你还来过我家，结果遇到了一个工人，工人将红漆无意中泼到了墙上，形成了一个'川'字。"

陈羽恍然大悟，惊奇地望着眼前的江天佐，说道："没错！我想起来了！在上帝的办公室里储存的那段历史里有这个细节！也就是说，你被'上帝的办公室'截断了时间线，形成了两个你，是这样吗？"

"确切地说，是形成了两个宇宙。"江天佐说道，"平行宇宙的诞生，源自混沌理论所产生的细微差别，当一个粒子同时出现在两个地方的时候，就出现了两个时空，人也一样。当我被'上帝的办公室'截断了时间线后，也就形成了一个全新的宇宙，我称之为 X 宇宙。这个 X 宇宙是从 EIPU9 分裂出来的，与 EIPU9 高度相似，但由于我的原因而导致了细微的不同。"

"那这里是 EIPU9 还是 X 宇宙？"李耀杰问道。

"这种说法并不准确，准确地说，原先的 EIPU9 已经不存在了，这里是 X1，以及那个我所居住的 X2。X1+X2=EIPU9。"江天佐说道，"这样说你们能理解吗？"

"和博尔赫斯的小说 [1] 类似的概念。"陈羽说道。

"不完全是，但也差不太多。"江天佐说道，"分岔点就在我进入'上帝的办公室'的那一刹那，当'上帝的办公室'截断了我的时间线的时候，那个我就留在了办公室里面，而我停在了进入办公室之前的那一刻，你们能理解吗？"

"不能。"陈羽答道，他似乎又想起了一些什么来，眉头略皱，"不对，我记得我们当时回到了过去改变了历史，但你那时应该没有进去过'上帝的办公室'，你应该没有这些记忆才对，你的人生轨迹应该被改变了才对，你怎么会知道得这么清楚？你又是什么时候去过'上帝的办公室'？"

江天佐淡然地说道："我的人生轨迹确实是被改变了，但过去的记忆都还被保存着，那个江天佐曾派人找到我，让我去'上帝的办公室'找到之前的那段历史，所以我知道这一切。"

几个人互相看了看，都觉得不可思议。眼前的这个世界与其他平行宇宙中的地球看起来并没有什么两样，但因为眼前的这个江天佐，他们总觉得透着陌生与古怪。

江天佐又说道："你们就把'上帝的办公室'停在这里吧，一会儿我会让人给它补充能量的，你们先跟我来。"

说着，江天佐带着众人来到他刚才出来的那条地下通道前。陈羽又朝四周看了看，周围几乎没有植物，即便是有几棵树，但看着也已经枯死，想来是这座小岛沉入海底后，海水浸泡了岛上的植物所致。

---

[1]博尔赫斯的小说：具体指《小径分岔的花园》，小说中做了一个思想实验，将主人公的各个选择聚合在一起，描绘出了一种类似于平行宇宙中，同一个人的彼此不同的遭遇。

江天佐带头进入地下通道，他们也跟着走了进去。这是一条螺旋向下的地下通道，每一层的墙壁上都有一个声控灯，当他们走近的时候，这些灯自然亮起，走远的时候，灯就自动熄灭。他们一声不吭地走着，但都有一肚子的疑问。这条通道很长，他们足足走了二十分钟，再往头顶望去，只有一片黑暗，入口处已经重新封闭了起来。但他们却丝毫没有感觉到有任何憋闷，仿佛周围的墙壁中都会不时地渗透进新鲜的空气来，只是越往下走，他们多少感到有些潮湿。

　　又走了几分钟，他们终于走到了通道尽头。走出螺旋通道后，有一扇玻璃门，江天佐走上前，玻璃门就自动打开，几个人鱼贯而入。玻璃门内是一片开阔的地带，有一个巨大的半球形穹顶，顶部四方各有一扇圆形玻璃窗。透过玻璃窗，他们能看见大海中的场景，不时有五颜六色的鱼从窗口游过。大厅内有一些人，他们看见江天佐带着几个人进来，并没有感到好奇，而是继续埋头工作，这些人当中有中国人，也有外国人。

　　"这么远的路，就不能安一部电梯吗？"李耀杰问道。

　　江天佐笑道："有的，只是你们第一次来，让你们走一走，体验一下比较好。"

　　"这是什么地方？"艾琳娜问道。

　　"这是我们建造的地方，你们刚才降落的那座小岛，和这里是连通的。这座小岛就像一部电梯，根据中央的一条螺旋通道，螺旋上升或是下降到海面以下。"江天佐说道，"刚才我探测到这里有虫洞打开，然后就发现了你们。对了，你们究竟遇到了什么事，那些透明人一直跟在你们后面。"

　　"刚才的那道光是你放的？"普拉萨德问道。

　　"没错，死光武器。"

　　"我们是时空安全局的人，我们的任务是潜入 EIPU10，去调查那些透明怪物的具体情况，但是出师不利，那些怪物制造了一小片快子宇宙，把我们困在了那里。后来我们利用振动原理，解开了困住我们的能量罩子，用最后一点儿能量制造了一道虚影，让那些怪物误以为是虫洞，我们则将'上帝的办公室'设置为隐形模式，躲在了虚影里。当那些怪物开始试图去各个宇宙抓捕我们的时候，我们正好利用他们打通的虫洞逃到了这里，但还是被他们的一艘飞船追捕，之后的事情你都知道了。"莉迪亚说道。

"那你们调查了多少有用的东西？"

"第一，EIPU10的时间是一个封闭的环，我们曾经试图到达八千年前，但结果却是回到了原点，他们不知道用什么方法将那里的时间给封闭了起来，使得那里没有过去，也没有未来。第二，那些怪物能制造一种能量罩子，这种罩子无形无状，但是却非常坚固，只有用相对应的振动频率才能破解。最重要的是他们能制造纳米机器人，将EIPU7里的所有人几乎都控制住了，并且通过这些机器人释放出一种能跨宇宙的网络，再用这种网络向其他所有宇宙中的人发送指令，以控制他们。"陈羽说道，"到现在我们也无法破解，也不知道他们这么做的目的是什么。"

"我必须承认你们这群人的确是智勇双全，在这样的情况下还能逃离EIPU10。"江天佐说着，冲他们点了点头，表示肯定。

"只是急中生智而已，你们这里在做什么？"普拉萨德问道。

"和你们做的事差不多，想办法对付那些透明的怪物。"江天佐说道。

"赫尔墨斯振动原理。"陈羽说道。

"你刚才说的是什么意思？"江天佐问道。

"是一种能对付那些怪物的方法。你或许想不到，之前被瓦解的潜行者组织还有一个秘密，就是他们能对付那些怪物，用的方法就是赫尔墨斯哲学中的振动原理。潜行者组织里的那些科学家通过研究这套理论，在科学领域发明了一些武器，正好可以克制那些怪物。"陈羽说道。

"是吗？"江天佐忍不住笑了起来，他对此半信半疑。

"是真的，我们用'上帝的办公室'制造的振动，很快就破解了他们的能量罩子。"莉迪亚说道，"否则我们怎么可能来到这里呢？"

江天佐用一种审视的目光看着陈羽和莉迪亚，陈羽见他依旧有些不信，便将放在身上的、之前写好的那一堆关于赫尔墨斯学派的振动原理递给了江天佐。

江天佐接过来大致看了一眼，问道："这是你写的？"

陈羽点点头。

"好，太好了！"江天佐说道，"有了这个，我们就有办法对付那些怪物了。我要把这份手稿让这里的科学家都看看，不知道他们能不能理解其中的原理。"

"我相信总会有天才的。"李耀杰说道，"就好像爱因斯坦提出的质能方程式，很快就促使科学家发明了核武器，我相信你们这里一定有类似钱学森、萨哈罗夫或是奥本海默这样的科学家。"

"那是当然！"江天佐说道，"这样的话，加上之前我设计好的棋局，就可以事半功倍了。"

"但我觉得还是应该调查一下这些怪物的情况，因为在我脑中一直有一个困惑。"陈羽说道。

"什么？"

"因为这些怪物只出现在 EIPU10。一般情况下，如果他们是某种外星生物，那么应该各个宇宙中都有，为什么只有 EIPU10 遭到了他们直接的入侵，而且他们将 EIPU10 的时间给封闭了起来，还尽可能地隐藏自己，我总觉得这背后一定有什么原因。"陈羽说道，"我分析有这么几种原因：第一，他们在其他宇宙中遭遇了某种灾难，只有 EIPU10 幸存下来一部分，他们到了那里的地球后，就躲藏了起来，并将那里的时间封闭成了一个环，然后再偷偷地控制我们；第二，在这之前，各个宇宙中的怪物彼此之间就已经商量好了，他们在合力设下一个陷阱，而且一定为了某种目的。还有，他们没有对我们人类进行灭绝性屠杀，而是用他们的一套规则控制了人类，我想他们是在利用我们去做一件事，做一件他们自身还无法完成的事情，这件事需要我们人类力量的协助才能完成。如果是第一个原因，他们很可能就是在利用人类去对付那个曾让他们险些灭绝的灾难。如果是第二个原因，他们就是为了完成某种使命或是某种实验，他们将各个宇宙中人类所居住的地球当作实验室。如果他们将我们当作实验品的话，我们自然是要竭力摆脱他们的，但如果他们是为了对付某种灾难的话，很可能这个灾难已经从宇宙中某个遥远的地方朝着地球袭来，那这样的话，即便我们战胜了这些透明的怪物，很可能还要面临更大的灾难。"

"你的推理很有道理。"江天佐说道，"如果是为了对付更大的灾难，那么这些透明的怪物一定是把我们当作棋盘上的小卒子了。"

"如果他们不是外星生物呢？"艾琳娜问道。

艾琳娜的这个疑问，让他们感到更加恐惧，仿佛有某种强大而未知的势力正等着他们，就连陈羽一时也不敢做任何推测了。

"所以我们必须要尽快调查清楚这些怪物的来历和目的。"肖恩说道。

江天佐点点头，说道："这样，你们先留在这里，等'上帝的办公室'完全恢复了能量。"

"那这段时间我们又该做些什么呢？"陈羽问道。

"你先别急，等我把这局棋布置好再说。"江天佐说道。

在 EIPU7。

"我们刚探测到，在印度洋上空出现了一个虫洞，有不明物体进入。"一个青年科学家说道。

陈哲教授点了点头，并没有说话，他离开实验室，找到江天佐，将原话告诉了他："就在刚才，印度洋上空出现了虫洞，并且有东西进入。"

"陈教授，你觉得会是什么进来了？"江天佐问道。

"我一时也不能确定那是什么，不知道会不会是'上帝的办公室'，是不是莉迪亚他们那群人。"陈哲教授说道。

江天佐一时也不敢轻易下结论，陈哲教授说道："时间拖得越长，我越觉得那不是'上帝的办公室'，因为如果是他们回来了，他们一定会在第一时间来找我们，可到现在我们这里也没有收到任何消息。"

江天佐眯起了眼睛，问道："你是说，敌人？"

"很有可能。"陈哲教授说完，就拉着江天佐来到了实验室，在探测器上，他们看见那个不明物体既没有发送信号，也没有试图去寻找他们，只是在印度洋上空徘徊，似乎在寻找着什么。

"拍一张照片让我看看。"江天佐说道。

陈哲教授利用卫星在高空拍摄了一张非常清晰的照片，照片中是一艘细长、呈流线型的蓝色透明的飞行器，表面上还有一道道流光闪过。

"果然不是他们，那就极有可能是那群怪物。"陈哲教授说道，"你觉得我们是藏起来好，还是试图拦截他们？"

"如果我们拦截他们，即便是成功了，对我们也是不利的，这样一来我们的行踪就暴露了，他们会提前派大部队来对我们发动进攻。"江天佐说道。

"你的意思是隐藏自己，不让他们发现，任由他们在这里搜寻，直到他们离开为止？"陈哲教授问道。

江天佐犹豫了几秒钟，说道："拦截他们！"

陈哲教授惊讶地望着江天佐，问道："拦截他们？可你刚才的意思是让我们隐藏起来。"

江天佐说道："对，拦截他们，要抓活的，然后我们离开这里！"

"你疯了？他们拥有的武器，我们很可能应付不来，而且如果我们离开这里，那莉迪亚他们回来找不到我们该怎么办？我们必须隐藏起来，什么都不要做。"陈哲教授说道。

江天佐看着探测器上那艘神秘的飞船此刻已经开始在太平洋的上空搜寻起来，很快就要进入亚洲境内。他咬了咬牙，右手紧紧地握在椅背上，手心已经在冒汗了——他还在犹豫，到底该不该临时行动。

陈哲教授说道："我们现在得隐蔽起来，去印度洋的上空。"说着，他走到旁边的一个操作台上，开启了隐蔽模式，整个拉普达飞船的所有信号一下子就被隔绝了，任何仪器都探测不到。

"你就不要想了，我们现在绝对不能贸然行动，否则这局棋很可能就要提前结束了，以我们的彻底失败而结束。"陈哲教授说着，拍了拍江天佐。

江天佐此刻情绪有些激动，他紧皱着眉头，盯着显示屏上的那个点，咬着牙，就好像是准备发动突袭的狼一样。

"进攻！"他突然大声说道，"发动突袭！"

陈哲教授瞪大了眼睛，万分惊诧地看着江天佐，而江天佐此刻的表情却非常笃定，他认为必须要对那艘飞船发起进攻。

CHAPTER
12
猫鼠游戏

　　一艘古怪的飞船肆无忌惮地飘浮在城市的上空，没有遭遇任何阻碍，因为绝大多数的人类都已经被控制住了，他们就这样习以为常地过着自己的生活，最多只是抬起头来看看，就和看到一架普通的飞机一样。

　　在中国南桐城的枫湖中央的一座小岛上，只有两个人表现出了一个正常人该有的反应。

　　"这艘飞船看着不像是时空安全局的飞船。"王腾说道。

　　赵璐有些失望地轻叹了一口气，低下头，望着被风吹皱的湖面，涟漪阵阵，纵横交错。

　　"你真的不后悔？"王腾问道。

　　"不后悔，我相信他会来找我的。"赵璐说道，"那个人答应了我，会照顾好我的女儿，倒是你，你真的不应该和我一起留下来。"

　　"陈羽也没有回来，如果没有我，你一个人该怎么办？"王腾说道，"你就不要多想了，我肯定会保护你的，直到你见到他。"

　　赵璐看着王腾，眼中闪着泪光："谢谢你！"

　　"你不用这样，来，吃点儿东西。"说着，王腾从身上拿出两个馒头递给了赵璐，赵璐拿过一个馒头，吃了一口。

"我们得走了，这艘飞船老是在头顶绕来绕去的，我总觉得会有危险。"
王腾说道。

赵璐点点头。

王腾带着赵璐坐上了一艘小船，这是一艘电动船，他们很快就抵达了岸边。
此刻已是黄昏时分，天色渐暗，他们得回枫湖底了。可是，那艘飞船越来越低，
完全没有要离开这里的意思。大约一分钟后，王腾和赵璐亲眼看见这艘飞船降
落在了不远处的一片树林中。

"快躲起来！"王腾说着拉着赵璐的手，朝着通往枫湖底的通道跑去。来
到通道的入口后，王腾打开通道，让赵璐先进去，自己却站在了外面。

"你怎么了？快进来！"赵璐一边说着，一边招手示意他快点儿进来。王
腾看了看远处，说道："你先躲起来，我去看看。"

"你别过去！"赵璐情急之下一把抓住了王腾的裤脚。

王腾蹲下身，说道："我之前带着你们那么多人都没有被发现，我一个人
更不会有事，你别忘了，我是时空安全局的探员，以前当过特种兵。"

赵璐满脸焦虑地看着王腾，说道："你万一有危险怎么办？"

"放心，我一定会回来的。"王腾说道，"相信我！"

赵璐渐渐松开了手，王腾说道："你躲好，一天之内不要出来！"

赵璐点点头，走了进去，还不时回头望着王腾。王腾轻轻地将入口的门关
上后，便独自一人朝着飞船降落的方向走去。他的身上只有一把手枪，但他觉
得够了。

他穿过前方的一小片树丛，透过枝叶之间的缝隙，看见大约五十米远的一
片草地上，飞船已经完全降落。一道圆形的舱门打开，从里面走出来几个非常
怪异的东西，王腾初望过去，还以为出现了幻觉。又看了一眼，王腾只觉得是
几件银灰色的斗篷自己飘了出来，但仔细看了几眼后才发现，在这些斗篷之下
有一个青灰色透明的轮廓，看起来身材十分矮小。

王腾知道，这一定是控制人类的怪物，是时空安全局目前最大的敌人。他仔细数了一下（因为这些怪物身体透明，只能通过他们身后披的银色斗篷来数），一共有七个怪物。

王腾躲在树丛里，一动不动，他受过训练，如果不仔细观察，根本就发现不了他。但是不知为何，这些怪物径直朝着王腾所在的地方走来。其中有个怪物，他的手上拿着一个椭圆形的晶状体，好像是探测器之类的东西，他不时低头望一眼，然后就带着身后的六个怪物，继续朝着王腾所在的方向走来。

王腾仔细地看着他们，发现这些怪物身体呈青灰色透明状，能看见里面有一些东西在动，想来应该是这些怪物的内脏。

这些怪物越来越近，王腾只能先离开这里，朝着左侧一片较为茂密的树丛悄悄跑了过去。他找到一棵巨大的榕树，躲在了粗壮的树干后面，可是那个手里拿着椭圆形晶状体的怪物低头看了一眼，就又带着同伴朝着王腾所在的方位走去。但是这些怪物只走了两步，就又转头朝着另一个方向搜寻过去，他们越来越靠近地下通道的位置。王腾知道，这些怪物就是冲着自己和赵璐来的，原因已经很清楚了——在这里，只有他们两个人的大脑没有被这些怪物设置的网络入侵。王腾见那些怪物越来越接近地下通道，便举起枪，从远处对准那个手里拿着椭圆形晶状体的怪物开了一枪。

果不其然，那些怪物纷纷回过头来。王腾的这一枪正好打中了那个怪物的后背，那个怪物站在那里一动不动，青灰色透明的身体就好像融化了一般，化成一团无形透明的东西，消散在了空气中。接着，就看见披在他身上的银灰色斗篷落到了地上。剩下的六个怪物纷纷朝四处张望，有一个怪物捡起了落在地上的那个晶状体，然后他们彼此之间仿佛在说着什么话，有一个怪物看了一眼晶状体，然后指向了王腾的方向。

王腾不由得有些惊慌起来，对准那个怪物又开了一枪，那个怪物也随即消散不见，银色的披风飘落到了地上。剩下的五个怪物并没有逃跑，而是指着王腾藏身的那棵大榕树。王腾又连开了三枪，可是这一次，这三颗子弹飞到那五个怪物的面前后，却被一道无形的盾牌给挡了回去。那五个怪物仿佛看见了躲在那棵大榕树后面的王腾，朝着王腾就走了过去。

王腾转身想要逃走，可是他刚往前跨出两步，就被一堵无形的墙挡住了，就好像遇到了鬼打墙一般。他慌张地到处摸索，发现是一股无形的力量将他困在了方寸之间，他来回绕了一圈，却发现没有任何出口。就在他试图去撞的时候，那五个怪物已经走到了他面前。

江天佐下令，竭尽全力突袭敌方的飞船，可是他的这个命令来得太过突然，而且缺乏具体的细节，每个人都不知道该如何执行。可是江天佐却一意孤行，他一个人来到操作台，打开锁定系统，很快目标就锁定了那艘飞船。

"停下来！"这时王腾出现，拦住了江天佐，说道，"你是要杀光他们，还是要活捉他们？要是暴露了我们的行踪，我们就完了！"

江天佐没有理会他，依旧进行着操作，王腾一把将他拉了过来，一拳打在他脸上，将他打翻在地，吼道："你发什么神经？不许胡来！"

江天佐站起身来，怒视着王腾。这时陈羽和陈教授相继赶了过来，其他的工作人员也围了上来，他们看着江天佐被打肿的右脸，都惊愕地望着王腾。王腾说道："这家伙疯了，非要对那艘飞船发动进攻，他这样做会暴露我们的踪迹！"

人群中出现了议论声，大部分人都同意王腾的说法，也有少部分人认为江天佐这么做一定有他的道理。江天佐站了起来，对着王腾骂道："你要搞清楚你的身份，你是我的下属！"

"别和我说这些废话，你这么做会害了所有人！"王腾说道，"今天无论如何，我也不会让你去做这种蠢事！"

"你知道什么？我有我的计划！你给我让开！"江天佐说着，试图走到操作台那里，但王腾就如同一堵墙一般拦住了他，王腾说道："你有什么打算，你说清楚！否则我绝不会让你胡来！"

江天佐焦急且愤怒地看着王腾，说道："没时间解释了，让开！"

王腾却依旧拦在他的面前，就在这时，一只手突然落在操作台上，这只手按了一个按钮，只见一道死光射出，划过天际。所有人都惊呆了，定睛一看，原来是陈羽。

"你疯了吗？"王腾惊呼一声。

陈羽没有理会他，又继续在操作台上进行了一番操作，江天佐也惊呆了，问道："你在做什么？"

"帮你捕捉他们。"陈羽回过头，面带微笑地说道。

陈教授走上前，瞪大眼睛问道："你知道你在做什么吗？"

"我知道。"陈羽说道，"相信我，好吗？你们看，现在他们已经被我们控制住了，就在西面的喜马拉雅山脉中。"

所有人，包括江天佐在内都看着卫星发射来的录像，只见在喜马拉雅山脉的上空，一道死光斜射而过，与那艘飞船擦身而过，但即便如此，也足以将那艘飞船打落，不过并不足以引起爆炸。当那艘飞船彻底失控，带着残破的躯壳即将坠落的时候，在群峰之间，它突然进入了一道异域空间，它是陈羽设定的一个拓扑空间。通过卫星定位，在群峰间的一个地方形成空间扭曲，那艘飞船便在其中无限坠落，且又无法逃脱。

"你做到了！"江天佐看了，惊呼道。

陈羽说道："现在我们可以去收网了。"

"这就是你的计划？"王腾问江天佐。

江天佐捂着脸，依旧带着怒气瞪着王腾，说道："你以为呢？"

"你为什么不早说？"

"谁能保证那艘飞船不会随时离开？"陈羽说道，"利用死光武器，斜打过去，这样就不会使飞船爆炸，同时利用卫星定位、扭曲空间，让这些怪物再也无处可逃。我们如果能抓住这些怪物，就能通过他们知道很多事情，很可能获得关于'上帝的办公室'的消息。"

江天佐点点头，说道："先别说这些了，我们得尽快抓住那些怪物，否则他们很可能会和 EIPU10 那里取得联系。"

拉普达飞船全速朝着喜马拉雅山脉飞去，他们的目标目前仍然在群峰之上，不时露出一部分，似乎在下坠，却又循环往复，无法掉落。很快，他们就到达了喜马拉雅山脉，放眼望去，一片白茫茫雪原，那些高原湖泊如一块块翡翠，镶嵌在大地之上，低处一片碧绿，其中野花遍地，如星光璀璨，大山之美，在于纯净。

只可惜他们现在无暇欣赏大山的美景，在这一片片各不相同的景色中，他们寻找着那一片被扭曲的空间。最终，他们在几座山峰之间找到了那片被扭曲的空间。江天佐操控拉普达飞船，以一种非常古怪的方式来回盘绕，最终进入了这片扭曲的空间，他们见到那艘飞船依旧在里面打转。

拉普达飞船此刻在这片扭曲的空间中飞到了那艘飞船的上方，并且放出两道钢索，钢索顶端是一个非常坚固锐利的钻头，将那艘残破的飞船给钻住，并且牢牢地钩住了。扭曲空间也在这一刻消失，一切又恢复了正常。拉普达飞船开始收缩两根钢索，那艘残破的飞船被拉了上去。

那艘飞船被拉进了拉普达飞船最下方的一个类似仓库的地方，江天佐和众人顺着一条隐秘的楼梯来到了那里。这是一个空空荡荡的仓库，正中央则是那艘飞船，其中有四个怪物从飞船里走了出来。他们仔细观察了一下，发现这些怪物的身体呈青灰色，透明状，披着银色的斗篷，身材矮小，大约只到人类的胸腹部左右。这些怪物看见周围围着一圈人类，于是相互交头接耳，也不知道在说着什么，但他们现在已经没有武器了。

他们第一次和这些怪物在这么近的距离面对面，而且也是他们第一次在这些怪物面前占据了一点儿上风。几名探员拿着枪对着这四个怪物，这四个怪物仿佛知道这些人类手里拿着的究竟是什么，便一动不动地站在那里，甚至不发出一点儿声音。

"你觉得他们会说人话吗？"陈羽随口问了一句。

"这还用问？"江天佐说道。

"我们接下来该怎么做？虽然我们抓住了四个怪物，但并不知道该如何去审问他们，我们也没有破译他们语言的方法。"王腾问道。

"我有办法。"陈教授说道，"把他们四个带到实验室去。"

"你有什么办法？"江天佐问道。

"我可以通过智能计算机切入这些怪物的脑中，获取其中的信息，将这些信息再转化为图像。"陈教授说道，"只不过会比较麻烦一些，我们现在所掌握的技术，还只能对付人类，要对付这些怪物可能还需要花一些时间去破解。"

"你能保证成功吗？"江天佐问道。

"不能。"

江天佐点点头，说道："无论如何，你都尽力去试一试吧。"

随后，陈教授就让几名探员将这四个怪物带去了他的实验室。

陈羽说道："现在陈教授一边要破解这些怪物的网络，一边还要破解这些怪物的大脑，从中获取信息，不知道他们能不能忙得过来。"

江天佐也毫无把握，脸色严肃地看着陈羽，没有说话。其他人都陆续离开了仓库，只剩下江天佐和陈羽两个人。

"你刚才是怎么想的？"陈羽问道。

"什么刚才？"江天佐瞪大眼睛，有些不明所以地望着陈羽。

"说实话，难道你一开始就觉得陈教授一定有办法破解这些怪物脑中所藏的秘密吗？"陈羽问道。

"我不能确定。"江天佐说道，"但无论如何，也得试一试。既然我们有这样的技术，或许就真的能在他们这里获得一些信息。"

"但我感觉你刚才并没有想到这些，而是因为别的理由，非要抓到这四个怪物不可。"陈羽说道。

江天佐冷笑了一声，说道："你就这么喜欢自作聪明吗？"

"不是，只是觉得你刚才的行为很奇怪，和你平常的样子完全不同。"陈羽说道，"我觉得你一定是想到了些什么。"

"没错，我的确是想到了一些事情。"江天佐说道，"我在想，我们或许应该将最后的战场放在EIPU7中。"

陈羽听了，沉思了片刻，说道："我知道你在想些什么，你是想利用这里特殊的情况，对那些怪物发动全面进攻，而那些怪物反而会因为这里的'虫草'而有所顾忌，这样我们的胜算就能大大提高，是这样吗？"

"没错。"江天佐说道，"你觉得呢？我可不希望你像陈哲那样书生气，我们的目的只有一个，就是生存下去，而为了全人类的命运，就必须牺牲一部分人，就好像下棋的时候，总会有丢卒保车这样的招数。"

陈羽也不得不承认江天佐所说的话有些道理，但是陈教授所说的话仅仅可以被解释成书呆子气吗？这其实牵涉伦理和哲学的问题，就好像在两条铁轨上，一边有一个小孩儿，另一边有五个小孩儿，当火车来不及刹车时，必然要走其中一条铁轨，那么剩下的问题就很残酷也很现实了，是撞死那一个小孩儿，还是撞死那五个小孩儿？如果人命不能用数字去衡量，那么为什么一个普通的杀人犯对社会的影响要远远小于那些战争犯？而如果我们承认佛教所说的"众生平等"，那么保护动物的组织用数字来衡量一个物种的濒危程度，反过来是否可以说人的生命也可以用数字来衡量？这么一来，我们凭什么将人与动物割裂开来？唯一的原因便是我们是人而已，人对人和人对其他动物必然态度上会有差别。

陈羽想到这里，唯一能让自己接受江天佐所说的事实的方法，就是超人理论，他们凌驾于普通人以及末人之上，并且用一种最为冷酷而理性的方式，保证了人类能继续存在下去。

"我可以同意你的看法。"陈羽说道。

江天佐微微一笑，说道："我知道你终究是一个理性的人。"

"我们现在和之前的潜行者组织有什么区别？"陈羽问道。

江天佐看着陈羽，目光意味深长，难以形容。

CHAPTER
13
田野调查

在大海中的一座孤岛上，普拉萨德正站在岸边望着遥远的天际。这座小岛的下方就是他们的海底总部，他们在这里住了几天，能见到天日的地方就是这座面积很小的岛屿。海上天气变幻无常，初晨时分还是风雨雷暴，此刻早已雨过天晴。大海之上，波光粼粼，太阳与乌云同在空中，金光和晦暗同在，遥望天海相接之处，目之所及，变化万千。

莉迪亚走了过来，问道："你怎么一个人在这儿？"

"出来透透气。"普拉萨德说道，"你呢？"

"我觉得你有一种挫败感，其实我也有。"莉迪亚说道。

普拉萨德回过头，眼神有些黯然，说道："或许是的，但我没兴趣在这边感叹，而是希望以一种方式来解决我们所面临的问题。"

"你有什么想法吗？"莉迪亚问道。

"人类学给了我一个启发，现在各个平行宇宙中的人都被这些怪物控制住了，如果我们一时无法破解这些怪物的秘密，那就从这些被控制的人群来观察。"普拉萨德说道，"我想深入这些'红火蚁'的内部，因为这些怪物并没有将我们屠戮殆尽，而是以他们的方式来控制我们，这样反而使人类的世界变得更加秩序井然，因此我想从反方向来探究这件事。"

莉迪亚说道："可进入'蚁群'是很危险的事。"

"一个人类学家去那些传说中会吃人肉、剥人头皮的原始部落去做调查，他们面临的危险并不比我小。何况我知道这些'蚁群'大致的行为方式，我可以让自己在短时间内变成一只'红火蚁'，进入'蚁群'。"普拉萨德说道。

"你怎么想到的？"

"昨天晚上。这个江天佐在这里布置棋局，拉普达那边也不知道进行得怎么样了，我觉得我们这么一群人在一起，反而无法充分发挥我们各自的力量。"普拉萨德说道，"所以我会大致拟出一个方案，然后让这里的人送我去一个地方。"

"你准备去哪里？"莉迪亚问道。

"因为其他宇宙的人都受到 EIPU7 的控制，因此去哪个宇宙都无所谓，具体的位置，我希望是英国剑桥，然后是印度的加尔各答或者俄罗斯的莫斯科。"普拉萨德说道。

莉迪亚听了，不由得一怔，她这时才看出普拉萨德看着自己的眼神充满了一种深邃的感情，她说道："剑桥……如果可以的话，我也想去。"

"不，你不用去，我去就行了。"普拉萨德说道，"你得留在这里，因为到目前为止，对'上帝的办公室'的操作，最熟悉的人就是你。我希望李耀杰和肖恩能陪我一起去，也不知道他们有没有做一次人类学家的兴趣。"

莉迪亚笑了笑，说道："李耀杰应该会有兴趣，但肖恩我就不敢保证了。不过'上帝的办公室'目前还派不上用场，所以还是我去吧。很久没有去过剑桥了，反正现在哪个宇宙里的剑桥都不会有太大差别。"

普拉萨德很是高兴，说道："那太好了，其实我还是愿意和你一起去剑桥，而且你也多少受过一些人类学的训练。"

当天下午，普拉萨德和莉迪亚两个人就来到了剑桥。他们将飞船调成隐形模式，停在一个隐蔽的山洞里。

当他们再一次来到剑桥时，一切都让他们感到似是而非。第一眼望过去，生活在这里的人们都很正常，他们过着普通人的生活，体现出一些基本的生活状态。可是当他们将目光锁定一个区域的时候，经过很短的一段时间，他们就能看出这些人与普通人在本质上已经发生了变化。

"不要忘了，我们现在也是'红火蚁'，我们得假装跟随这些人留下的信息素，然后进入人群中，在人多的地方，仔细观察他们都在做些什么。"普拉萨德说道。

莉迪亚点点头，两个人来到了市区，他们之前因为有仔细观察过这些"红火蚁"，所以很快就进入了"蚁群"。他们跟着人群，但在进行观察之前，他们首先要做的就是完全融入人群中。因此每过一条马路时，他们都是跟随前面之人的脚步，而且以一种相差不多的频率迈着步伐。十字路口的红绿灯都已关闭，车辆和人群以一种非常精密的方式纵横交错，彼此之间毫发无伤。他们目前还不敢以这样的方式横穿马路，只能沿着街边走，很快他们就进入了一家餐厅。他们选择在一个角落里用餐，在那里，他们总算是能稍稍松一口气了。

"这就像是设定好的程序。"普拉萨德说道，"不过这个观点已经不稀奇了，我们很早以前就知道了。"

"人类学可不是光看一些表面的现象这么简单的。"莉迪亚笑道，"其实人类学和历史学的关系，在我看来就像是物理学中量子论与相对论的关系。历史学与相对论都是宏观的，而人类学和量子论都是微观的，而且就人类学家对各地人群的观察而言，这种观察意志本身就会影响这个人群原有的一些量子，而量子论中的测不准原理也是如此。"

"没错，而且宏观的东西总是有一种较为明确的规律在规定着大的方向，可一旦进入微观领域，一切规律都会变得混乱。"普拉萨德说道，"人也是由粒子组成的，观测粒子本身就是杂乱无章的，但组成了宏观的人体后，仿佛就形成了一个较为明确的规律。我们现在要做的，就是解构一切表面的规律，进入深层的状态。"

"可是被那些怪物所控制的人群，以人类学的角度来看，似乎也有着一种规律。"莉迪亚说道,"因此这就变得不正常了,因为这并不符合人性,即便是分工精细的大工业流水线上的生产,也无法让人一直忍受成为机械零件的一部分,从而就出现了各种工会。卓别林的《摩登时代》就是一种反抗和讽刺,这也符合绝大多数工人的内心想法。"

"我们假设有上帝的存在,上帝赋予了人的意志,而这些怪物似乎改变了这种意志。不管我们将这些怪物看作新的上帝,还是与上帝作对的撒旦,他们都的确掌握了一种技术,颠覆我们过去对人类社会的认知。"普拉萨德说道,"走吧,我们应该去一些工厂里看看。"

于是,他们依旧扮作"蚂蚁",顺着人们留下的痕迹,在一个范围之内,不断逼近附近的一家汽车厂。莉迪亚和普拉萨德来到汽车厂前,但他们一时不知道该怎么进去。就在这时,在人群中,有一个人一直在盯着他们,这是个女人,一头金发,眼神锐利。

"快走,被人盯上了!"莉迪亚说道。

两个人并没有慌乱,而是借着前方一个路过的人,他们保持着距离,跟着这个人远离了这家汽车厂。但他们并不敢回头去看那个女人是否还在盯着他们,他们有一种被监视的恐惧,让他们不知不觉变得和"红火蚁"那样,不敢走出范围一步。

"天快黑了,我们得找一个地方过夜。"普拉萨德说道。

"街对面有一家宾馆,我们过去,你正好回头看一眼,看看那个女人有没有跟过来。"莉迪亚说道。

两个人跟着前方的三个人一起过了一条街,在一辆小汽车从他们身后驶过的一瞬间,普拉萨德回头仔细扫了一眼,并没有看见那个女人。

"没有。"

莉迪亚长舒了一口气,说道:"先找个房间,刚才那个女人很可能是一只'狼蛛'。"

"他们这项工程真是够细致的,到现在监督者还在到处巡视。"普拉萨德说道。

两个人以一种不快不慢的速度来到宾馆，订了一间房，他们跟随服务员进了房间。莉迪亚最后朝着宾馆走廊左右瞟了一眼，这才把门关上。

"不知道我们刚才订房间的举动有没有什么不对劲儿的地方。"普拉萨德说道。

"我想应该没有吧。"莉迪亚说道，"不过我们得小心，有时候这些监督者会来房间里做检查。"

"如果他们来了，我们该怎么办？"普拉萨德说道。

"就让他们查，如果我们躲起来，反而会引起他们的注意。"莉迪亚说道。

"可是，我怕我们已经引起他们的注意了。"普拉萨德站在窗口，透过窗帘的缝隙，看着下方。莉迪亚走过来，透过缝隙，看见下午那个在汽车厂监视过他们的女人，此刻正在宾馆的下面徘徊，不时朝着三楼的位置，也就是他们所在的楼层望去。

"看来我们还不是一个合格的'蚂蚁'，还是没有完全融入'蚁群'。"莉迪亚说道。

"那我们是不是该离开这里？"

"不，如果他们要来查，就尽管来查。"莉迪亚说道，"她越是监视我们，我们就越要坦然地被她监视。"

"就好像原始部落里的巫师，会观察外来的人类学家是否会做出违背他们传统的事情。"普拉萨德笑道，"我想我们应该同时观察一下那些住在宾馆里的人，此刻都在做些什么。"

"等他们先来检查，然后再说吧。"莉迪亚说道。

话音刚落，就有人敲门。莉迪亚已经做好了心理准备，便上前打开门，是一个中年男人。这个人大腹便便，看着不像是来执行什么特殊任务，但莉迪亚知道，狼蛛可能是任何人，无关样貌。这个人进来看了一眼，普拉萨德此刻就坐在床头，坦然地望着窗外，眼神安详。之后，这个人在屋内来回绕了一圈，这才走出去，顺带将门关上了。

普拉萨德长出了一口气，说道："刚才我们表现得很镇定。"

"是啊！"莉迪亚说道，"看来我们并没有做太超出范围的事情，接下来我们得观察这些'蚂蚁'了。"

"那我们去哪儿观察？"

"我觉得不要去什么工厂了，就去剑桥。我们最重要的事就是找到这些人背后的规律，以及在这个规律中产生的效果。"莉迪亚说道。

"那好，明天一早，我们去剑桥大学参观参观。"普拉萨德说道。

第二天，他们吃了早餐后就以蚂蚁的方式，跟着人群，朝着剑桥大学不断逼近。当他们来到剑桥大学时，见周围并没有人，便也不顾得许多，径直走了进去。莉迪亚仿佛又回到了自己的家，但她知道，父亲已经死了，她不可能在这里再见到他。

"去哪儿比较好？"普拉萨德问道。

莉迪亚回过神儿来，随口说道："就去王后学院吧。"

他们来到王后学院，看见了一群学生，就顺着人群留下的痕迹，不断接近这群人。从表面上看，这群人与一般的师生并没有太大差别，不过仔细观察后就会发现，他们的行为也被框定在了一个范围之内。莉迪亚和普拉萨德就在附近，听见一个物理老师与几个学生的对话。

"我认为粒子的任意聚散是可以做到的。"一个学生说道。

"理论上可以，但实践上还有距离。必须避免一切干扰项，才能将粒子任意聚散。"老师说道。

另一个学生说道："如果我们面对一个强大的敌人，那么我之前所说的量子机器人就可以声东击西，而且可以随时随地获取能量。"

老师听了，不置可否。

莉迪亚和普拉萨德两个人互相看了一眼，又走到了另一群人附近，他们也在讨论关于制造新式武器的方案，但为何要制造武器，他们却没有说。两个人听了一会儿便悄然离开，随后他们来到一片无人的树林里，四下又检查了一番，确定没有人接近。

"你听出什么了吗？"普拉萨德问道。

"我只觉得奇怪，他们都在说制造武器，包括进攻和防御的武器，但他们都已经被控制了，他们制造这些武器想要做什么？"莉迪亚感到非常奇怪。

"搞不懂，他们看起来依旧是'蚂蚁'……难道他们一直在伪装，目的是为了对那些怪物发动反击？"普拉萨德说道，"如果是这样的话，那对我们就太有利了。"

莉迪亚摇了摇头，说道："这种可能性微乎其微。这里距离我们的飞船不远，我想我们该走了。"

"为什么？"

"我们刚才因为这里人少，所以没有沿着所谓的信息素，我们自己也就留下了一堆信息素，那些监督者会很快找到这里来的。"莉迪亚说道。

"我们只在英国待了不到一天的时间，就要走吗？"普拉萨德说道，"我觉得我们什么也没有观察到。"

"先去印度加尔各答，去看看那里的贫民窟。"莉迪亚说道，"走吧。"

之后，两个人很快就回到山洞，启动了飞船，并且屏蔽了一切雷达搜索，朝着亚洲飞去。在飞船上，莉迪亚一直在想之前在英国所看见的一切，觉得一时之间很难理解。

"你在想什么？"

莉迪亚深吸了一口气，说道："说不清楚，或许是我的一种感觉，我觉得那些人在讨论制造新式武器的目的很可能是为了对付我们，或者说他们的目的是在清除余数。我不知道为什么，当我看见那些学生，原本他们应该是朝气蓬勃的，但他们给我的却是一种冰冷和恐怖的感觉。我希望我的感觉是错的，但我总是有这样的感觉。如果说剑桥是世界上最有名的大学，里面的人大多都是一些聪明人或是各行业的精英分子，那么我很想去看一看加尔各答的贫民窟现在又是什么样子。"

"看来让咱们俩来当这个人类学家，还是不够格的，只看了一天就走了。"普拉萨德说道。

"这些人受到了控制，他们与正常人不同，他们的行为方式都被局限在了一个范围内，超出范围就会被监督者监控，甚至是抓捕，因此他们的状态比正常人要小，我说的'小'的意思就是局限。"莉迪亚说道。

"最重要的是他们的思想，因为他们的思想直接来自那些怪物。"普拉萨德说道。

几个小时后，他们来到了印度，他们将飞船停靠在恒河边一个草木丰茂的地方，然后他们悄悄地接近市区。加尔各答有相当一部分都是贫民窟，这也是这个地方的一个特色，他们很容易就进入了贫民窟的范围。这里的人口密集，四周都显得很拥挤。不过这样对他们来说反而是一件好事，他们也就不用太担心自己的行动会超出信息素的范围，因为这里到处都有人留下来的信息素。

可是让他们感到有些意外的是，原本以为这一大片贫民窟必然是混乱不堪的，虽然这里人口稠密，但他们走进去后就发现，一切都变得非常井井有条。在一个狭窄的范围之内，形成了一种属于这里的规律，即便是交通，也不像他们所想的那样拥堵不堪，只不过是人与车的速度都放慢了一些，虽然依旧交错纵横，但却是十分有秩序。在这里，他们也能轻易地从看似拥挤的马路上走过，当他们跟着当地人行走的时候发现，眼中的拥挤与身体上感到的宽敞形成了鲜明的对比。

所谓的狭窄与宽适其实是一种相对的感觉，如果一个人的正常状态在十分之九，那么将他放在十分之七的环境中就会显得局促，但如果一个人能将自己的状态调整到十分之五，那么十分之七的局限反而就变得宽适。这里的人被那些怪物改造成能很好地适应这里狭窄的环境，而且这种改造与原本的印度人不同。原本的印度人本质上还是普通的人类，虽然他们长期习惯于拥挤的生活状态。即就算一个人对长期拥挤的生活做了妥协，但若是将其放在更为宽松舒适的环境里，他会在很短的时间内，并且非常愉快地接受这种舒适的环境，也就是说不管他对外在的"狭窄"环境如何妥协，其本性上却是更为宽松的环境会让他感到更加舒适，至少对大部分人来说是这样。

但是这里的印度人与原来正常的印度人已经不同了，因此他们已经能非常好地融入眼前这个看起来较为拥挤的状态，并且能以一种欣然的态度认可眼前的环境是一种较为舒适的环境。

在一个个贫民窟中，虽然贫民窟的布局看起来依旧杂乱无章，但是里面的人却显露出一种不仅仅是在宗教信仰上体现出来的宁静，还有一种理性，无论是首陀罗，还是吠舍。有一些人在简陋的屋子里似乎写着什么，还有一些人在屋子里看书，除了行人的脚步声和偶尔一些摩托车驶过所发出的声音，几乎听不见其他的杂音，没有闲聊，也没有吵闹。

当他们走到一间陋屋前，看见一个衣衫褴褛的人正拿着粉笔在熏黑的墙壁上画着一道道线条。

"这是……分形几何！"普拉萨德惊叹道，"这里的人……"

莉迪亚又仔细看了看，发现这个人正在演算一个非常精密复杂的几何公式，一道道精确的线条画在肮脏漆黑的墙壁上，如此对比，就好像市井中隐藏着能解释宇宙的至高奥秘一样。

"那些怪物的改造，是希望每个人都发挥自己的脑力吗？"普拉萨德说道。

莉迪亚眉头紧锁，说道："我们再看看。"

他们继续在贫民窟里行走。不知不觉中，他们自己也已经以类似的方式，渐渐地适应了这样的一种环境，他们也进入了一种氛围，因此与"蚂蚁"的生活状态更加接近了。

"你听！"莉迪亚将食指放在嘴唇边，示意噤声。

两个人屏息凝听，在不远处，大约隔着一条街的位置，他们听见有歌声传来，他们用一种类似猫一样轻巧的步伐，渐渐走近那条街道。他们听出那是梵乐，但他们对印度梵乐所知不多，所以也说不出这首梵乐的名字和起源。这首梵乐一直绵绵不绝，但他们越是靠近，就越觉得自己似是进入了一种恍兮惚兮的境地。

不管是莉迪亚，还是普拉萨德，他们看着头顶正在不断西斜的太阳，一种神之光晕在他们的眼中渐渐浮现。音乐是什么？音乐原本就是用来通神的祭祀手段，而他们此刻所听见的音乐，正好渐渐还原了音乐本就该有的含蕴。

这样一种仿佛能让人的精神接近神的音乐，在莉迪亚和普拉萨德的脑中开始翻江倒海起来。在这样一种难以言说的状态下，他们浮想联翩，脑中各种稀奇古怪的现象开始渐渐浮现。这些原本荒诞的东西，竟渐渐变得清晰可信，就好像夜幕下的朦胧物体，在地平线的第一道光射过来之后，逐渐清晰。

这是一种深度的冥思，在深层的状态下，潜意识开始缓缓地浮上水平面，灵感就源于此。

普拉萨德的脑中此刻想到了一些概念，而在莉迪亚的脑中也有了一些模糊的形象，他们走在这条街上，甚至忘记了去看究竟是谁在演奏这段迷离恍惚的梵乐，就这样走在音乐声中。当他们的脚步渐行渐远的时候，音乐的声音也越来越小，但他们脑中的音乐依旧萦绕不停，就好像这首梵乐已经生长在他们的脑中一样。

"普拉萨德！"一个声音从他们的身后传来，两个人立即回过神来，他们的精神顷刻间又掉落到了凡间。两个人为之一惊，普拉萨德听到这个声音，缓缓地转过头去。

CHAPTER
14

迷　宫

　　拉普达飞船上的科学家团队在此之前就已经研究出了一种关于意识上传的技术，但是这项技术目前为止还无法直观地将一个人脑中的信息传入电脑，而是要通过让人进入深度冥想的状态，脑电波维持在 α 波的波段中，也就是8—14赫兹，之后让另一个人的意识进入这个人的意识中，然后在其中获取抽象信息。

　　当陈教授将这四个怪物的大脑连接起来时，并用仪器维持他们的大脑在一个深度冥思的状态中，之后便将这四个怪物的意识上传到了计算机中。但他还需要另外有人进入这四个怪物的潜意识组成的意识迷宫中，在其中获取信息。因为这四个怪物的意识即便被计算机解码，也依旧非常混乱，与人类的意识大相径庭，因此必须有人的意识介入，才能一点点地将这些乱码破解成人类能理解的意思。

　　当一切都准备就绪，就必须得有人进入这四个人联网组成的意识界中。在实验室里，这四个青灰色透明的怪物躺在仪器之上，大脑上已经安装了与计算机联网的装置，旁边是一台如橱柜一般大小的计算机。

　　所有人都在实验室里看着这四个怪物，陈教授走到计算机前，看了一眼，说道："我必须把一些重要的事项事先声明一下，进入这四个怪物的意识界，并不是以一种具象的实体表现出来的，而是一种我们以前可能从未见过的东西，或许是具象，或许是非常抽象的东西。进入的人会面临一定的危险，自己的意识可能会被这四个怪物的意识入侵，造成大脑上和精神上的疾病。"

江天佐说道："其实，我觉得去的人已经定下来了，就是陈羽。"

陈羽愣了一下，冷笑了一声，说道："我猜到了。"

"我也去吧。"王腾说道，"用两个人的意识去对付四个怪物的意识，总会比一个人强。"

陈教授点点头，说道："虽然是这么说，但你们两个人的意识，彼此之间也有可能会互相渗入，所以你们进入之后，最好能兵分两路，千万不要被彼此的意识干扰。"

"会这样吗？"王腾问道。

"会的，我说了，这不是电影。"陈教授严肃地说道，"人的大脑、人的意识，可能是宇宙中最复杂的结构，因此你们必须要有非常强大的意志力才行。"

"叔本华、尼采。"陈羽笑道，"我知道你的意思。"

"对，就是强力意志。"陈教授说道，"我们科学家团队会时刻监控，避免这些怪物的脑电波发生过大的波动，因为波动越小，对你们的影响也就越小。"

江天佐问道："你们需不需要准备一下？"

"不需要，来吧。"王腾说道。

陈教授问道："你们昨晚有没有失眠？"

陈羽和王腾都表示没有，陈教授又说道："那好，一会儿吃过午饭，稍微休息一下，我们就开始。"

下午两点钟的时候，陈教授带着陈羽和王腾两个人来到了实验室，所有的科学家也都在旁边做好了准备。陈羽和王腾两个人分别坐在两张椅子上，陈教授给他们的头上戴了一个类似头盔一样的装置，用无线的方式连接到电脑上，它可以感应陈羽和王腾两个人的意识。

"还有一点，在意识界中，时间的概念也是模糊的，可能你觉得过得很快，但现实中已经过了很久，也可能你觉得很慢，但现实中可能才过了几分钟而已，所以一定要重视自己的意志，逻辑在意识中有时候并不那么准确，你们一定要记住。"

两个人点点头，陈教授走到计算机前，说道："那就祝你们旅途顺利。"说着，他按下了一个键，紧接着，陈羽和王腾两个人同时长呼出一口气，眼睛自然就闭上了。

自己消失了，陈羽能感觉得到，或者说他的身体消失了，但有一种东西，是他的本质，并没有消失。他进入了一种恍惚混沌的状态，这是一个他从未踏足，即便是在梦中，也从未梦见过的世界。他的感官也发生了变化，原来的视觉、听觉、嗅觉、味觉和触觉，都只是一个巨大而无形的牢笼上五个非常微小的孔洞，他在牢笼中只能通过这五个小洞才能观测到外面的世界，而且只是一点点而已。

然而，牢笼也是壁垒，因为当他被释放的时候，他突然发觉自己的感官原来可以如此深广。因此，他用自己的一个强力意志，为自己创造了一个无形的外壳，他可以脱离这个壳，也可以裹在壳中。这时，在他的视觉中，出现了一层又一层绵延无尽的景象，他一开始无法适应，只能将这个壳继续缩小，最终，他恢复到了一个人本身该有的状态——他回到了那个牢笼中。

这些绵延无尽的景象也渐渐变得简单明了，但陈羽依旧无法弄懂，因为在一片虚空当中，他站在了一条悬空的蜿蜒长路之上。而这条路更像是一条无限长的带子，在这条长长的带子的另一面，王腾也已经站在了上面，虽然他们两个人互相之间并不知道，但他们的双脚看起来却只隔着不到一毫米的距离，因为这条长长的带子并没有什么厚度，更像是一个绝对二维的平面。

陈羽走在这条宽度大约只有五米左右的路上，他知道自己不能停留在原地，必须向前走。在前方，是一片难以形容的虚空，仿佛是白色的，但走近一些，又变成了灰黑色，一切都在变幻之中，他的视觉依旧没有完全缩小到人眼的范围，他仿佛变成了一只虾蛄，眼中所见的一切都如万花筒一般千变万化，层层叠叠。

他只得继续往前走，他感觉到脚步变得非常轻，甚至感觉不到两只脚在动，整个人就已经以一种不快不慢的速度往前走去。前方的道路上下波动，左右盘旋，当他走到前方一个节点的时候，他突然意识到原来这条路已经开始渐渐地呈螺旋状分布，他回头看了看刚才走过的路，已经在他的下方，或者说他现在正在刚才那条路的下方，他想到了莫比乌斯环，他怀疑整个路径很可能就是来回螺旋扭曲的环带。但是他依旧能看见前方的路绵延不绝，他也不知道在这其中究竟能获得什么。

他决定脱离这个壳子，再一次呈现出一种更高层级的存在，于是，他眼前的一切也相应地变得更加纷繁复杂，那些螺旋弯曲、上下波动的路一瞬间也随着他的变化，形成了一种千丝万缕、循环往复的状态。在一瞬间，他在一个角落中仿佛看见了王腾的影子，但转眼之间就消失不见。

在另一边，王腾依旧走着自己的路，他并没有想那么多，就这么一直走了下去，他走了一个环又一个环，他只是觉得还是人的感知运用起来比较熟悉。于是，在他的前方出现了一块拳头大小的石头，这是一颗青灰色的蛋白石，他不知道怎么在这里找到这么个东西，很自然就捡了起来。然后向前走了两步，他又看见了一块石头，这一次是一颗深蓝色的月长石。他又捡了起来，他两只手各拿着一块石头，就这么继续往前走去。

而陈羽在千丝万缕中感到混乱的时候，他开始领悟到一件事，他的感官已经变得无所不能，但是他的大脑依旧是人类的大脑，因此以人来感应神所感应的东西，他必然就无所适从。因此，他开始思考周围这一片混乱景象的规律。在他周围，千万条流动的线组成各种形状，转瞬之间又变化消失。陈羽这一次并没有退缩，而是开始用一种深度的沉思去思考周围一切铺展开来的景物。这里不知道是什么维度，仿佛每一个事物的每一个面、每一个点都在竭尽全力铺陈开。他看见眼前有无数个点与线的连接，他的意志开始介入这些点与线，然后，他开始以一种难以表述的方式组合这些看似散乱的形状，接着，他的意志力产生了作用，周围的一切开始以一种规则运行，并且合并。

但即便如此，依旧非常繁复，他还是难以找到本质的规律，仿佛是上帝的魔方，似乎无论怎么组合都无法同时将每个面都恰到好处地拼接起来。他知道，刚才那一瞬间看见了王腾，也就是说王腾就在附近。

王腾其实就在陈羽的下方，与陈羽只隔着一层毫无厚度的二维平面，可他即便是低下头，也只能看见一条长长的弯路。但不知何时，他的面前出现了一只巨大的蚰蜒，身躯足有一只野猪那般大。王腾一惊，停住了脚步。

陈羽开始拼接无数点与线，在拼接的过程中，渐渐地出现了一些几何形状，形成了一个以黄金分割点为基础的螺旋形。可是就在一瞬间，陈羽仿佛被一股吸力吸进了这个螺旋形的深处。他看见自己竟然跌落在一只硕大的白色透明的蜘蛛面前，这只白蜘蛛的身体就有一平方米的面积，加上八条毛茸茸的长腿。

陈羽突然从上帝变成了一只即将被捕捉的虫子，他开始竭力扩散自己的意志，可是这只蜘蛛也随之变得无限多，到处都是。无数条蜘蛛腿、无数根蜘蛛吐出的丝线、无数个巨大的白色透明身躯、无数对滴着毒液的毒牙，在他身边如万花筒一样旋转起来，并且无限分解，又重新聚合。

陈羽的意志力不禁开始缩小，缩小到他好像变成了地上的一粒微尘一般，而蜘蛛也变成一只，而且变得只有几厘米大小。接着，这只蜘蛛开始朝他走过来，一对毒牙上下打磨着。陈羽这时看见了周边那条以黄金分割点为基础的螺线，他试图沿着这条螺线螺旋向上，似乎这样就能逃出眼前的危险一般。

王腾看见这只蚰蜒在朝着相反的方向跑，他顿时松了一口气，他原本握着两块石头，想要当作武器，但眼下暂时也不需要了，他便继续朝前走去。那只蚰蜒就在他前方，虽然长着一大堆数不过来的细长的腿，但它好像走得并不是很快，速度只比王腾快一点儿。

"见鬼！难道这些怪物的脑袋里都是这些乱七八糟的东西吗？"王腾忍不住大骂了一声。接着，他的声音开始以一种涟漪的状态朝着四面八方扩散开去。

陈羽被一阵声波震倒在地，在这个声波中，一股令他恐惧的强力猛烈袭来，他唯一的办法就是将自己缩小到如微尘一般，就好像飓风能吹倒大树，却拔不掉小草一样。虽然他没有受到伤害，但是他因为渺小而随风飘去，这股声波将渺小如微尘的他一瞬间吹到了老远的地方，他自己也不知道自己落到了何处。

当他落下来的时候，早已不在那个螺线中了，而是在一个由非常复杂的图案无限分裂出的一片密集的分形几何图案中。陈羽此刻依旧如同微尘一般在两条线的夹角中，接着，他就看见两条线的夹角越来越小，仿佛要将他死死地夹在其中一般。

陈羽这时再一次以强力意志使自己变得巨大，这一变，身边的那一堆原本看似蔓延无际的分形几何却越变越小，最后只有一个小拇指的指甲盖那么大。他的身体变成一股无形的气态，仿佛充盈着无尽的虚空，可是一个怪物的眼睛在他面前睁开，一对眼睑在睁开的刹那，险些掀翻陈羽。陈羽只觉得有一股力将他向后推了一段距离，他在一瞬间又变成了一个人，他的感官瞬间又缩小，眼前的这只大眼睛也变小了，在他面前的是一个青灰色透明的怪物。

"站住！"这个透明的怪物开口就说了一句标准的中文，陈羽听了，不由得一惊。

"你是谁？"

"你又是谁？为什么会来这里？这里不是你应该出现的地方，你是人类。"怪物说道。

陈羽此刻的意志既无法扩大也无法缩小了，一股无形的力量框住了他，他说道："那你为什么会在这里？"

"你不要指望能在这里打听到任何事情。"怪物说道，"你唯一能带走的就是疯狂。"

陈羽没有说话，他知道这个怪物无论是谁的潜意识，都会保守这里的一切秘密。怪物向陈羽走了过来，他的眼神中充满了一种怪异。

"数学可以定义你的来处，因为即便是多少光年之外的某种外星生物，也会掌握数学，因为数学是宇宙的语言。"陈羽说道。

怪物听了，停住了脚步，说道："你不用猜了，你永远也不会知道这其中的秘密的。"

"但你能控制我的意志吗？如果你不能，我就能破解你的秘密，或者说是你们的秘密！"陈羽说着，突然朝着那个怪物狂奔而去，对着他就是一拳。那怪物生得矮小，陈羽一拳打在了他的头上，那怪物就像一个皮球一样滚出去老远。

那只蚰蜒突然回过身，一下子扑到了王腾身上，王腾猝不及防，被撞倒在地。他生怕那只蚰蜒咬到自己，便就地向后一翻，这才躲了过去。王腾立即站起身来，那只蚰蜒站在那里，又不动了。

"那些怪物的脑中居然出现一个这么形象的蚰蜒，想来这些怪物所居住的地方应该是阴暗潮湿的地方，最起码不会是在大太阳之下。"王腾说道。

话音刚落，就见这只蚰蜒瞬间扭曲变形，王腾瞪大了眼睛，他看到这只蚰蜒变成了一颗行星，大约和一间房屋那么大，就这样飘浮在他的面前，他仔细地观察着这颗行星。

这颗行星在王腾面前开始旋转，王腾不明白这是怎么回事，但是看见这颗行星并不算大，甚至与真的行星相比简直可称之为微观，就大步走上前，试图用手去触碰这颗行星。当他将手缓缓地伸向这颗行星的时候，行星的运转速度却开始渐渐加快，仿佛他的手有一股无形的力。当王腾的指尖碰到行星表面的一刹那，这颗行星就静止不动地悬浮在他面前，他一时之间竟然不知所措。

"这到底是什么意思？"王腾对眼前所发生的变化甚为恼怒。

那个怪物又走到陈羽面前，伸出一根手指触碰到他的眉心，陈羽睁大眼睛，看着这个怪物，问道："你要做什么？"

"我要获取你们的信息！"

陈羽立即向后一退，有些惶恐地看着这个怪物。

这个怪物发出了刺耳的奸笑声，说道："我知道，你们想要对付我们，你们认为我们控制住了你们，你们要摆脱控制，可是你们错了，全都错了！"

"废话！难道我们人类应该任由你们摆布？"陈羽说道。

"没错，只有这样，你们才有可能活下去！"

陈羽听了，皱起眉头，问道："你这话是什么意思？"

怪物冷笑了一声，一瞬间就消失了，只留下一个声音，说道："当你发觉的时候，你很可能会带着疯狂离开！"

陈羽再一次回到了最初来时的那个虚空之中的迷宫里，他再一次独自前行，他回到了一个正常人的状态，但是他开始感知到一种包罗万象的思维。他认识到，一切的分类并不是让万物之间泾渭分明，这只是一种辅助的手段，当到了一定程度，对于世间万物便不再需要分类了，心中自有一种最为本质的规则，唯一的规则。世界存在之前，他暂且不必考虑，但世界存在之后，"一"就是万物的本质，"一"贯穿时间的始终，贯穿空间的四方八极，"一"就是一切！

他的感官回到了人的状态，但思维开始朝着更高的层级迈进。与此同时，王腾来到了一个他从未见过的世界，在他面前，有一棵深红色的参天大树，银白色的树冠之上是一片土黄色的天空。

CHAPTER
15
进化的死角

"阿克谢!"普拉萨德脱口而出。

一旁的莉迪亚立马就明白了,这个叫阿克谢的人并不是普拉萨德的熟人,只不过是不同宇宙的分身而已。普拉萨德看见这个人后,在一瞬间显得很是兴奋,但马上也明白了。

眼前的这个人穿着一件 T 恤衫,看起来颇为朴实,他皮肤黝黑,一头卷发,双眼炯炯有神。他看见普拉萨德后,很是高兴地说道:"真没想到能在这里遇上你,要知道我已经很久没有见过你了!"

普拉萨德灵机一动,说道:"是啊,我也是,之前我一直在国外。"

阿克谢看见莉迪亚站在普拉萨德的身旁,便笑着问道:"她是谁?"

"她是我的未婚妻。"普拉萨德坦然地说道。

因为两个人说的是印地语,所以莉迪亚并没有听懂。

"说英语吧,否则你的未婚妻根本听不懂我们在说什么。"阿克谢用英语说道。

莉迪亚一怔,看了一眼普拉萨德,普拉萨德只是笑了笑,说道:"我们能去你家吗?"

"哪个家？"

"最豪华的那个。"

"好的，请吧，两位！"说着，阿克谢带着他们朝自己的家走去。

这一刻，他们看见在一个被禁锢的世界中，仍旧保存着一些完整的人性，但是他们并不敢确定这个阿克谢究竟是怎么回事。他们在这一片迷宫般的贫民窟里曲折前行，最终来到了阿克谢的家，依旧属于贫民窟，看起来十分破烂，就在一个小山坡上，一栋破烂的小楼，他们家在二楼。

阿克谢带着普拉萨德和莉迪亚进了自己的家。屋里虽然破旧，但收拾得很整洁，他们进去后，通过狭窄的前厅，直接去了阿克谢的卧室，阿克谢随手把门关了起来。卧室里有一张矮床和一张桌子，桌子的红漆几乎都要掉光了。再往前走两步，就是一个长不过两米，宽约一米的阳台。莉迪亚来到阳台望着下方，这里与她所见过的任何一个地方都不一样，因为这里虽然脏乱，却透着一种比诸多发达城市还要整洁与秩序的内在。这里是安静的，没有想象中的喧闹；这里的人是贫困的，但是他们或者在做着自己的工作，或者在发挥着自己的才智，他们每个人似乎都在找寻着最有意义的事情来做，没有懒惰、颓废。这样一种状态放置在这么一大片贫民窟中，就显示出了一种非常独特的状态，或者说是一种新颖的审美。这并不是什么"心远地自偏"，也不是什么"人不堪其忧，回也不改其乐"，而是一种难以名状的整体性。

神死了，人们必须自己找寻意义。眼前的一切，对比他们在英国看见的，本质上是一种东西。

"这位小姐，请进来喝杯咖啡。"阿克谢给他们每人倒了一杯咖啡，放在了桌子上，莉迪亚回到屋中。

阿克谢满怀热情地问道："这么多年你去哪儿了？"

"英国。"普拉萨德说道，"所以才会认识她，莉迪亚·道尔顿。"

阿克谢面露微笑，看着莉迪亚，说道："你们什么时候回来的？"

"今天。"普拉萨德说道，"这段时间你一直住在这里？"

"没错。"阿克谢说道。

普拉萨德和莉迪亚两个人相互望了一眼,普拉萨德又问道:"你觉得这个地方和多少年前比起来,是不是变化了很多?"

阿克谢没有说话,也没有任何表情,只是朝着窗外望了一眼。

普拉萨德笑了笑,问道:"怎么了?"

阿克谢说道:"我应该向我的邻居报告,说你们来了,但我并不愿意这么做。"

普拉萨德和莉迪亚立马就明白了阿克谢的意思,但他们并没有慌乱,因为此前陈羽就有过类似的经历。阿克谢的话表明了他还保存着正常人的情感,尤其是普拉萨德,他认为这个阿克谢并不会对他们做出任何让他们难以接受的举动。

"我劝你们什么都不要管,还是尽快离开这里吧!"阿克谢说道。

"我们来就是为了调查一些事的,我们想了解一下这里的人的生活状态。"普拉萨德直截了当地问道,"你知道这一切是从什么时候开始的吗?"

"我也说不清楚,但一点点就变成了眼前的这种状态,一种非常完美和谐的状态,我们这里已经有很久没有抓到过罪犯,他们都仿佛消失了一般。"阿克谢说道,"但我隐约感觉到,你们和我们不一样,我应该对我的邻居说,但我希望你们或者离开,或者也接受眼前的事实。"

"你的邻居?他属于什么种姓?"普拉萨德问道。

"首陀罗,可这又怎么样?我们现在也不太强调这些了。"阿克谢说道,"传统的信仰离我们越来越远,但很奇怪,我们几乎并不感到怎么伤心和难过,因为仿佛会有一种新的、更好的信仰在我们这里渐渐诞生,这是梵天的创造,毗湿奴的第十个化身。"

普拉萨德惊愕地看着他,莉迪亚说道:"其实接受眼前的精神状态和生活状态,倒也并不是什么坏事,我们也在考虑,否则也不会来这里,因为世界的其他地方也好像都变了。"

阿克谢听了,欣然一笑,说道:"看来真正的天启已经降临了,人类即将全面进化成超人。"

莉迪亚点点头，说道："我想了解一下，之前的那段梵乐是怎么回事？"

"当你们听到那段梵乐的时候想到什么了吗？"阿克谢反问道。

"好像是一种灵性，启发人的灵感，让人进入深层的潜意识。"莉迪亚说道。

"没错。"阿克谢说道，"要知道印度人是最讲究灵性的人，灵性的开发，实际上能帮助人们获得更多的灵感、更高的启示。如果你在研究某一项非常艰深的课题，当你听到这首音乐的时候，或许一瞬间的灵感就能帮你冲破难关。"

"似乎是有这样的感觉。"莉迪亚说道，"因此你们这里的音乐家是刻意创造出这种音乐的？"

"是的。"阿克谢说道，"声波、频率、振动、节奏、曲调、音色，这些东西的组合会让人产生不同的状态。这些音乐家其实都是一些科学家，他们通过不断实验，才创造出这些音乐。"

"不得不说，你们的确和过去不同了。"普拉萨德意味深长地叹了口气。

阿克谢说道："你们接下来会怎么做？"

"继续深入调查，以人类学家的角度。"莉迪亚说道，"你得承认，这也是一种学问。"

阿克谢喝了一口咖啡，说道："其实这是没必要的，因为整个人类都在这样变化，你们没必要站在局外来观察，这没什么意义，我觉得接受是我们最好的选择。"

普拉萨德说道："或许你并不知道是怎样的接受方式。"

"我不需要知道，但我相信会有人知道，他们会解决一切问题。"阿克谢说着，站起身来，敲了敲他们身后的墙。莉迪亚和普拉萨德随即站起身来，普拉萨德问道："你在做什么？"

"我是在帮你们。"

阿克谢话音刚落，就有人敲门，他上前打开门，随即走进来一个极为年轻的女孩儿，看起来只有十几岁的样子，棕色的皮肤，身材高挑，非常漂亮。尤其引人注意的是，她也长着一双不同颜色的眼睛，一只是黑色的，一只是蓝色的。莉迪亚先是吃了一惊，普拉萨德回过头看了她一眼，神情严肃。

阿克谢说道："这是娜吉斯小姐。"

普拉萨德和莉迪亚站起身来，很不自然地朝她点了点头。娜吉斯看向莉迪亚时，目光也在她的双眼上停留了片刻。莉迪亚知道，这个娜吉斯很可能就是个监督者，但是贫民窟拥挤，他们如果跳窗逃走，根本跑不了多远。而这个娜吉斯似乎并不想对他们怎么样，只是像一个邻居上门，他们第一次见面而已。

阿克谢说道："这两位是我的朋友，普拉萨德和莉迪亚。"

娜吉斯只是冲他们淡淡一笑。

普拉萨德问道："你准备怎么帮我们？"

"我也不太清楚，是由娜吉斯来帮助你们。"阿克谢说道。

普拉萨德说道："娜吉斯小姐，你是做什么的？"

"把你们变成超人。"娜吉斯说道，"你们将会和过去的自己完全不同。"

"你会怎么做？"莉迪亚问道。

"这个你不需要知道，就好像我们永远也不知道神是如何创世的一样。"娜吉斯说道。

"你能和我们说说你的想法吗？你是怎么看待这样一种进化的？"莉迪亚问道。

"其实就像尼采说的，对于人类来说，猿猴就像一个笑话，而对于超人来说，原来的人类也是个笑话。"娜吉斯说道，"过去的人类，原始野蛮，虽然我们在科技上创造出了非常伟大的成就，但是人性几乎没有什么变化，这就导致了一种非常不平衡的发展状态，野蛮人的灵魂配上不断进步的科技成果，于是我们就有了诸多不必要的战争和混乱。"

"你觉得过去的人性没有进化吗？"莉迪亚问道。

"本质上是没有，因此对于过去的人性来说，最合适的一种生存方式只有一个——一个散落在森林或是草原上的部落，靠狩猎采集为生。"娜吉斯说道。

"何以见得？"

"人性的罪恶是复杂的，各种各样，比如因为自私的心理会导致见不得别人富裕，比如对于某一种物质的贪念，又比如驾驭别人的快感。因此在狩猎采集这样的一种生存方式中，部落时常需要迁徙，因此一切物质上的东西都需要做到尽可能简单，在迁徙的过程中，不必要的东西都会被抛弃。而且因为大自然的赠予并不是平均分配，因此人们靠狩猎采集，多半需要运气，那么每个人都会积极地参与进来，除了特别老迈或是年幼的人。这样的话，当一个人打到了猎物，或是采集到了充足的果实，就会让整个部落分享。因为大自然的赠予总体还是丰裕的，所以他们不会去刻意储存食物。但有时候又要面对大自然的无情，以及某个地域的资源贫乏，加之迁徙途中的危险，因此人们的数量又会被限制在一个范围之内，不会大幅度增多，也不会大幅度减少。这样的一种社会形态，反而使得人类形成了一种淡泊物质，追求平衡，同时又听天由命的自然状态，这样的一种状态相对而言才是最符合那个时候的人性。反观后来，当人类开创了前所未有的物质文明后，复杂的等级就出现了，战争的规模也越来越大，因为战争和饥荒而死的人数以及比例，绝对超过了狩猎采集的原始社会。因为一种平衡的格局被打破了，所以人性中的罪恶就成倍地释放出来，而且人也变得越来越忙碌，但在狩猎采集的社会里，那些人并不忙碌，反而大部分时间都是非常悠闲的。而后来的人，即便是看起来物质生活越来越丰富，但他们反而变得越来越忙碌，悠闲的时间也越来越少，而且越来越觉得自己的钱不够花。与此同时，我们开始彼此分化，用所谓民族与文化这两样东西将人类分成了各种各样，并释放出了各种各样的人性罪恶。就拿一些西方人来说，过去的他们一心追求物质，并且以宗教的名义来排挤外族，以资本来压迫穷人。这些人和事为什么会存在，就是因为平衡被打破了，人性的进化与物质的进步没有做到同步，人性甚至可以说没有进化，在面对日益丰富的物质世界，人性只能是任其扭曲。"娜吉斯说道，"因此，我们要创造超人，超人不应该是某一个人，而是整个人类，超人是人性的进化，不是物质的进化。"

莉迪亚和普拉萨德听了后，都觉得毛骨悚然，因为他们无法完全否认娜吉斯所说的话。他们此前认为这些被控制的人都是末人，丧失了自由的意志，可是在娜吉斯眼中，这些人已成为超人，或是即将进化为超人，反而过去那些所谓有自由意志的人变成了野蛮落后的末人。如此两种相悖的逻辑在他们两人的脑中，就好像一阴一阳两道真气在横冲直撞。普拉萨德的额头上已经开始出汗，他擦了擦，眼神闪烁，有些不愿意去看娜吉斯和阿克谢。莉迪亚有些呆滞地看着娜吉斯，一时之间也说不出话来。

娜吉斯和阿克谢两个人互相看了一眼，彼此很满意地点着头，都觉得这番话已经打动了莉迪亚和普拉萨德。

"其实说到底，只有一个法则，也是唯一的法则，就是更好的存在。"娜吉斯说出了一个概念，听起来颇为简单。

"更好的存在……"莉迪亚重复道。

"没错，更好的存在。"娜吉斯说道，"本质就是一种整体性的观念，就是平衡。所谓的整体，指的是世界万物，当我们的脑中开始不断强化这个概念的时候，我们一切的行为就会被一种整体性的思维驱动。举一些小的例子，比如当某户人家的水管裂开，水漫出来的时候，这户人家会去及时修理，他们的理由是水这种资源在地球上还剩下多少，而不是因为漫出来的水会把家里弄乱，或者因为水费单上要多交钱。这就是整体性思维，这是很简单的道理，第一个提出来的人或许在千万年前，但千万年后的大部分人依旧没有做到。"

"对，这不是什么复杂的道理。"普拉萨德说道。

"但做起来却非常复杂，比如两个原本有仇的国家，当一个国家的某一个人拥有一项天赋，而另一个国家的人手里有资源可以让敌国的人发挥自己的天赋。换作你们，你们会把手中的资源交出去吗？"娜吉斯问道。

两个人都没有说话。

"如果你拥有一种整体性思维，那么你就会把这个资源给那个人，而那个人充分发挥了自己的天赋后，并没有用于对付所谓的敌国，而是将其用在更有价值的事情之上。反过来说，国家与国家之间的仇恨也就消于无形，而国家这个虚构出来的概念，也就变得不再重要，最终也会淡化至虚无。因为整体性的思维，就是要打破局部的壁垒。"娜吉斯说道，"这样的一种推论，一直推下去，你们会发现，我们原本以为理所当然、亘古永存的东西，都会变得虚无，且不值一提，因为我们是一个整体，而这个整体的最终目的是更好的存在，这就是唯一的法则。"

莉迪亚和普拉萨德互相看了一眼，莉迪亚说道："这一切怎么可能这么轻易地就发生？"

娜吉斯冷笑一声，说道："这就是控制。这样的一种控制，虽然是外力，但已经能彻底改变人类，进化人类的人性，到了一定的时候，即便撤销这种控制，人类也已经和过去变得不同了。"

"但你刚才说的还是太轻描淡写了，而且所谓'更好的存在'听起来也只是个有些幼稚的说法而已。"普拉萨德说道。

"人类的进化出现了一个死角，那就是人性，我刚才说了，人性的进化就表明人类更好的存在。"娜吉斯说道，"这个强而有力的外力对于人类来说就像是上帝的恩赐，当我们接受这股外力介入人类世界的时候，人类原本的很多观念自然就会消失，比如民族、国家，但这又绝对不是回到原始社会，而是一种全新的社会形态，每个人到那个时候才能真正成为世界公民。这不是康德的《永久和平论》能给出的答案，所谓更好的存在，从另一个角度来说，就是人类的数字化。当整个人类都以数字的形式存在的时候，一切都将符合一个基本的数学原理，当一切数字都放在恰如其分的位置上时，就能发挥最大的功效。过去的人类社会，曾发生那么多不必要的冲突，损耗了很多有用的人和事物，这就相当于运算失误，或者说是产生了余数。而这些不和谐的因素归根结底来自人本身，人就好像是一团能量，这团能量与世界上的任何一种能量都有一个共同的规律，就是热力学中熵增原理[1]。"

"但即便是这个外力，也存在于宇宙中，这股外力难道就能一直维持稳定吗？"莉迪亚反问道，"简单来说，即便是平行宇宙，彼此之间也会互相影响，并不是相互孤立的，那么这个外力也就不是外力了，这个外力本身也会遵循熵增原理。"

"但一个宇宙是有限的，平行宇宙是无限的，即便熵增原理依旧存在，但我们如果能借此进入一种全新的生活状态，就算是若干年后，整个系统再次混乱，也比我们现在原地打转，止步不前要好。"娜吉斯说道，"扩大系统的范围，混乱就会无限延迟。"

"系统扩大后所发生的混乱会比扩大之前更难修复，甚至有可能直接瘫痪。"普拉萨德说道，"而且你们难道没有过疑问吗？为什么这股外力要来帮助我们，难道你们就没有怀疑过？"

娜吉斯和阿克谢互相看了一眼，阿克谢笑了起来，说道："你们的问题还真多，但这并不算什么问题，你们一旦加入了我们，自然就会知道。我现在只能告诉你们，如果人类拒绝了这股外力，未来会更加黯淡。"

普拉萨德听了这话，心中不由得一惊，莉迪亚也有了不好的预感，他们不知道该不该接受，做一个全面彻底的人类学调查，但他们也害怕一旦接受了，人类学家便从此成为土著，再也回不去了。

娜吉斯看了一眼他们，问道："你们做出决定了吗？"她一边说着，一边将右手伸进了口袋里。

---

[1]熵增原理：在一个封闭的系统里，熵总是增大的，一直大到不能再大的程度。这时，系统内部达到一种完全均匀的热动平衡的状态，不会再发生任何变化，宇宙一旦到达热动平衡状态，就完全死亡，此又称为"热寂"。

CHAPTER
16
人与上帝

　　王腾进入了一片完全陌生的地方，仰望天空，是一片土黄色，就好像是沙尘暴一样，而这就是这个世界的天空，这里的"大气层"。

　　他来到一棵巨树之下，深红色的树干，银白色的树冠，就好像是一幅带有魔幻色彩的油画一般，而他此刻却已身在其中。

　　这时，他看见天空中出现了一个黑色的东西，呈等边三角形，在空中缓缓地旋转着，然后落到了远处的一片空地上。王腾没有多想，就大步走上前，只想看看这个黑色的等边三角形究竟是什么东西。而且他认为此刻既然在这些怪物彼此连通的意识世界里，那么这些怪物的大脑里所出现的东西，一定都包含着重要的信息。

　　他也不知道走了多久，因为他并没感觉到累，甚至他虽然是两只脚走在地上，却觉得地心引力已经对他起不到什么作用了。终于，他看见了那个黑色的等边三角形，可是当他靠近后才发现，那原本是个多边形。当他朝左侧走了两步，再从这个角度看过去时，这个物体又变成了椭圆形，当他朝右侧走了三步后，这个东西就变成了菱形。

　　"这他妈的才叫高科技！"王腾自语道，"只可惜都是脑子里胡思乱想出来的鬼东西！"

　　只见他话音刚落，空中忽然飞来一只巨硕的怪鸟，这只怪鸟一把就抓住了王腾。王腾在一瞬间，意识竟然是空白的，当他回过神来的时候，发现自己已经被抓到空中，跟着这只怪鸟朝着前方飞去。

　　"嘿！你这只小鸡，还是鹌鹑？我不管这些！你想把我带到哪儿去？你是那些怪物脑子里产生的东西，你应该会说话吧？"王腾大骂道。

　　那只鸟没有理会，继续带着王腾朝着前方飞去。王腾并没感到疼痛，他知道自己不会有什么危险的，即便这只鸟突然从高空把他丢下去，他也不会死。于是他干脆低下头，看起下方这个异世界的奇异景色来。

　　虽然不知道这只鸟要带他去哪儿，但他并没有慌，也没有做任何反抗，而是任凭这只鸟抓着他，带他飞去某个未知的地方。不过他现在所看见的一切对于他来说都是前所未见的。

　　作为一个人，他只能运用感官去观察一切，他想，如果释放自己，让自己从人的这个躯壳里跳出来会怎么样，可是他才这么一想，一瞬间他的耳朵里就能听见各种频率的声音，眼睛似乎也能看见一切，相比之下，即便是波斯的细密画也显得格外单调。他不需要回头就能看见在他身后抓着他的那只大鸟，此刻的形象也变得复杂起来，就好像在多维度之下，原本单调的三维被无限打开铺展了一般。

　　他立马又回到了人的状态，周围的一切再次变成了单调的三维图像，不过他觉得这样反而更能适应。

　　陈羽继续走在迷宫里，但是他总是控制不住自己，试图释放更多的自己，周围的一切也都跟着变得无穷繁复起来。他渐渐觉得，这些也并不算什么，仿佛地平线上一道光渐渐照射出来，一切纷乱都开始明晰。他说不出这是一种什么样的规律，但是他渐渐体会到了，他可以在无限复杂的世界中找到一些规律，因此他开始完全不受限制地释放自己，人的躯壳已经被彻底取消了，他仿佛已经包含了一切，一切都在他里面。

他开始做一件事，也就是将一个最为复杂的系统，用一个最简单的逻辑给思考出来，这看起来是两个极端，但并非不能做到。他的思维也渐渐变得多维度，他开始计算周围的一切。随着思维越来越多维度，他发现周围的一切不是他算出来的，而是他直接看见的，一切答案都呼之欲出。

在周围都是无限数字搭建起来的世界中，陈羽感知到有一个不明的物体在这个世界之内快速地移动着，他需要捕捉到这个未知的信息，或许这就是关键的所在。陈羽静下心来，此刻他不需要运算，而周围的一切已经开始自动运算，除了那个快速移动的不明物体。

他现在终于体会到自己的身体也如同一个小宇宙、小周天，仿佛就要天人合一了一般。他进入了深度的冥思状态，他需要把所有的感官向内投射，发现自己的内在的未知。

小周天之内，他感觉到了这个未知之物的移动，他试图计算这个东西。分形几何将维数无限扩展，而他需要在这个无限维数中找到那个物体。那个物体仿佛就是最简单的三维，可是在陈羽的小世界中，它反而变得微小而不可测。这时，他决定加入一个强力的观察意志，在纷繁的分形世界中，无数线段被无限切割，一个无形的强力意志，穿过无数层线段，在一个个平面之内，终于追到了那个不明物体。紧接着，一股无形的力开始对那个物体产生作用，这种神奇的作用力让那个物体在快速移动后，在这个分形世界中留下了一道痕迹。他开始产生更大的观察意志，所形成的作用力，使之移动后所留下的痕迹更为明显。他一路观察，一路释放观察意志，之后，这个物体就在下方的某一个点后形成了一个几乎与实体一样清晰的分形轮廓。

陈羽落到了那一点上，看着这个物体一路所留下的痕迹，他知道，世界上的一切混沌联系都不是必然的，只是逻辑上的必然，而真正的逻辑来自世界之外。也就是说，世界本身是无限分割的，在空间上无限分割，在时间上无限分割。空间上的分割就像是墙壁上的影子，无论怎么移动，影子本身却不会移动，只是原来的影子消失，新影子同时诞生而已。而在时间上的分割就像是特修斯之船。因此世界上的一切在世界之外看来都是被无限割裂的虚影，组合在一起，好似混沌一体。所以，他在观察前方这个无限分割的分形痕迹时发现，这个影子的每一个点、每一时刻都被分割开来。他必须根据这些分割细碎的痕迹，来观察这个物体原本的性质。

他采取了一个很简单的方法，他开始收敛自己的意志，接着，整个世界随着他的意志的收敛都开始渐渐缩小维度，慢慢地变回了普通的三维空间。然而那一路留下来的痕迹也逐渐消失不见，甚至他连那个未知之物也找不到了。

他也不再是那个似是而非的上帝，重新变回了一个普通人。他刚才仿佛能看清世界本质的感官，一瞬间又变成了眼、耳、口、鼻、身这五种狭窄、毫无深度的感官，他从神到人的一瞬间，有一种很不适应的感觉，甚至面对这个简单的三维空间，他有一种被强烈压抑的感觉，就好像驮着厚重石碑的乌龟。他双脚一软，瘫倒在地。

王腾虽然感觉不到什么疼痛，但是他觉得一直被这只鸟抓着飞也挺让人厌烦的，刚想到这里，这只鸟就松开了爪子，王腾从高空坠落。起初他有些害怕，但发现在坠落的过程中，并没有风从他耳边呼啸而过，他才发现这样的一种坠落非常古怪，是一种没有地心引力，却在模仿有地心引力的坠落。当他落地的时候，他几乎没受什么伤，就这样平平稳稳地落了地。

他所落下的地方是一个圆形巨坑，高约两丈，直径约十米。他站在巨坑的中央，朝四处望了望，便朝着其中一个方向走去。当他走到坑边，试图爬出去的时候，在巨坑的中央出现了一个螺旋形的洞，从里面钻出来一个光滑的银白色的椭圆形物体，就像是一颗巨蛋。王腾不由得往后退了一步，背靠在坑壁上，瞪大了眼睛看着这颗银白色的巨蛋。

接着，这颗巨蛋变得完全透明，王腾一眼就看见巨蛋里面有青灰色的怪物，但是这些怪物并不是透明的，他们一个个披着银色的斗篷，其中有一个怪物坐在最前面，操纵着这颗巨蛋。王腾不知道他们有没有看见自己，好像其中有一个怪物看向了他所在的那个位置。王腾在这一刹那，脑子就像被抽空了一样。转眼之间，这颗巨蛋就以接近光一样的速度消失在了他的眼前，只留下一道光痕，王腾抬头望去，这颗巨蛋应该是飞去浩渺的宇宙中了。

王腾此刻也顾不得这些，他必须要知道这颗银色的巨蛋究竟去了哪儿，想做什么。想到这里时，他自然而然地就飞了起来，转眼间就冲出了那道土黄色的大气层。他一个人在宇宙中以接近光速的速度在穿梭，他终于体会到了爱因斯坦的思维试验，当他越来越接近光速时，他看见了最为奇妙的一幕，在他身后的某一颗恒星所散发出来的光线，看起来也只比他快了一点儿。当他又加快速度时，周围的物体就都消失了，而那道光却在他的周围变得停滞不前，只在原地振动着。因为他已经达到光速了，因此光线对他来说虽然不能说原地不动，但也只能是在原地振动。

不消一刻，他就看见宇宙中无数颗银色的巨蛋都朝着同一个方向飞去。在虚空中，王腾看见这些巨蛋渐渐聚合在一起，形成了一道细长的银光，看起来就像是一把利剑，朝着前方飞驰而去。王腾以同样的速度紧跟其后，不知不觉中，他眼前的一切开始渐渐清晰起来，他回头望了一眼，看见的是猎户座。这些怪物来自猎户座中的某一颗行星。前方就是那把长长的银色利剑，王腾紧跟其后，一路追去。

前方有一个光点渐渐变大，王腾仔细望去，那是太阳，他们即将进入太阳系！王腾心里一沉，有一种极为不好的预感。

陈羽再一次释放了自己，一切又回到了极尽复杂的分形世界中。在某一个角落，他再一次感知了那个高速移动的未知之物，强力的观察意志让那个物体在他里面留下了一道痕迹。

这个物体以直线运动的方式，朝着一个由三条线段形成的夹角处直奔而去。当这个物体越来越接近这个夹角的时候，三条线段又开始分裂成无数条线段，陈羽感知着这些线段变化的规律，知道那是什么。

他让自己的意志率先进入了这个夹角，周围的线段不断分裂，无限增多，但他并不关注这些，而是朝着夹角的最里面飞去。这个不明物体在陈羽的意志之后，一道痕迹清晰可见。陈羽将意志掉转方向，那个物体在他的感知中化作飘浮在虚空中的一大堆数字，这些数字代表了这个物体的本质——数字是一切物质最本质的存在，陈羽能感知到这些不断变化流动的数字，因为只有这种全方位的感知才能体会到数的本质。

那个已经形成一堆流动数字的不明物体还在朝着那个夹角的深处飞速前行。陈羽的意志将最先抵达，因为他想，所以他的意志在顷刻之间就进入了那个夹角的最顶点，以顶点来观察，他发现周围的线段已经密集到如恒河沙砾。

这个顶点也被陈羽用一堆数字来观察，但是这些数字的流动变化方式，与那个不明物体完全不相同。他开始进入更深层次，顶点的顶点，他也不知道是什么，但他的思想中越来越强调"无穷"这个概念。无数条线段形成的夹角，对他来说就好像是一个深不见底的井，他越是进入深处，就越发觉周围的线段开始变得模糊，线段与线段之间甚至都难以分割开来。这到底是分形还是混沌，之前一切不断分裂，眼前却又聚合起来。

当所有的线段都聚合起来，形成一个白色的三角形的罩子的时候，陈羽的意志进入到了顶点的中心。当他又朝前迈了一步的时候，在他对面出现了一个无限分裂的线段，千丝万缕。

这就是顶点的背面，是另一个出口。当陈羽集中自己的意念，发现这里也是一堆密集的流动数字。在这一堆数字当中，他仿佛发现了其中有一小块数字的运行方式，与他此前看见的那个不明物体内的数字流动方式极为相似。

王腾在一瞬间落到了地球上，可是眼前的一幕让他感到震惊，因为这里的一切都好像是用一种简笔画的方式画出来的一样，他能分辨哪里是楼房，哪里是树木，也能看见在街上行走的人，但是这些人和物都是由一条条简单的线段组成，人们的运动方式也非常死板，好像都漫无目的地在线条中走来走去。

"嘿！你们能听见我说话吗？"王腾大声喊道，但没有人理他。

王腾看着他们，他甚至不知道这里是哪里，眼前的事物连颜色都感觉像是一个初学绘画的人用简单的色调调配出来的一样。他的意志在这里迷路了，在浩瀚的宇宙中，他即便是孤身飞行也不在话下，然而来到了地球，他却不知道该怎么办才好。

"见鬼！看来我得找个人打一架才行！"说着，王腾走到了马路中央，对着一个灰颜色的人就打了一拳。这个人并非透明，当王腾的这一拳打在这个人的脸上时，这个人就好像融化了一般，刹那便消失了。

"该死！"王腾说道，"如果我让你们所有人都消失，你们会消失吗？"

话音刚落，所有人都消失了。

王腾惊呆了，他的意志可以任意改变这里的一切，但是当他随意改变了后，他更加不知道该何去何从。他希望刚才消失掉的人再一次回到原位，可是这些人都被寥寥几笔画了出来，他根本没有半点儿印象，因此当又出现一群人时，他怎么看也看不出和刚才的那些人是不是同一群。

"我宁可在宇宙里飞来飞去，也不愿意在这鬼地方待着！"王腾自言自语地抱怨道。

他就一个人在大街上闲逛起来，即便是迎面撞过来的汽车，他也丝毫不避让。那些用简单线条勾画出来的汽车在撞到他的一刹那，都化作一团黑雾，转眼就消失不见了。王腾突然想到，一旦那把银色的利剑直插地球，整个地球都会化作一团黑雾，转眼消失不见！

就在这时，光线变暗，陈羽和王腾都感到自己进入了一道难以抵抗的旋涡中，他们的意识被渐渐地抽离出来——他们回来了。

"怎么样？你们查到什么了吗？"江天佐在旁边问道。

陈羽睁开眼睛，他只感觉自己的脑袋异常昏沉，他眉头紧锁，不想说话。

一旁的王腾也是如此。

"他们太累了，脑力消耗过度，得让他们先休息一下。"陈教授说道。

"我们进去了多久？"陈羽用低沉疲惫的语气问道。

"差不多半个小时。"陈教授说道。

陈羽只觉得好像把一辈子的时间都用上了，王腾虽然觉得没有一辈子那么长，但也觉得过了很久很久。他们都闭上了眼睛，前所未有的疲倦袭来，陈教授和江天佐两个人互相看了一眼，陈教授示意几个人抬着他们，把他们送到各自的房间去。两个人躺在床上，很快就睡着了，这一次他们谁都没有做任何梦。

CHAPTER
17
会 议

X1，海底。

这里的科学家团队已经开始通过陈羽写出来的公式进行全面研发，但是他们也只能到达中层而已，即之前潜行者研究的那个层面，难以超越。

一天晚上，陈羽躺在卧室里，透过一尺见方的玻璃窗口，看着外面夜幕之下的海洋。海洋里并不是一片漆黑，而是在黑暗中星光璀璨，有很多会发光的海洋生物在夜间异常活跃，它们或者是鱼，或者是虾，或者是某种软体动物。总之他根本不想去分辨那些究竟是什么海洋生物，只是看着那些忽闪忽闪的光在海底来回游动，比起林中的萤火虫，更具一种奇幻色彩。

江天佐已经将战略大致部署好了，但他此刻却没什么心思去想这些。艾琳娜这时走了进来，她知道陈羽这会儿还没有睡。

"你怎么还不去睡？"陈羽问道。

在黑暗中，艾琳娜款款走来，坐在陈羽的床边，说道："我知道你看见她了。"

"我不知道她来自哪里，但她妈妈并没有跟来，这让我很担心，无论是哪里的，我都会担心。"陈羽说道。

"她妈妈也是为了等你去找她，谁知道呢，阴差阳错的。"艾琳娜说道，"不过你也别担心了，你没听她说吗，有个王腾叔叔在陪着她妈妈。"

陈羽坐起身来，显得有些焦躁，听到这件事后，更是心乱如麻，他说道："这都什么乱七八糟的！王腾叔叔？"

艾琳娜笑了起来，说道："你担心什么呢，你怕他们会相爱吗？"

在黑暗中，她只听见陈羽说道："那个赵璐很显然不是我老婆，我老婆已经被'虫草菌'感染了，而且后来也被我们被迫杀死了。那个赵璐要是爱上那个王腾，我也管不着。"

"但你还是感觉到自己对那个赵璐，可能是你从没有见过的赵璐有一种莫名其妙的感情，是吗？"

"没错，我觉得这其中还是有量子纠缠的原理在作怪。"陈羽说道。

"你太理性了，连感情都试图用科学去分析。"

"这两者本身就有关系，难道我非要不顾科学，说一堆逻辑混乱的文艺腔，这才叫有感情吗？"陈羽说道，"你们德国人应该喜欢这样的严谨。"

艾琳娜冷笑了一声，说道："其实你应该能猜到，这对母女不是来自EIPU1，就是来自EIPU5。"

陈羽点点头，说道："明天我去问问江天佐。"

"你不必想这么多，而且她这么小，一定不会参与我们接下来的行动，所以你就放心吧。"艾琳娜说道。

"江天佐不知道什么时候会回来，他是在布局吗？"陈羽问道。

"我听说是的。"艾琳娜说道，"我觉得我们接下来得抽时间回拉普达一趟，去了解一下那里的情况。"

"明天或是后天吧。"

艾琳娜点点头。

第二天，陈羽没有去找陈苗苗，因为这种错乱的感觉让他一时半会儿还不知道该如何去面对。他只能去看一些非常明确的东西，于是他来到了实验室，去看那些科学家的研发。

这里的科学家几乎都认识陈羽，因此见陈羽来到这里，也都并不惊讶。只是有一个英国人，陈羽和他是第一次见面，陈羽看见他第一眼时，也觉得有些眼生，但是又好像在哪儿见过。

这个英国人是个中年人，有一种老派英国人的气质，他面无表情地看了陈羽一眼。陈羽有些好奇，就走到了这个英国人面前，看到他正在调试一台仪器。在一个大的圆形玻璃罩子里有两个金属柱状物，两个端点之间隔着大约三十厘米，其中有一股振动波在传递，虽然振动波是无形的，但能看见两个金属柱状物顶端出现了一种类似于熔化的状态，原本尖锐的顶端不知不觉变成了钝角。

"你就是陈羽？"这个英国人回过头用英语问了一句。

陈羽抬起头，看着这个英国人，礼貌地说道："我之前在这里并没有见过你，请问你是？"

"拉尔夫·克莱。"

陈羽吃了一惊，这才想起来在"上帝的办公室"里，自己的意志曾经进过那段历史，模糊中见过拉尔夫·克莱。但是这个拉尔夫·克莱是X1的人，或许各个宇宙中的拉尔夫·克莱都应该对赫尔墨斯振动原理有一定的研究。

"你好！"陈羽主动伸出手，微笑地看着这个曾经见过的拉尔夫·克莱。拉尔夫·克莱起初愣了一下，接着也礼貌地伸出手，与他握了握手。

陈羽说道："江天佐什么时候回来？"

"你是说史密斯·里夫斯？他可能下午回来，他去了南极。"克莱说道。

"南极？他去南极做什么？"

"布局。"克莱说道，"不过我还是得谢谢你，提供了这些重要的资料，否则我们现在可能还没什么进展。"

陈羽笑了笑，说道："那可不一定。"

克莱回过头，又看了一眼玻璃罩里的仪器，说道："这本《构造论》也帮了我们很多，对于层级构造以及重叠原理。"

"我刚才看你好像能用一种能量把罩子里的金属顶端给熔化掉一部分。"陈羽说道。

"对，主要就在于坍塌和隔绝。对于隔绝，我们目前掌握得很少，但已经有了一些理论，现在我们还无法具体给出定性，我们称之为'基础力'或者'第一作用力'。如果能隔绝，那么就能取消一个物体的存在。"克莱说道，"但这股力是我们目前已知的最隐蔽、最深层的一种作用力，是第一作用力形成的'构造场'，我们得通过希格斯粒子才能介入。但我们的介入目前来看还不稳定，如果可以稳定操作的话，那么我们就能掌握'第一作用力'，从而控制'构造场'。"

陈羽点点头，说道："看来能量守恒定律也要被我们打破了。"

克莱说道："所有的定律都在等着我们去打破，这没什么大不了的。"

陈羽说道："如果你见到江天佐，麻烦告诉他，我在找他。"

"好的，没问题。"

晚上，陈羽独自一人在房间里时，有人在外面敲门。

"进来。"

江天佐走了进来，他看起来脸色不太好，可能是刚从南极回来，身体还没有适应过来。

"听说你找我？"

陈羽说道："我想回一趟拉普达，把这边的情况和他们说一下。"

江天佐听了，没有急着回答，而是吸了吸鼻子，显然他有些不舒服。

"你没事吧？"

"我也希望没事，"江天佐说道，"我昨天去了南极，今天就从南极赶了回来，可能有点儿感冒了。"

陈羽冷笑了一声，说道："这个我就不管了，你自己看着办。我刚才和你说的，你怎么看？最好明天我就回一趟拉普达。"

"照理来说，这是完全可以的，但是你要知道，如果希望人类能打赢这场仗，或许需要我们对拉普达那边保密，让他们不知道我们这里。"江天佐说道。

"为什么？难道你是怕他们知道还有这里在做战前准备后，他们就会松懈吗？"

江天佐笑了起来，说道："这倒不是，这一点我还是相信他们的，他们毕竟人数不是很多，这样一种侥幸心理和惰性，对他们来说要想克服是一件很容易的事情。"

"那是为什么？"

"因为这场战争很可能得靠我们来打，他们或许会临阵倒戈。"江天佐说道。

陈羽听了，有些不解，问道："这怎么可能呢？再怎么说我们都是人类，敌人都是那些怪物，这有什么好临阵倒戈的？"

"要知道，思想的一致性是非常重要的，如果他们的思想受到某种影响，那么你觉得他们还会积极配合我们吗？如果你回去了，你的思想也受到了影响，那又该如何？"江天佐说道。

"思想？我不明白你说的意思，你是不是知道了什么？"陈羽问道。

"我的确是知道了一些事情。"江天佐说道，"但我是属于很积极地要准备作战的那一类人，我只怕他们会动摇。"

"你这么说的话，我就更得去看一看了。"陈羽说道，"如果有一些事情能让人思想动摇，那么这些事情一定是有价值的，而且我也不能装作不知道。"

江天佐笑了笑，他又想了想，转而说道："也对，回去一趟也好，最起码把这场战争的目的搞清楚，毕竟你们都不是那些没头没脑就往前冲的小卒子。"

"你又同意让我回去了？你不怕我也临阵倒戈吗？"陈羽笑着问道。

江天佐说道："说实话，这个世界上很多的事情根本不是简单的二元对立，有些是悖论，有些属于二律背反，还有些是多种原因纠缠在一起，很难理清。我觉得人应该经常从自己原有的体系里跳出来，就好像刚才当我劝你不要回去的时候，我就已经跳出来了，我能看见我在对你说这些话，我也能听见我对你说的话，你能理解吗？"

"当然，这是一个能让自己更加理智客观的好方法，我有时候也会用。"陈羽说道。

"所以当我看见我刚才和你说的这番话的时候,我就开始反思我对你说的话,或许我也不一定就是对的。"江天佐说道,"所以后来我又觉得你或许应该回去一趟。"

陈羽点点头,说道:"但你不怕矛盾吗?"

"一个经不起矛盾的真理,又怎么站得住脚?"江天佐说道,"我应该提出一种观点,然后用另一种观点来反驳,无论是科学还是哲学,尤其是分析哲学,都要有这样一种精神,所以你就回去一趟吧。"

"艾琳娜也会和我一起回去。"

"把肖恩、李耀杰都带上,毕竟你们都是从那边过来的。"江天佐说道。

"这边能直接把我们送到拉普达飞船上吗?"陈羽问道。

"我建议最好等莉迪亚和普拉萨德两个人回来,他们的人类学报告应该也调查出了一些有意思的东西,可以拿来一起讨论。"江天佐说道,"等我稍后联系他们,让他们回来。"

"好。"

第二天早晨,阴云密布,陈羽独自一人站在孤岛上,冷风迎面而来。他心里一直在想着江天佐昨天晚上对他说过的话,虽然他还不知道具体原因,但他总觉得背后有某些让人难以接受的真相呼之欲出。陈羽知道,即使江天佐一直都在备战,但他也并没有完全肯定自己的行为。

单一的逻辑总是清晰的,可世界上的逻辑交缠在一起,就让人难以理清。面对这个世界,陈羽发现人类对于自然界的分类,从马尔克斯所说的世界上很多事物还没有名字,提到的时候尚需用手指指点点,到"昔者仓颉作书,而天雨粟,鬼夜哭"[1],到后来物归其类,再到今天进入了微观的量子世界。即便人类将自

---

[1]昔者仓颉作书,而天雨粟,鬼夜哭:出自《淮南子·本经训》,唐代著名文艺理论家张彦远解释说:那是因为有了汉字之后,"造化不能藏其密,故天雨粟;灵怪不能遁其形,故鬼夜哭"。

然界如此细分，但其中的逻辑依旧是混沌的，而且事物彼此之间无法隔绝，如《构造论》中的提出的构造和重叠的原理一样。即便是面对陈苗苗，陈羽都觉得自己的感情不时会陷入混乱，因为这个陈苗苗绝对不是他的女儿，但是平行宇宙之间的量子纠缠，让他难以撇清这层关系。而对陈苗苗来说，眼前的自己就是她的父亲，她在用一种最简单直观的方法判断事物，这反而让陈羽难以应对。陈羽跳出了自己的体系，对比陈苗苗，他知道自己是属于要将千万条逻辑线理清楚的人，而陈苗苗则代表一种混沌一体的直觉，这简直就是二律背反。

中午时分，莉迪亚和普拉萨德就回来了，就连江天佐也吃了一惊，没想到他们回来得这么顺利。可不知为何，他们总觉得两个人这一趟回来得太早，即便不说是什么人类学的田野报告，就算是一般的观察，这个时间也太短了一点儿，恐怕一切并非如眼前所看见的那般顺利。

午饭过后，他们几个人来到会议室，每个人都期待着莉迪亚和普拉萨德讲述一下他们这段时间的所见所闻。两个人从外表上看并没有太大的变化，但总是一副若有所思的样子。

"分享一下你们的田野报告吧。"江天佐说道。

"等等！"陈羽说道，"我想先知道你们是怎么回来的？"

莉迪亚看了一眼陈羽，说道："是被放回来的。"

"放回来的？"

莉迪亚深吸了一口气，说道："其实如果那个娜吉斯不肯放我们，我们也根本回不来，毕竟周围都是他们的人。"

"娜吉斯是印度加尔各答贫民窟里的一个'狼蛛'，是个女监督者。"普拉萨德说道，"她希望我们能加入他们，但我们没有答应。她原本想要威胁我们，但后来又用了几天的时间，带我们去了一些地方，然后才放我们回来。"

"你们没有被他们跟踪吧？"江天佐问道。

"没有，她带我们去了一趟瓦拉纳西，让我们看了一眼那里的恒河。"莉迪亚说道。

"什么意思？"

"恒河的水已经不再那么混浊了，有些地方甚至变得很清澈，你们可能想象不到，但我说的都是真的，每个人都似乎在竭力开发灵性，从而获得天启，做出令人匪夷所思的贡献，比如他们能用梵乐让人进入一种迷幻状态，有些印度人能在这样的音乐中研究分形几何、矩阵，甚至是离散数学[1]。整个贫民窟也都井井有条，非常干净整洁，你们简直难以相信。"普拉萨德说道，"和我小时候对印度的印象已经完全不同了，我们不仅去了印度，还去了英国、中国、中东等国家和地区，整个中东已经没有任何战争了，人们将一些废墟重新建造成一座座智慧宫，每一个有天赋的人都在里面做学问。中国也是一样，中国在地下建立了广泛的输水管道，不少人去了西部，人口分散了开来，各个城市的广场几乎都成了讨论学术的地方，那里的人将一座座高楼都建成了空中花园。总之我们去过的地方，几乎都改天换地了。"

"没错，在瓦拉纳西，娜吉斯就放了我们，这些地方是我们后来才去的，大致的观察就像普拉萨德所说的那样。"莉迪亚说道，"很显然，那些怪物给了人类一种外力，这种外力彻底改变了人类原本的发展模式，改变了一些基本的东西，甚至我可以用一个夸张的说法，那些怪物从某种意义上说，改变了或是削弱了人类固有的原罪。按照娜吉斯的说法，人性的进步与物质文明的进步应该步调一致，而现在看来，被这股外力改变的人类，他们的人性的确与过去已经大相径庭了。人类的轴心时代出现了一批最伟大的圣人，但是绝大部分的人甚至连字都不认识，到了后来的欧洲的文艺复兴，虽然各行各业都出现了最顶尖的大师，但也只是部分地带动了人类的进步，而眼前，不是少数人，而是几乎所有人，这股外力的传导，利用的就是平行宇宙之间的量子纠缠原理。但我仍旧觉得人应该有自由意志，不应该被某种外力控制，可我和普拉萨德所看见的那一切的确太过震撼，所以娜吉斯才会不屑于去控制我们，而是放了我们。"

---

[1]离散数学：现代数学的一个重要分支。离散的含义是指不同的连接在一起的元素，主要是研究基于离散量的结构和相互间的关系，其对象一般是有限个或可数个元素。

大家听到他们的话后，都沉默了下来。

"这些我们之前就知道。但那些怪物不是上帝，他们不可能改变人类的原罪，也无权剥夺人类的自由意志。"艾琳娜第一个开口说道，但是她在说话的时候，每个人都能感觉到她语气中的矛盾。

莉迪亚苦笑了一声，说道："我说了下面的话，可能你们会更吃惊。一些教徒甚至把这股外力以及释放这股外力的怪物说成是上帝的使者，真正的弥赛亚，还有将这些解读成上帝的旨意，说那些怪物是上帝派来的天使军团。我就不多说了，总之，各个宗教都有人以自己的教义去解释这股外力。你们是知道的，宗教有一种模糊性，并不像数学那么精确，所以每个教派都有能让自己的信徒接受的说法。"

几个人听了，都感到不可思议，竟然连最根深蒂固的宗教也被改变了。他们彼此之间面面相觑，一时竟然都不知道还能说些什么。

"但有个问题，那些怪物的目的是什么？你可别说是什么上帝的使者之类的话！"陈羽问道。

莉迪亚摇摇头，说道："这也是我们最大的疑问，因为那些被改变的人们，他们也不知道，他们只是充分地发挥着自己的才能。让世界变得更加美好，他们认为这就是最终的目的，不过很显然，我和普拉萨德对此都存有疑问。"

江天佐笑了笑，说道："不出我所料，陈羽，你现在想回拉普达了解一下那边的情况就回去吧。"

陈羽眯起眼睛，问道："你说你知道一些情况，就是他们刚才说的这些吗？"

"不止。"

"你还知道些什么？一起说出来吧。"李耀杰说道。

江天佐有些为难地笑了笑，说道："还是不说比较好，这些并不会影响我们的行动。"

"你这是在吊我们的胃口吗？"李耀杰不耐烦地说道，"既然说了个开头，怎么也得把你知道的都告诉我们。"

江天佐沉吟了片刻，终于开口说道："你们知道这个世界的运行机理说到底是混沌理论，一种包含了所有科学规律的理论。这个世界上的事情不会有完全相同的，但会有非常类似的，如果从哲学上来说，这就有点儿像尼采说的'永劫回归'。不过这与我们接下来要做的事情都无关，所以你们就不要再多问了。"

几个人听江天佐说了这么一段有些乱七八糟的话，都不明所以。李耀杰摇了摇头，不屑地说道："就这个？说了半天就跟没说一样。"

江天佐一脸轻松地笑道："和你们开开玩笑，现在局势这么艰难，不要再总是苦着一张脸了。"

肖恩依旧是一脸严肃地看着江天佐，似乎想要从他的表情中再解读出一些别的东西，可是江天佐的样子丝毫没有半点儿伪装的痕迹，看了一会儿，他也就没有再去注意什么了。

"一会儿你们就回拉普达一趟，看看那里的情况。"江天佐说道。

莉迪亚叹了口气，说道："我就不回去了，我想留下来好好休息一下。"

江天佐点点头，又转头看着普拉萨德，问道："你呢？需要休息吗？"

"不用，我也想回去看看。"

"那好，不过你们记住，千万不要告诉那边关于这里的事情，X1宇宙到现在为止还不能公开，知道吗？"

"那他们问起来的话要怎么说？"李耀杰问道。

"你们就说你们从EIPU10逃出来后，兜了个大圈子才甩掉了敌人。"江天佐说道，"总之千万不能和他们说X1宇宙的情况。"

"你是在怕什么吗？"肖恩终于开口问道。

江天佐愣了一下，停顿了几秒钟，说道："你以后会知道的。"

艾琳娜这时站了起来，厉声问道："我现在想问问你们，刚才莉迪亚和普拉萨德说的关于人类的改变，有没有让你们心里产生动摇，想要就此妥协？请你们实话实说！"

陈羽拉了她的手一下，低声说道："你别激动，先坐下来。"

艾琳娜没有理睬陈羽，她很严肃地扫视着每一个人，包括江天佐在内。

江天佐反问道："那你呢？"

艾琳娜皱着眉头痛苦地说道："我承认，有一瞬间我动摇了。人性与物质一同进步，我也认为或许是有些道理的。但我不知道该怎么说，我不能接受人类被一群透明的怪物控制，最起码我认为人应该有自由意志，而不是一切靠一种外力来控制，我现在说这些可能为时过早，但我希望你们能好好思考一下这个问题。"

陈羽叹了口气，说道："等我们查出这些怪物的来历和目的，再讨论这个问题也不迟。"

艾琳娜摇摇头，说道："我不是这个意思，而是无论这些怪物来自何方，无论他们出于怎样的目的，人类都不应该被控制，这不是什么科学问题，而是一个关于人的问题。"

肖恩也站了起来，看着艾琳娜，郑重地说道："你说的也是我所想的，的确，这不是科学逻辑，也不是什么未来学、生态学，而是人本身的问题。就算我们有着极为丰富的研究成果，但如果连我们自身的问题都搞不清楚，那这一切又有什么意义呢？艾琳娜，你说得对，这和那些外星人的来历以及目的都毫不相干！"

艾琳娜和肖恩的这番话，对在场的每个人来说都如醍醐灌顶，这是人本身的问题，可是他们却都给不出答案。江天佐这时站了起来，说道："你们说的都很有道理，不过你们还是得回一趟拉普达，或许多获得一些线索，就能多接近一些这个问题的答案。"

艾琳娜依旧眉头紧锁，她没有再说什么，而是略有些失望地坐了回去。陈羽在一旁听了半天，这个问题或许是一切问题的根本，但他只能先放在心里，江天佐或许说得对，他们调查得越多，就越接近问题的答案。

下午，除了莉迪亚，他们几个人都登上了"上帝的办公室"，乘坐里面的小型飞船，定点回到了 EIPU7 的拉普达。在这段时间里，江天佐让人利用反物质产生的能量，让"上帝的办公室"又恢复了能量。

当他们回到拉普达的时候，那里的江天佐安排了一次会议，除了 EIPU1 的陈羽利用视频来参加会议，所有人都到场了，包括陈哲教授。

"你们是怎么回来的？莉迪亚人呢？"江天佐首先问道，"这么长时间，你们在那里调查出什么情报了？"

"简单来说，我们差一点儿就被他们抓住了，他们能制造快子空间，或者说是一个微型的快子宇宙，把我们困在了里面，我们为了逃出去，只能耗散所有的能量。可等我们逃出去后，就被他们抓住了，而且也没有多余的能量反抗，最后是陈羽想出了办法，用仅剩的一点儿能量制造了一个假虫洞，然后我们假装逃跑，其实是隐形了起来，骗过了他们，他们打通虫洞去各个宇宙找我们，我们就借着他们打通的一个虫洞才逃离了EIPU10。"李耀杰说道。

"难怪，难怪之前我们发现那些怪物派飞船来到了这里。"江天佐说道，"原来是这样，之后你们就一直躲了起来，等到恢复了一些能量，才又返回？"

"大致就是这样。"李耀杰说道，"说说你们吧，你们有什么进展吗？"

江天佐抿了抿唇，指了一下王腾和电脑屏幕里的陈羽，说道："这两位可是找到了非常重要的线索。"

王腾说道："简单来说，如果以那些怪物的角度来看，我们就是棋盘上的小卒子。"

"什么意思？"陈羽问道。

"首先得说说你们逃跑的事情，因为你们从EIPU10逃脱，所以那些怪物才会派飞船前往各个宇宙抓捕你们，也因此我们打落了来到这里的飞船，抓住了四个怪物。"陈教授说道，"我们让陈羽和王腾两个人进入这四个怪物连通的意识界中，在里面找到了最关键的信息。"

"我在这四个怪物的意识中看见，在猎户座的某颗行星上正有外星势力前往地球，虽然还有很远的一段路，但那群外星生物很显然来者不善。而我们所看见的这些怪物，实际上很可能来自地心，是一种地心高智能生物，他们预知了这个情况，于是利用人类大力发展科技，作为对付那群外星生物的第一道防线。"王腾说道。

"原来是这样？难怪他们让全人类都仿佛进入了一种全民文艺复兴的时代！"艾琳娜有些激动地说道，"难道是这些怪物自己无法对付那些外星生物？还有，为什么这些怪物只出现在EIPU10，难道其他平行宇宙里没有他们吗？那群从猎户座而来的外星生物，是只在一个宇宙中准备对地球发动袭击，还是每个宇宙都是如此？"

"是每个宇宙。"视频中的陈羽说道，"我在那些怪物的意识中发现一件更加古怪的事情，虽然按照王腾的描述，那些外星生物并不是透明的，但是我进入数字世界后发现，那群来自猎户座的外星生物与王腾所说的EIPU10中的地心生物是同一个物种，只不过可能是在不同的环境中发生了变异，但本质上还属于同一个物种。"

几个人听了都觉得不可思议，眼前他们面对的是一个难以想象的复杂局面。他们需要好好地理清思路，才能应对下面即将发生的事情。

"那你们知道那些外星生物大概还要多久才能抵达地球？"

"如果他们刚刚从猎户座出发，就这么直接冲着地球而来的话，那会需要很久很久，但他们在宇宙中打通了虫洞，我在数字世界里测算了一下，他们抵达太阳系大约需要半年的时间。"视频中陈羽说道，"我们必须在半年之内做好一切准备。你们到现在还没说，莉迪亚在哪儿？"

"你别着急，莉迪亚没事，只是没来参加这次会议而已。现在问题来了，如果按照陈羽你说的，这个来自猎户座某个行星上的外星生物与地球上的那些透明的地心怪物是同一个物种，那他们控制人类的目的究竟是什么？"肖恩说道，"因为按照莉迪亚和普拉萨德此前做的调查，人类仿佛进入了一个前所未有的黄金时代，难道说地心怪物要利用人类来对付与它们本属同一物种的外星生物？"

"按照逻辑来推论，有这么两种可能：第一，就如同你刚才说的，人类被地心怪物利用，来对付那些外星生物；第二，也有可能是外星生物想要利用人类创造一个新世界，然后方便他们直接移民，或者说是殖民。如果是这样的话，也就是说那些EIPU10里的怪物是外星生物预先安排好的，是他们的一个先锋队。在控制住人类后，再让他们整个种群从外星移民到地球上。"会议室里的陈羽说道，"总之，从来就没有所谓的上帝使者这样的屁话。"

艾琳娜说道："面对这两种可能，我们的应对方法也不能只有一种。"

"没错。从逻辑上看，陈羽的推论是对的，无非就是这两种情况。如果是第一种，我认为最好的办法就是先借助那些地心怪物的力量对抗外星势力，然后再转而对付那些地心怪物。"肖恩说道，"因为那些怪物住在地心，如果有外星高智能生物入侵地球，那么就算没有那些地心怪物，住在地表的人类仍然是地球的第一层防线。"

"那如果是第二种呢？"李耀杰问道。

"那就麻烦了，因为这牵涉到这两拨怪物会里应外合，人类那时会被两面夹击。"肖恩说道，"这种情况的可能性在我看来大过第一种。他们控制人类，很显然是要奴役人类，把人类作为被殖民者。如果是这样的话，我们必须要在宇宙里拦截他们，不能让他们登陆地球。可这样一来会更麻烦，因为那些怪物即便是利用人类、控制人类、开发人类的潜能，但也绝对不可能让人类创造出能超越他们的科技文明，他们一定会对人类的潜能开发有所限制，以使他们自己能对人类一直保有一种绝对优势，让人类无法反抗。"

"先等一下。"会议室里的陈羽转头望着屏幕里的陈羽，问道，"你和王腾两个人调查的结果能不能确定？"

"能。"屏幕里的陈羽说道，"因为数字是最本质也是最真实的东西，这一点是绝对不会错的，即便那些怪物能在意识界中制造假象，而这些也都不过是表面而已，我对我所看到的'事实'确定无疑。"

王腾也说道："没错。不过有一个细节，我之前没和你们说过，在那些怪物的意识界中，那个外星是非常清晰的，宇宙中的那些飞船的样子也很清晰，但是地球上的一切却都好像是简笔画一样，也就是说，他们对地球上的景物的印象并不深刻，只是一个大概的轮廓。所以，就算他们来自地心，其根源也极有可能是从外星来的，他们来到 EIPU10 后，藏在地心深处，发展他们的科技来控制人类。"

"对，刚才陈羽也说了，他们的数字差不多。"艾琳娜说道，"就是这点现在很麻烦，不知道他们的目的究竟是什么。"

"陈教授，这些怪物属于碳基生物[1]吗？"

"不，是硅基生物[2]。"陈教授说道。

"这就很奇怪了，虽然硅基生物在理论上是完全有可能存在的，硅与碳属于同一族，但是这些怪物的形体却和人类相似，我很难相信在距离地球那么遥远的猎户座的某一颗行星上，演化出的硅基生物的体型会和人类这么相似。即便是在地球上，河马与鲸鱼是近亲，却因为环境的差别而导致两者在体态上大相径庭。"会议室里的陈羽说道。

"但在生物的进化中，也会出现体态相似，但类别却差得很远的两种物种，这个也是有的。"陈教授说道，"达尔文在《物种起源》里就已经提到了这种现象，我想即便超出地球的范围，在宇宙中也很有可能会出现这样的情况。"

陈羽没有说话，他陷入了沉思。

艾琳娜说道："现在最重要的问题是，如果这些外星生物对人类的图谋是陈羽刚才所推论的第二种情况，我们该如何应对？"

"你们刚才认为那些怪物一定会控制我们的科技发展，我看未必，别忘了潜行者。"李耀杰说道，"而且当我们被困在 EIPU10 的时候，那些怪物完全可以杀了我们，但他们没有，很显然他们对'上帝的办公室'很感兴趣。除此之外，潜行者当时研究的赫尔墨斯振动原理，就可以对付那些硅基生物，只不过当时的潜行者也只能克制，不能彻底击溃他们。好在陈羽进入了那段历史，将科学原理记了下来，我们可以在原有的基础上更进一步，这样就能对付那些从外星来的硅基生物了。"

---

[1]碳基生物：以碳元素为基础的生物，地球上已知一切生物都属碳基生物。
[2]硅基生物：以硅元素为基础的生物。

"没错，但他们的科技总体是高于人类的，我们还得想出一套战略，才能对付他们。"江天佐说道。

"如果他们里应外合想要殖民地球，有这么几种解决方法：第一，在远离大气层的外太空拦截，可以用氢弹。我们目前能测算出氢弹的辐射面积，我们可以利用无人宇宙飞船运载核武器，在他们进入地球之前拦截他们，让他们在外太空就粉身碎骨，但这个距离必须保证氢弹的爆炸不会对大气层有影响。同时毁掉EIPU10和EIPU7，同样是利用核武器，直接将这两个地球毁掉，这样就同时解决了那些透明怪物和被控制的人类。这种方法虽最为残酷，但或许也是最直接有效的。第二，出于人道主义，我们或许不会毁掉EIPU7，那么我们无论去哪里，周围的人类都有可能成为我们的敌人，并且还有那些怪物随时会对我们发动致命进攻。因此，我们只能带着一小部分的人类逃离地球。第三，那就是我们从此妥协，甘愿被他们殖民、被他们控制。"屏幕里的陈羽说道。

"哼！你的这三种办法一个比一个糟糕。"王腾说道。

"那你的意思就是第一个办法相对来说是最好的？如果你们选择第一种方法，我也没什么意见。"屏幕里的陈羽说道，"但毁掉两个地球，加上毁掉一个地球上的所有人类以及其他所有生物，这么不人道的做法，恐怕你们也不会都赞同。"

陈教授严肃地看着屏幕里的陈羽，说道："是的，我第一个就不赞同，我们是为了拯救人类，而不是毁灭人类。"

"但下棋总有丢卒保车的时候。"屏幕里的陈羽说道。

"人命是不能用数字去计算的。"

"但人本身也是数字，万物皆数。"

陈教授有些气愤地瞪着屏幕里的陈羽。

这时，会议室里的陈羽说道："其实这三个方法可以合并一下，首先，我们利用核武器去拦截那些即将入侵地球的外星生物。同时，我们可以找出一部分人类中的天才，让他们逃离地球，在太空中发展新科技。然后我们这里，尤其是以陈教授为主，继续研究对付那些怪物以及他们设置的网络的方法，从而最终解救人类。"

所有人听了，都觉得这不失为一个方法，就目前的情况来看，这也许是最好的方法了。

"这些都是技术上的问题，即便我们解决了这些怪物，但还是有一些最本质的问题，就是我们前面说的，人的问题。我们做了一些粗略的调查，人类在这些怪物的控制下，的确进入了一种前所未有的文明状态，这种状态虽然是由外力产生的，但对于人类来说，也可以算是一个机会。一旦解除了网络，人类会不会在很短的时间内又退回到过去的那种混乱状态中？而且有可能会变本加厉。"普拉萨德说道，"这是如何善后的问题，我们得提前做好一个方案。"

"历史的规律很清楚，每当一个非常先进的文明到达巅峰后，就会由盛转衰，而且当这个文明彻底崩溃后，人类会进入一个非常黑暗的时期，在这个时期里，人类的方方面面都会出现大幅度倒退。汉帝国之后是这样，唐朝天宝之后的安史之乱、罗马帝国的五贤帝时期之后也是这样，资本主义发展到后来也连续产生了两次世界大战。这一次人类全面进步，进入了一个前所未有的黄金时代，但我大致能料想到，一旦这股外力撤除，人类极有可能会陷入全面崩溃的状态，很可能就是第三次世界大战，之后会像爱因斯坦说的，人类开始用石头和棍子互相争斗。"艾琳娜说道，"看来这对我们来说是个很难解决的问题，我们不能接受控制，但这个控制的时间越长，崩溃的面积也会越大，力度也会越强，到时候即便那些外星势力被我们全面瓦解，我们也极有可能会紧接着迎来整个人类文明的全面瓦解。"

"至于吗？你们是不是有点儿想得太多了？这也太杞人忧天了吧！"王腾笑道。

"不，这是个问题，而且极有可能会发生。"会议室里的陈羽说道，"回到刚才艾琳娜所说的，这是个人的问题。我们这么来说吧，即便从来没有出现过那些外星生物，人类本身的问题的确在于人性与物质发展的极度不平衡，因此才会导致人与自然环境的不平衡，人与人的不平衡。反过来说，这些外星人的确给我们上了一课，人性与物质的平衡，或许才是文明发展最好的方式。如果这股外力被撤销，那么人类总体的人性发展水平，能不能维持在那股外力控制时所到达的程度？如果不能，我们就必须得反思自身，人类该如何存在？或者再简单地说，如果这股外力被撤销，人类文明并没有因此陷入全面崩溃，那这或许就是最好的结局，可是谁能保证？"

"或许刚才陈羽说的第二种方案是最好的方案，带着少数的人类精英彻底逃离地球，逃离这个堪忍世界[1]。"普拉萨德说道。

"你这个印度教徒也说出了佛教的术语，有意思！你说的这是小乘[2]，我们现在还面临一个选择，就是对于大部分的人类，我们选择小乘还是大乘[3]？"李耀杰说道。

"佛学我不懂，但我绝不会对所有人类不管不顾，绝不会抛弃他们。"艾琳娜说道。

"我们在保护一个物种的时候，不会太在意个体，当我们了解了一个物种的生存状态时，我们保护这个物种的方法可能就是划出一块适宜这个物种生长的环境，然后把一定数量的物种投放到这片环境中加以保护。我们带着一部分人逃离地球，寻找新的适合人类的聚集地，这也是在保护人类，只要人类这个物种的基因存在，人类就会存在，至于是地球上的人类，还是某个其他行星上的人类，这并不重要。"肖恩说道。

"你把人当作了牲畜？你刚才还认同我的观点呢！"艾琳娜瞪大了眼睛，看着肖恩，她有些吃惊，又有些愤怒。

"不，我把人当人看。"肖恩说道，"但人也只是一个物种而已，你跳不出人的层面，当然会觉得我的话很刺耳，但如果你能跳出人这个层面，你就知

---

[1] 堪忍世界：佛教术语，指充斥十恶的世界，而其中众生还不愿意出离。
[2] 小乘：佛教术语，小乘指小乘佛教，"乘"乃"船"的意思，意指个人修行抵达彼岸。
[3] 大乘：佛教术语，指大乘佛教，意指不仅个人修行，还要普度众生。

道人只是一个物种。我们并非每一个观点都那么一致。"

"按照你们德国的尼采的说法，超人相对于人，按中国老子的说法就是'圣人不仁，以百姓为刍狗'。"李耀杰说道，"何况地球上的人类也未必会灭绝，我们还可以想别的办法来救这些人。"

艾琳娜叹了口气，说道："我知道，从理性上来说是这样，我们之间也没有必要争吵，只不过我们有资格做这个'超人'或者说是'圣人'吗？"

"这是个很简单的问题，如果我们能解决眼前所有的难题，我们自然就有资格，如果我们失败了，我们也注定会灭亡，也就不存在有没有资格的问题了。而且我们对整个人类做的事情已经算是仁至义尽了，解决那些怪物后，即便会发生第三次世界大战，也和我们再无关系。"屏幕里的陈羽说道。

这时，会议室里的陈羽问道："陈教授，你们现在的研究怎么样了？"

"可以说已经到达金字塔的顶端，就差最后一块砖了。"陈教授说道。

"你能不能把你们已经研究的成果给我？"

陈教授怔了一下，问道："怎么，你也想研究吗？就怕你可能看不懂。"

"没事，这个世界上总有能读懂这些天书的人。"陈羽说道，"集思广益，或许会有更好的思路。"

"那好，一会儿我把文件传给你。"陈教授说道。

大致的计划已经拟定好了，陈教授将他们最新的研究成果整理在一起，传到了陈羽的手机里。在离开之前，陈羽原本想将 X1 宇宙的事情以及莉迪亚的情况说出来，但还是觉得不说为好，最后就告诉这里的人，他们将回到"上帝的办公室"，继续去调查那些怪物。陈羽也没有告诉 EIPU1 的陈羽关于陈苗苗的事情，在这里住了几天，他很多次都想说出来，但最后都没有说出来。另外，也因为他们即将要面对的局势，他生怕再节外生枝，所以只能先忍着，只希望这件事结束后，无论是哪个宇宙中的赵璐和陈苗苗都能活下来。

CHAPTER
18

人 间

"爸爸，你什么时候把妈妈接过来？"

陈苗苗的话是错的，但是却让坐在房间里的陈羽顷刻间坐立难安。他看着斜上方那个方形窗口，看着外面不时游过的鱼，他没有办法说眼前的这个小女孩儿的话是错的。

原本他们在拉普达讨论过关于人类的命运，他们那时就好像是天神一样，他们可以决定大部分人类的未来，他们是唯一可以对抗那些外星势力的人类，他们是超人，已经凌驾于众生之上，可是眼前这个小女孩儿的一句话，让陈羽瞬间回到人间，变回了一个普通人。

"苗苗，你说你爸爸很早就死了，但后来他又回来和你们住了好几天，那你觉得我是你爸爸吗？"

陈苗苗连想都没想，非常自然地点了点头，陈羽摸了摸她的头，他知道，曾经见过这家人的陈羽就在拉普达，而自己之前从来没有见过她们，但是眼前的这个小女孩儿，和自己的女儿又有什么区别呢？也许有一点区别，但最本质的东西并没有什么变化。平行宇宙从某种意义上来说是无限的，江天佐被"上帝的办公室"切断了时间线，变成了两个人，所以分化出了两个宇宙，那么此前的无限平行宇宙，想来也是因为某些原因，才将原本浑然一体的宇宙切分开来，彼此大致相同，但又在细微处有一些差别。而自己的女儿和眼前的这个小女孩儿原本也应该是合一的，但被分开了，如此说来，这个女孩儿也可以算作自己的女儿。

"爸爸，你什么时候把妈妈接过来？我们什么时候能回家？"陈苗苗又问道。

陈羽一把搂住陈苗苗，说道："我答应你，会把你妈妈接过来，我保证，你们很快就能回家了。"

"爸爸，你不跟我和妈妈一起回去吗？"

陈羽不知道该怎么回答，因为他知道自己并不属于EIPU5，但是他面对眼前这个小女孩儿时，虽然没有正面回答，但还是点了点头。

X1的人还在部署战局，陈羽将在拉普达的会议内容已经悉数告诉江天佐。而这里的科学家拿到陈羽带来的陈教授他们的研究成果后，更是如火如荼地钻研着，试图抵达构造的最本质。而在这段时间里，陈羽决定去一趟EIPU5，把赵璐带回来，莉迪亚决定陪着他一同前往。

"你们不能被他们发现。"江天佐只对他们说了这么一句话。

翌日中午，他们乘坐飞船来到了EIPU5的中国南桐城。

"陈苗苗说他们在枫湖。"莉迪亚说道，"你知道枫湖在哪儿吗？"

"平行宇宙大体相似，在我们那里也有枫湖，所以大体位置应该是一样的。"陈羽说道。

他们来到了枫湖附近，莉迪亚看了看周围，湖面上有一群野鸭游过，湖中的小岛上还站着好几只鸬鹚。

"说实话，我陪你过来也是为了散散心，之前做人类学家实在太费脑子了。"

陈羽听了，不由得一笑，说道："之前在拉普达开的那次会，那才叫费脑子，我感觉我们这帮人一会儿是超人，一会儿又变成普通人，一会儿要决定人类的命运，一会儿连自己的家人都放不下。"

"咱们现在还处于狮子的阶段[1]，慢慢来，早晚会升级的。"莉迪亚说道，"你说你们讨论问题，居然还讨论到如果把这帮外星人解决后，人类自己会不会发动第三次世界大战，说实话，大部分的人未必知道我们在做什么，甚至可能都不会领情，管那么多干什么？"

"一个艾琳娜，一个陈教授，都是属于先天下之忧而忧的人，我们能有什么办法，最终还是得用氢弹来解决问题。"陈羽说道，"都没有说用死光武器，其实用死光武器定点打击，反而更有效率，还会减少不必要的污染。"

"其实就是因为未知，我们搞不清楚那些从猎户座来的外星人到底有多大能耐，所以我们只能用目前威力最大的武器，争取一次性成功，不留后患。"莉迪亚说道，"其实，这个问题讨论起来会很复杂，这牵涉到心理学的问题、博弈论的问题和人的本性的问题。"

"人的本性简单来说，就是和理性与逻辑相悖的一种原始怪力。"陈羽说道，"不说这些了，就快到了，苗苗说的方位大概就在前面。"

两个人来到陈苗苗所说的方位，莉迪亚拿出手机，简单地探测了一下，就发现在一处草丛中有条地下通道。很快，他们就找到了那个非常隐蔽的入口，打开后，慢慢走了进去。

里面虽然有光线，却很是昏暗，让人感到窒息和压抑，而且还散发着一股恶臭，陈羽很难想象赵璐就一直躲在这里面。他每往下走一步，就觉得头晕目眩，莉迪亚也皱着眉头，她甚至后悔跟着陈羽一起进来了。两个人终于来到下方的大厅，他们看见的是几具已经腐烂发臭的尸体，陈羽顿时慌了，连忙大叫道："赵璐，你在这里吗？赵璐！"

陈羽一边喊，一边不顾周围的肮脏与恶臭，直接伸手去将那些尸体翻开，有一些面目已经腐烂，但他还是能辨别出他们都不是赵璐。他知道这不是感情，而是凭着自己对EIPU7的赵璐的了解。所有平行宇宙都是分裂出来的宇宙，所

---

[1] 狮子的阶段：指尼采哲学中的精神三变（骆驼、狮子、婴儿）中的第二阶段，指自己决定，不受他人摆布，敢于破坏传统规则。

有平行宇宙中的人也都是被分裂出来的人，彼此之间连基因几乎都是一样的，所以所有平行宇宙中的赵璐除了一些细微的差别，本质上完全是一样的。

"她不在这里！"陈羽说道。

"那她会去哪儿？这就奇怪了，难道那个王腾把她带去了其他地方？"莉迪亚随口说道。

"王腾……"陈羽说到这里，感觉真是一片混乱，"不管如何，我们还是先四处看看吧。"

莉迪亚在四处看了看，这里风平浪静，看起来并没有发生过大规模的打斗。他们此前一直待在海底，现在在枫湖边走走，觉得甚是神清气爽。

"说实话，你之前就见过那个小女孩儿了，为什么到现在才愿意帮她找回母亲？"莉迪亚问道。

"说起来有些复杂，说到底还是和量子纠缠有关。"陈羽说道。

"要是真找到赵璐，你要怎么跟她说？"

"就实话实说，虽然看起来乱七八糟，但也没办法，平行宇宙或许本来就不应该互相打通，甚至要是没有平行宇宙那该多好，就没这么多乱七八糟的事情了。"陈羽说道。

在前方不远处，几棵大树下，有一个开在公园内的超市，两个人都不约而同走进了这家超市。

"很显然，这里的东西都被人差不多拿光了，看来之前的确有人住在这附近，靠超市里的这些食品为生。"莉迪亚说道。

陈羽蹲下身来，看着原本用来摆放面包的架子几乎都空了，说道："莉迪亚，用你的手机来检测一下上面的指纹。"

莉迪亚拿出手机，打开检测指纹的软件，在塑料架子上来回地扫着，终于，在架子旁边的一个扶手上，找到了一些残缺不全的指纹。虽然莉迪亚无法查出这些指纹究竟是谁的，但她手机里的这个软件却能检测出指纹残留的时间，有一枚指纹显示的时间约为两百零三个小时十分钟。

"差不多八天半的时间，也就是说，在八天之前，这里还有人来过，而且一定是幸存者，因为如果是狼蛛或是红火蚁，他们是不会来这个超市里拿东西吃。"陈羽说道。

"你觉得这些指纹中有没有赵璐和王腾的指纹？"莉迪亚眯起了眼睛，看着陈羽。

陈羽犹豫了一下，说道："这我不能完全确定，但一定是幸存者。刚才在地下没有找到赵璐，我想她很可能还活着，我希望是这样！"

"八天时间，如果他们还活着，他们又会去哪儿？"

陈羽想了一会儿，他看着这间已经被翻得七零八落的超市，随手拿了一根棒棒糖，剥开包装纸，放进了嘴里。

"你要是饿了，也随便吃点儿。"陈羽说道。

莉迪亚皱了皱眉头，说道："若真是饿了，吃棒棒糖又有什么用？"说着，她走到放巧克力的架子上，拿了一块巧克力，剥开包装纸，却发现里面的巧克力已经化了，她有些恼火地扔在地上。

陈羽笑了起来，说道："这里面的东西估计都已经过了保质期，所以你也就别指望能吃到巧克力了。"

"看你这样，你也不着急找赵璐了。"莉迪亚说道。

"不是，而是我在想他们可能会去哪儿，我们这样盲目寻找也不是办法，而且这里也不一定就安全。"陈羽吃完那根棒棒糖，扔到了一边。

两个人离开了超市。

"你想到什么了？"莉迪亚又忍不住问了一句。

陈羽没有说话，依旧凝眉沉思，莉迪亚看了他一眼，便不再多问一句。两个人只管一路向前，莉迪亚也不问陈羽要去哪儿。

他们走了一小段路，仍旧在枫湖边，两个人时而注视着周围，就好像是森林里的鹿一样，几乎一切的动静都会引起他们的注意。

"先不急找人，我想去那边的亭子里坐一会儿。"陈羽说道。

"好啊。"

两个人来到湖边的一个亭子里，莉迪亚看着湖面上飞过的鸬鹚，不由得有些出神。陈羽坐在她对面时不时就回头望一望。

"我们一时半会儿还不能回去。"陈羽突然冒出这么一句。

莉迪亚感到有些莫名其妙，问道："这是什么意思？你不是要找赵璐吗？我们肯定不能半途折返啊。"

陈羽笑了笑，说道："肯定不会半途折返，肯定不会。"

陈羽的腔调有些古怪，莉迪亚皱起眉头盯着他，感觉他似乎知道了什么事，但又不能对自己说出来。陈羽的脸上一直挂着有些古怪的笑容，表情却非常平静地看着前方的一汪湖水，看不出来他到底想要做什么，但莉迪亚越来越觉得周围有一股氛围让她感到惴惴不安。

"我喜欢这种氛围。"陈羽又突然冒出这么一句，莉迪亚吃了一惊，因为她刚觉得这个氛围让她有些不安。她看着陈羽，右手不知不觉伸进了口袋里，握住了枪柄。

"对了，你口袋里的手枪子弹还够吗？"陈羽问道。

话音刚落，莉迪亚便掏出枪，用枪口对准了陈羽的额头，她警觉地盯着他，就像狩猎者的眼神一般，陈羽不慌不忙地说道："看来咱们一时半会儿是走不了了。"

"你到底是怎么回事？"莉迪亚问道。

陈羽依旧从容不迫，他似乎算准了莉迪亚不会开枪："看来我不应该感情用事。"

莉迪亚皱起眉头，低声问道："你这话到底是什么意思？"

"没什么，我在想因为那个小女孩儿的一句话，我们就来到这里，到底值不值得。"

"你一开始可没有怀疑，你现在后悔了？"

陈羽诡异一笑，莉迪亚心中一慌，问道："你到底是谁？"

"怎么？你觉得我不是陈羽？"陈羽反问道。

"这我可说不准！"莉迪亚瞪大了眼睛，盯着陈羽。陈羽抬眼瞟了一眼她，低声说道："该出现了。"

莉迪亚听了，莫名一怔，又问道："你到底在搞什么鬼？"

陈羽这时给了莉迪亚一个眼神，莉迪亚立马不再说话。陈羽突然一个大步跃上前去，莉迪亚毫无防备，陈羽身子右斜而入，左手向上托住枪管，右手斜上削去，将莉迪亚手中的枪瞬间打落，紧接着他又向前一步，一把掐住了莉迪亚的脖子，眼神凶狠，杀气腾腾。

"原来你才是监督者！"陈羽大喝一声，"我要杀了你！"

莉迪亚猛地一挣，陈羽顺势将她从湖边的亭子里直接推进了水中，莉迪亚在水中挣扎了几下就沉了下去。陈羽恶狠狠地转过头，头也不回地开始往回走。走到一半，他随手捡起了一颗小石子，朝着远处的树丛扔了过去，那颗石子落到一片矮树丛中，接着，就看见有一个人影在晃动。

"何方鼠辈？给我滚出来！"陈羽大喝一声。

话音刚落，从那片矮树丛中站出来一个中年男人，随后，在周围的草丛、大树后接连走出来十二个人，他们差不多都是三四十岁的健壮男子。

"不管你们是'狼蛛'也好，'红火蚁'也好，今天都只有死路一条！"陈羽说着，双拳紧握，双目似鹰，形同虎狼。

十二个人中有一个人拿出手枪，对准了陈羽。陈羽站住了脚步，说道："你们无非是想跟踪我，但就算你们找到了飞船，也不知道应该去哪儿，如果你们杀了我，就更别想知道我究竟是从哪里来的。"

那个人听了又放下了枪，陈羽并没有掏枪，他知道如果自己掏枪就必死无疑。眼前这十二个人显然想要抓他，并且通过他来找到X1。这十二个人步步紧逼，陈羽必须从这十二个人的包围中逃出去。

一人冲了上来，伸手欲擒他，陈羽后退一步，斜身擦过，一手架起了那人的手，左脚小步上前，左肩顺势撞来，全身之力尽在这方寸之间，那人连连后退，陈羽一记戳脚,直奔那人小腹,那人顷刻间只觉一阵剧痛,便浑身无力,倒地不起。

　　眼看第一个人倒地,剩下的十一个人纷纷冲了上来,其中三人率先冲了上来,一拳自陈羽的左侧扑面而来,另一掌斜刺里奔他的右腹劈来,又一脚横扫而来。陈羽侧身一跃,左掌飘飘忽忽,朝着那人小腿下方便是一股劲力自下而上打去,顷刻将那人掀翻在地。右手顺势擒住那朝自己腹部而来的手掌,向左侧掠过,将那人一拳架开。再一跃腾空,双脚齐出,将那二人踢倒在地。

　　"到了这鬼地方,看来只能逢人便打了!"陈羽说罢,先发制人,一步向前,双拳齐出。这一招,他加了三成力,快如奔雷,将前方二人瞬间击倒。又回身一脚,但身后那人躲闪迅捷,陈羽接连三脚后,那人最终躲闪不及,被踢中面颊,倒地不起。

　　"还有谁要来?这只是八极拳,还有降龙十八掌、六脉神剑、独孤九剑、打狗棒法,要不要一起耍出来让你们见识见识?"陈羽喝道。

　　剩下几人不敢再贸然上前,见陈羽虽说着玩笑话,但却杀气腾腾,即便没有小说中的那些盖世神功,他们也未必是他的对手。

　　"就算你是独孤求败,现在也只是瓮中之鳖了!"一个女人的声音忽然出现,陈羽初以为是赵璐,但他听出来那不是赵璐的声音,就在他想上前一步看清楚时,他发现自己已经被一个无形的罩子给罩住了。

CHAPTER
19
倒计时

"这一次你无路可走了！"那个女人说道。

陈羽见了，并不慌张，他淡淡一笑，低声说道："弹指神通劲力霸道，小心了！"说罢，他捡起一颗石子，嵌入中指，全力弹出。众人皆以为陈羽在胡言乱语，却不曾想这颗石子径直穿过罩子，朝着那女人额头袭去。女人猝不及防，被打中了额头，只觉一阵痛楚袭来，眼前一晕，瘫倒在地。

陈羽从罩子中走了出来，众人不禁都错愕万分，有一个人随即拿出枪来。紧接着，接连几声枪响，那十二个男人和那个女人纷纷中枪死了。

"你来得还算及时。"陈羽说道。

莉迪亚浑身湿漉漉的，她从一旁的树丛里走了出来，笑道："你真是花样百出。"

陈羽自己都忍不住笑了起来，说道："看来江天佐他们还是研究出了一些东西，这个小玩意儿发出的振动，正好能破解能量罩子。"他说着，从口袋里拿出一颗类似于蛋白石一样的东西，上面有一个小的按钮。

"弹指神通……我看那帮外星人接下来很可能会去专门研究我们人类的武侠小说了。"陈羽笑道。

"你们中国人的古怪名堂真多，不过真有可能会把那些外星人耍得团团转。"莉迪亚笑道，"对了，你刚才就看出有人在暗中跟踪我们？"

"是的。他们藏得还比较隐蔽，只不过一个细微动静如果在我们周围出现两次，那就肯定不是什么野猫之类的动物。"陈羽说道，"所以我说'该出现了'的时候，其实就在暗示你了。"

莉迪亚说道："到处都是陷阱，那我们还找不找赵璐了？"

陈羽听了，刚才还很兴奋得意的神情渐渐黯淡下来："必须要找，赵璐对他们来说，有可能就是个诱饵，所以刚才才会有埋伏。无论如何，我都要找到她。"

"那我们就在周围再找一找，我想她也不会离开这个公园，毕竟外面更危险，她很有可能就藏在某个地方。"莉迪亚说道。

陈羽沉默，没有回应，他眉头紧锁，很显然在思考一些问题。

"你在想什么？"

陈羽说道："刚才你扫描出来的指纹，我想了一下，应该是个男人的指纹。"

"你能看出来？"

"是的，赵璐的手指我知道，很纤细，她的大拇指整个才有刚才那个指纹那么粗。"陈羽说道。

"那有可能是王腾的指纹。"

陈羽笑了笑，说道："你这次猜的很可能是对的，那个指纹的轮廓看起来也的确和王腾的指纹有点儿像，当然，这些都是感觉而已。我们再找找吧。"

莉迪亚的眼睛睁得老大，吃惊地看着陈羽，说道："这你也能记住？"

"我说了，只是大致轮廓。这是个大拇指的指纹，王腾的两个大拇指的指纹我都曾看过，有一些地方的纹路是流线还是螺线，我还有一些大致的印象，这个指纹很可能就是他的，希望他们都没事才好。"陈羽说道。

两个人又沿着枫湖边来回搜寻了一番。这座湖看起来虽然不大，但若是围着绕一圈，也得走上一个小时左右，当他们一路环绕，来到一片假山旁时，假山堆中的草丛中忽然出现了一声响动。两个人本能地转过头望去，并不是野猫或是别的动物，而是一个人，一个在地上艰难爬行的女人，虽然她的脸被周围的草丛盖住了，但陈羽一眼就认了出来，她就是赵璐，绝不会错！而且在赵璐身边，还有一些食物的包装袋散乱地丢在旁边，很显然这段时间，她就靠着这些维持生命的。

陈羽想都没想，立马走上前，扶起了赵璐。赵璐已经非常虚弱，只见她嘴唇发白，面无血色，头发蓬乱。当她抬起头看见陈羽时又惊又喜，却最终昏了过去。

"快去拿点儿吃的和水过来！"陈羽说道。

莉迪亚立马又回到刚才的那家超市，好不容易才找到了一些面包和矿泉水，又一路小步跑过来。

"她怎么样了？"

"晕过去了，把水拿来。"

莉迪亚把矿泉水递过去，陈羽打开瓶盖，扶起赵璐，把瓶口对准赵璐的嘴。赵璐被一口水呛到，咳嗽了几声，终于睁开了眼睛。

"是你，你终于来找我了！"赵璐极度虚弱，声音颤抖。

陈羽此时已经不去管眼前的赵璐究竟是不是自己的妻子了，就像过去自己的妻子赵璐生病时那样，他细心地将她扶起来，让她靠在一棵大树上，满脸关切地看着她，问道："你感觉怎么样了？先吃点儿面包。"

赵璐吃了两口面包，又喝了一口水，这才算稍稍恢复了一点儿体力，她说道："快救救我，带我离开这儿！"

"等一下，和你在一起的那个王腾呢？"陈羽问道。

"他死了。"赵璐悲伤地说道，"他们用一种看不见的罩子抓住了他，然后一枪打死了他。"

"枪？什么枪？他们是什么人？"

"怪物，透明的怪物！"赵璐说到这里的时候，眼神中透着惶恐，"就是枪，普通的枪！我不知道是什么枪！你不要再问了！"

陈羽知道不好再问下去，赵璐并不愿意提起这件事，情绪也有些激动，陈羽生怕她已经十分虚弱的身体会扛不住。莉迪亚这时一把拉过陈羽，说道："你过来，我有话对你说。"

陈羽望了望满脸憔悴的赵璐，还是跟着莉迪亚来到了一边，莉迪亚低声说道："你不觉得有古怪吗？这里已经被敌人控制了，赵璐却一个人在这里，而且以她现在的情况也根本逃不掉，她怎么可能不被敌人发现，还偏偏在我们要离开的时候出现？"

陈羽这才反应过来，他点了点头，若有所思地说道："我刚才脑子有点儿乱，听你这么一说，好像是这样。但是她的样子又不像是假的，你觉得是敌人在控制她？"

"有这个可能。"莉迪亚说道，"那你打算怎么处理她的事情？"

陈羽有些犹豫，他无法面对这个虚弱不堪的赵璐不闻不问，但事关时空安全局的保密问题，他也不得不考虑。莉迪亚看着他焦虑的样子，说道："目前只有一个办法……"

"什么办法？"

莉迪亚从口袋里拿出一支注射器，说道："这是陈教授发明的，能使人的大脑短时间内钝化，也就是在一段时间内变得智力低下，这样的话就不用怕敌人利用网络来操控她了。当然，如果你觉得这个方法残忍，那我们就再想别的办法。"

陈羽想了想，说道："让她好好吃一顿，恢复一下体力，然后再用这个东西。"

"你同意？"

陈羽点点头，说道："这是唯一的办法。我们回去后，要把她交给那些科学家，如果能确定她没有被网络控制，体内也没有感染'虫草菌'，就是最好的结果了。"

"是啊，希望是这样，走吧。"

他们让赵璐吃饱喝足，又对赵璐进行了一个粗略的检查。赵璐告诉陈羽和莉迪亚，自己并没有受什么伤，只是因为食物短缺，加上之前生病，才会导致自己体弱无力，现在吃饱之后，体力也恢复了七成左右。

"璐璐，我们现在要对你注射一些药物，你放心，绝对不会有问题，你会睡上一觉，等你醒过来的时候，你就会在一个安全的地方见到苗苗。"

赵璐一听，眼睛一亮，说道："你见到苗苗了？"

"是的，我向你保证。"

赵璐完全信任陈羽，她的眼中充满了喜悦和感激，她激动地说道："好吧，你们尽管注射吧，我相信你们！"

陈羽欣然一笑，摸了摸赵璐的额头，说道："放心，不会有任何痛苦，只是怕你的身体吃不消穿越虫洞时的反应。"

"我知道，就像晕车药一样。"赵璐开心地说道。

陈羽拿出了注射器，赵璐伸出胳膊，莉迪亚将她的胳膊擦拭干净后，陈羽将针扎了进去。眼前的赵璐看起来楚楚可怜，他颇是不忍，但也没有办法。最后，赵璐微笑着依靠在陈羽的肩膀上，不到一分钟时间，她就安详地睡着了。

"她太累了，走吧，我们赶快回去吧。"陈羽说道。

陈羽背着睡着的赵璐，和莉迪亚快步来到了飞船那里，即便是隐形模式的飞船，他们也很轻易地就能找到。他们上了飞船后，利用飞船内的能量对撞出一个虫洞，接着，他们进入虫洞，返回了X1。

陈羽将赵璐交给了那里的科学家团队，让他们来检测赵璐的大脑是否能接收到来自敌方的网络。陈羽没有去见陈苗苗，他独自一人回到了房间，他有些忐忑不安，如果赵璐真有问题，他不知道应该怎么办，是这样把她关在这里，还是把她送回去。他也不知道该如何去和陈苗苗说这件事。

莉迪亚知道陈羽的心思，她独自一人去了科研基地。在一个小实验室里，赵璐被两个科学家放进了一台仪器里，这台仪器能检测出来自敌方的网络。莉迪亚隔着玻璃，看着还在昏睡不醒的赵璐，她心里也有一些怜悯。

"道尔顿小姐，很少看你来我们这里。"一个白人说道。

"德弗瑞先生，你们现在进行得如何了？之前陈羽把那边陈教授的研究成果带给了你们，你们可不能依旧原地踏步啊！"

"当然不会，我们已经有进展了，很快就能破解敌人的网络。"这个名叫德弗瑞的荷兰人说道。

莉迪亚又去了另一处，在一间实验室里，有两个亚洲人一边在图纸上画着一种新式武器，一边还讨论着。莉迪亚走到旁边看了一眼，图纸上画的还是草图，旁边写得密密麻麻的，全都是各种数学公式。

"你们在研究新式武器吗？"莉迪亚问道。

"是的。"

"你们是中国人？"

"我是中国人，他是日本人。我叫罗成，他叫永野良。"这个名叫罗成的人说道。

莉迪亚离开了这间实验室，这时从洗手间里走出来一个高大的白人。莉迪亚知道他是俄罗斯人扎伊采夫，跟在他身后的是土耳其人穆斯法塔·阿克约尔。莉迪亚有一种感觉，或许江天佐也有这样的感觉。这时，带赵璐进去做实验的那两个人走了出来，莉迪亚见了，立马上前问道："怎么样？她有没有被控制？"

"没有，她的大脑没有接收到任何敌方的信号，我们可以保证，她的大脑一切正常，她没有被敌人控制。"

莉迪亚听到这句话后，反而有些吃惊，因为她总觉得赵璐身上有些古怪，但是眼前的这两个科学家已经做出了保证，赵璐确实没有受到任何控制。她觉得这对陈羽来说是一个好消息，对陈苗苗来说更是个好消息，但是对她自己来说，她心里存下了一个疑问，一个她无法视而不见的疑问，这就是赵璐身上的秘密，这个秘密究竟藏在了什么地方？

晚上，当陈羽知道这件事后，彻底松了口气。赵璐现在需要将体内的药物完全代谢出去，但这种药物几乎无法通过汗液或是排泄从体内代谢出去，因此她必须要吃一种特殊的代谢药物，将体内的药中和，最终通过排泄从体内代谢出去。她现在被送到了一个专门用于休养的病房，有专门的人照顾她。

但是这些天里，莉迪亚几乎每天都会不止一次地去看望赵璐，并不是因为她很关心赵璐，而是她试图找出赵璐身上不对劲儿的地方。陈羽并不知道，莉迪亚也没有打算告诉他，她只想自己去调查。

又过了几天，江天佐召集了所有人来会议室，大家都感到将有大事要发生了。江天佐站在前面，神色肃穆地说道："我们接下来要有麻烦了，我们已经探查到，那些外星人离地球越来越近了，他们即将进入太阳系，如果他们打通虫洞的话，很快就会抵达地球。"

会议室里一阵沉默，这比陈羽当初预测的时间要快得多。

普拉萨德说道："如果他们打通虫洞，最快多久会抵达地球？"

"最多一个月。"江天佐说道。

"他们目前在什么地方？"

"还没有进入太阳系，但已经快了。"江天佐说道，"我们下面必须要做好全面应战的准备，那些外星人的目的，你们上次在拉普达开会时，陈羽已经分析过了，无非就是两种。不管是哪一种，我们都必须在他们进入地球之前就拦截他们。"

"你有什么计划吗？就像上次在拉普达说的那样？"

"对。"江天佐说道，"但我们必须要获得他们的准确位置，必须要尽可能精确，而且得提前知道。"

"那其他宇宙呢？"陈羽问道。

"前后应该不会差多少，他们应该也在观测这些。"江天佐说道，"接下来我决定这么做，X1先按兵不动，躲藏起来。然后看拉普达那边，如果那边发动全面反击，我们就趁着这个机会全力进攻EIPU10，将那里的透明怪物一举击溃。在地球上发动进攻，不能用核武器，我们要使用最大功率的死光武器，定点打击。"

"可你不要忘了，我们人数有限，而那些外星人是从各个宇宙而来，会占领无数宇宙中的地球，即便我们破坏了他们的网络，但以人类的科技还是无法和那些外星生物相抗衡的。"陈羽说道。

这时，江天佐看见屋子里好像有一个影子闪过，他凝眉沉思了片刻，说道：

"没办法，到时候再说吧。"

众人哑然，不知道江天佐为什么会说出这么一句莫名其妙的话。

"你这是什么意思？"艾琳娜问道。

"没什么意思。"江天佐微微一笑，说道，"对了，赵璐的身体大概这几天就能完全恢复了，到时候让她们母女重逢，这个重任就交给你了。"

"我知道，但你为什么不说了？"

"是这样，我刚才又想了一下，我觉得这个办法很好，其实人类的科技也未必比那些外星人差很多，真要打起来的话，我们还是有胜算的，毕竟全人类的数量远远超过那些入侵地球的外星人的数量。"

"这就是你的办法？"

江天佐有些为难地笑了笑，说道："先这样吧，散会，我这两天有点儿偏头痛，可能是用脑过度了。"

众人听了半天，也没听到什么有用的话，即便已经进入倒计时了，他们也只能按原计划行动，如果有什么变动，只能再临时商量，但江天佐的反常态度的确让很多人都感到奇怪。

江天佐回到房间，打开电脑，在一个空白的文档中打了几个字，但很快又删除了。房间里开着灯，但不知为何，忽地暗了一瞬，又恢复了原状。江天佐叹了口气，仿佛知道了什么。

CHAPTER
20
剑盾计划

在拉普达，科学家团队已经研究出了作战方案，他们将利用虫洞投放核武器。当敌军进入太阳系，离地球还处于安全距离的时候，利用智能卫星监测，并打开虫洞，连接地面发射站，将氢弹装进一个安全的飞船中，将飞船调成自动模式，带着核武器穿越虫洞，直接投向敌方的战船。这个计划被称为剑盾计划，因为这项行动既是防御，也是进攻。然而他们面临的问题是其他的宇宙，无限平行宇宙，即便派人分散去通知也是断然来不及的。

这一日，陈教授和江天佐两个人在房间里正在讨论如何解决这件事。

"如果敌人攻占了其他宇宙中的地球，即便我们这里暂时守住了，也迟早会被他们攻陷。"陈教授说道，"我现在有个计划，但不知道能不能成功。"

"你说说看。"

陈教授走到门前看了看外面，就把门关了起来。江天佐问道："怎么，怕别人听见？"

"我在想能不能利用敌人的'虫草菌'去控制敌人。"陈教授说道。

"这个计划我之前也想过，不过你们得解决三个问题：第一，'虫草菌'能不能用于这些硅基生物？第二，即便能控制，我们如何将这些'虫草菌'神不知鬼不觉地移植到敌方身上？第三，我们能不能完全掌握这项技术？因为我们得利用这项技术，通过那种神秘的网络才能控制敌人。"

"这些我们一直都在研究，当然，在没有研究出来之前，我们也得做好其他的准备，以防万一。"陈教授说道。

"如果我们知道他们的情况就好了，或许可以联手。"江天佐的语气听起来有些沮丧。

"我也不知道他们究竟在哪儿，但是他们很显然并不愿意让我们知道他们此刻在哪儿，我想他们可能还有别的计划。"陈教授说道，"那次会议，我们都问了，他们说得很含糊。"

江天佐想了想，也觉得这件事有些古怪。

"陈教授，你能找到他们吗？"江天佐问道。

陈教授叹了口气，说道："大海捞针。"

江天佐深吸了一口气，若有所思地看着窗外，说道："他们既然不说，就像刚才你说的那样，可能他们有他们的计划。"

"我们现在不要去考虑他们，现在假定只有我们在对付这些外星人，我有一个计划，只不过这个计划得有别的宇宙的人类和我们配合才行。"

"在你说出计划之前，我先问你，你们科学家团队是否已经完全掌握了这种'虫草菌'以及跨宇宙的量子网络的奥秘了？"江天佐问道。

"我不敢说是百分之百，但是我们之前已经算出了数学模型，从理论上来说应该可行。"陈教授说道，"只是还没有经过实践。"

"好，那就说说你的计划。"

"我认为我们得找另一个宇宙里的一群人类来和我们配合。"陈教授说道，"具体是这样，两个宇宙，一个用剑盾计划，如果成功的话，我想应该就能在外太空截杀那些外星人。另一个宇宙不使用剑盾计划，让那些外星人登陆地球。当那些怪物来到地球的时候，我们可以释放微型的基因导弹，将'虫草菌'注射到这些外星人体内。然后那个执行剑盾计划成功的一方去全力进攻 EIPU10，这样可以扰乱他们的注意力，否则 EIPU10 那边很可能会破坏我们的行动。"

"'虫草菌'对那些硅基生物有作用吗？"

陈教授点了点头，说道："有的，我做过试验了。我说句题外话，宇宙中的东西其实都符合数理逻辑，哪怕是我们此前从未见过的硅基生物，本身也可以通过数字来解读，'虫草菌'也一样。从理论上说，人类能掌握宇宙中的一切知识，只不过宇宙是无限的，所以很多东西对我们来说仍旧是未知难解的，但都是可以掌握的，只要掌握最为核心的法则，也就是数学。数学是唯一的法则，也是最根本的宇宙法则。"

江天佐点点头，说道："我相信你说的，那你说说看，那些硅基生物对'虫草菌'有什么反应？"

"硅基生物的体内也含有 DBF[1]，而且量更大。我们现在有三维全息打印技术，我们可以直接拿原有的纳米机器人复制，这个速度会非常快。"陈教授说道，"最关键的是，那些外星生物即便不是透明的，其透明度也比我们这些碳基生物要高，因此他能更好地吸收太阳光能。最重要的一点，我们已经掌握了一种新技术，就是让这些纳米机器人自我复制。"

"怎么复制？"

"利用生物体内的 DBF 以及太阳能，它们可以直接利用这些外星人体内的硅元素进行自我复制，因为组成这些纳米机器人的最重要的化学元素就是硅。而其他的一些次要物质，在这些外星人身上也都能找到。所以我们只要在这些外星人体内注射少量的'虫草菌'，其中的纳米机器人就能吸收能源，利用其体内的元素直接进行自我复制。"陈教授说道，"简单来说，这些外星人创造的'虫草菌'很可能原本是用于他们自身的，不过也能适用于人类以及地球上的很多动物。"

"好，但是我们该如何释放微型基因导弹？这种武器你们制造了多少？"江天佐问道。

---

[1]DBF：濒死时能诱发极乐体验的因子，是"Dying Bliss Factor"三个单词的开头字母。

"这种微型基因导弹的体积非常小，比蚊子还要略小一些，足够携带一定数量的'虫草菌'，并保证能在体内成活。"陈教授说道，"我们目前已经能生产出上万个，就在拉普达的实验室里，这并不难。"

"但你能保证释放这些基因导弹，那些外星人可以毫无察觉吗？"江天佐问道。

"我不敢保证，但必须得试一试，因为我们已经获得了那些外星人的基因，到时候释放这些导弹，它们会进行基因识别，专门去叮那些外星人，属于微型跟踪式导弹，就像蚊子一样。"陈教授说道，"还有，执行剑盾计划成功的那一方，他们必须以最快的速度全力进攻EIPU10，否则，那些外星人即便被我们控制了，但是地球上的大部分人类仍然是他们的人，他们一定会向EIPU10那边传送信息。"

"对，你的计划虽然还有很多问题，但还是值得一试。"江天佐说道，"我知道一个宇宙，我可以联系那里的人类，我相信那里应该还有一批人并没有被控制。"

"哪个宇宙？"

"我的来处。"

陈教授一听，为之一怔，说道："我知道你的情况，你被'上帝的办公室'截断了时间线，变成了两个你，也就是说，你原本应该是来自EIPU9，但现在那个宇宙已经分裂成了两个。"

"是的，X1和X2，我来自X2。一个人的变化会产生两个平行宇宙，无限的平行宇宙就是这么来的。"江天佐说道，"我们之前在EIPU7已经定点杀掉了所有时空安全局名单里的人，这些人在各个宇宙中也都有各自的分身，在X2也不例外。这件事我本不想告诉你，虽然之前你也同意了，不过我知道你内心并不完全认同。这件事很重要，不能感情用事，所以我现在才告诉你。"

陈教授听了，并没有激动，而是叹了口气，说道："我知道，你们认为我很书生气，但其实我也很矛盾，你既然已经做了这件事，我也没什么可说的。"

"谢谢！"

陈教授无奈地笑了笑，又说道："你说，他们会不会在 EIPU9 分裂的其中一个宇宙中？"

"什么意思？"

"那些怪物曾经派飞船到各个平行宇宙去找他们，以那些怪物的能力，他们怎么可能逃得掉？"

"你是说，另一个我救了他们？"

"这只是我的推测。"

"你的这个推测很有可能是真的，因为我之前去过 X1，虽然我见不到他，但是我把潜行者的那段记忆给了他，每一个细节，丝毫不漏。我派人见过他，当时我还不知道这些外星怪物的事情，只是告诉了他关于'狼蛛与红火蚁'的事，让他做好防范。"江天佐说道，"他应该在这之前就做了很多准备，因此能把莉迪亚、陈羽他们藏起来，不被那些怪物发现，想来想去很可能就是他。"

"如果是这样的话，那他为什么不让我们知道？"陈教授说道。

"我也不知道。"

"你就是他，他就是你，你怎么会猜不到他的想法？"陈教授问道。

江天佐仔细思考了一下，试图以自己的性格去揣摩另一个自己的想法，大约过了一分钟，他说道："我说不清，不能确定。"

陈教授用一种审视的眼光盯着江天佐，足足有五秒钟，随即说道："好吧，你想不出来就算了。总之你刚才说的，我们需要另一个宇宙的人配合，是 X1，还是你的来处？"

江天佐又仔细想了一下，说道："还是 X2。"

陈教授点点头，说道："好，那边的情况你知道吗？"

江天佐点点头，说道："我之前在那边有安排。"

"那就好。"

江天佐决定明天就去 X2。晚上，他躺在床上想着陈教授的问题，为什么那个江天佐所做的事情不让自己知道？这个问题只有他一个人的时候才敢拿出来仔细思考，因为他一旦问自己这个问题，就会得出一些可怕的结论。

就在这时，他突然听到屋外传来一阵窸窣鬼祟的脚步声，他立马坐起身来，穿上鞋，悄悄走到门前。当他打开门的时候，吱吱呀呀的声音虽然很小，但在夜间的万籁寂静中却显得格外刺耳。随后，一阵急促的脚步声仿佛从大厅的一头跑到了另一头。江天佐立马推开门想要找到这个人，可是当他来到大厅的时候，却什么都没有发现。

第二天早晨，江天佐将拉普达飞船开到了喜马拉雅山脉中，他将拉普达飞船调为自动飞行模式，并保持隐形状态，他和飞船上的人说了一声后，就独自一人乘坐一艘小飞船打通虫洞，来到了 X2。

他乘坐这艘飞船飞离虫洞的那一刹那，正好处在印度北部的旁遮普邦。接着，他朝着东面飞去，他要去美国找一个人，这个人在他看来应该还没有被周围的狼蛛或是红火蚁给抓获，他相信这个人。

横穿太平洋时，江天佐看着外面，他还在想昨晚的事情，难道真的是他太敏感了吗？另一个自己究竟在想些什么，他隐约能猜到。

半天的时间，他终于来到美国境内，他拿出手机打了个电话。他在飞船里焦急地等待着，其实时间很短，但每过一秒钟，对他来说都格外煎熬，因为如果那个人死了，他之前在这里的部署就很可能会前功尽弃。

大约过了半分钟，那头终于接电话了。

"你好，里夫斯先生，你终于打电话找我了。"

江天佐长出了一口气，如释重负地露出了笑容，说道："好久不见了，听你的语气，你现在应该很安全，你这会儿在哪儿？"

"加勒比海上的一座小岛，他们还没有找到这里，我把坐标发给你，你赶快过来。"

"好。"

江天佐挂了电话，过了一会儿，手机接到了一条信息，正是那个人所在方位的坐标。江天佐设定好目标，朝着加勒比海方向飞去。没过多久，江天佐驾驶飞船就飞到了加勒比海的上空，并很快找到了坐标上显示的那座小岛。这里地处偏远，从上空望下去，岛上一片郁郁葱葱。这座岛的面积不大，看起来的确不像是有人居住。

飞船降落在海岸上的一片沙滩上，江天佐从飞船里走了出来，他拿起手机，又打了那个号码。

"喂，我到了，你在哪儿？"

"我看见你了。你就一直往前走，走到树丛里，看见一棵桉树的下面放着一块四四方方的砖头，然后你在那里等着就行。"

江天佐挂了电话，按照那头的指示，一路往前。这里的草木茂盛，虽然岛的面积不大，但他置身其中，还是觉得这里的森林仿佛就和亚马孙雨林一样辽阔。他透过枝叶之间的缝隙，看见远处有一座小山，那是这座岛的东面尽头，越过山头就是大海。

林中有各种鸟类，听啼鸣声就能区分出不同，还有一些小型的蜥蜴，见到江天佐走来，转眼就钻进草木之中。有零星的沟壑，里面还存有积水，一些巨大的寄居蟹不时出没在这些沟壑的边缘。林中空气潮湿闷热，多少还透着一点儿大海的咸味。

走了大约十多分钟，他终于看到一棵高耸的桉树，下方有一块四四方方的青灰色砖头，他便站在那里耐心地等待着。

"你终于来了，老朋友！"一个声音从一侧的林中传来。

江天佐朝左侧望去，见一个中年美国男人走了出来，他穿着一身白色衬衫，戴着一顶草帽，就像是来这里度假的游客一样。

"怎么样？一切都还好吧？"江天佐问道。

这个美国男人微笑着点点头，说道："幸好之前你及时把EIPU7中的我给杀了，到现在为止，还没有人找到这里。"

"这里怎么样？"江天佐问道。

"有一些人，但不多。"

江天佐沉思了一会儿，说道："带我去看看。"

"跟我来。"

他带着江天佐朝着森林深处走去。走在路上时，江天佐不禁又有些怀疑，他不知道这个美国男人究竟能不能帮上他们的忙，但眼下他们能依靠的帮手很少，也只能让这个美国男人试一试了。

"你们有核武器吗？"江天佐问道。

"有中子弹。"

"那氢弹呢？"

"没有，因为它威力太过巨大，我们也没有把握能控制得住。"

江天佐叹了口气，说道："好吧，艾萨克·胡克先生，看来我得让你帮我另一个忙了。"

CHAPTER
21
降 临

X1。

这日，天空中雷电交加，暴雨如注，整个大海都在翻滚不止，仿佛乾坤就要颠倒了一般。

李耀杰冒着雨来到孤岛上，看了一眼后，又下去了。回到海底基地后，他见到了肖恩。

"你搞什么东西，怎么浑身都是水？"肖恩皱着眉头，一脸嫌弃地看着他。

"没什么，我上去看了看。"

"我看你是有病，外面下着暴雨，你上去看什么？"

李耀杰听了也不恼火，而是笑眯眯地说道："我刚才想了一下，如果我们这里的科学家团队能操控天气，或许到时候能帮到我们的忙。"

"气象武器人类在多年前就已经掌握了，只不过那些怪物对于自然气候的操控要比我们厉害。"肖恩说道。

"这可不一定，或许我们只要某种自然现象在某个地区持续几分钟，就能帮上我们大忙了。"李耀杰说道。

肖恩想了想，说道："好像是有些道理，不过生活在地球上的大部分都是人类，如果制造一场龙卷风或者是地震，那死的人会很多，而且还不一定对那些外星人有用。"

"你这个英国人，一看你就没有读过《三国演义》，《三国演义》里的诸葛亮就利用自然现象打赢了好几场战役，最好的自然现象当然不是什么风暴或者地震之类的，而且你刚才也说了，这样不一定能对付那些外星人，但一定会让很多人类无辜枉死。最好的自然现象一个是风，一个是雾，风当然不是大风，最多五六级风就可以了。"李耀杰说道。

肖恩哼了一声，说道："莉迪亚说得没错，你们中国人的鬼名堂的确不少，一会儿借风借雾，一会儿又弹指神通。反正你要是有这个想法，可以去和他们说说，只要能对付那些怪物就是好办法。"

李耀杰笑道："到时候这一块可以交给我。"

肖恩这时看了看周围，对李耀杰低声说道："你有没有觉得最近里夫斯有些不对劲儿？"

"江天佐？他一向都不太正常，不用管他。"李耀杰摆了摆手，一脸不屑地说道。

"不，我是说真的。"肖恩说道，"自从陈羽把他老婆接过来后，他就一直不太对劲儿。"

"怎么？你怀疑江天佐和陈羽老婆有一腿？"李耀杰笑问道。

"不开玩笑，我是说真的。"

"我刚才说的也不一定就是假的。"李耀杰说道。

肖恩不耐烦地摇了摇头，转头准备离开。

"好吧，你说说看。"李耀杰又拦住了肖恩。

肖恩说道："那个赵璐现在已经恢复了，我们是不是应该去问问她，她在枫湖那里究竟发生了什么事？"

"这件事要问也得是陈羽去问，我们怎么问？"

"就得我们去问啊，不管这个赵璐是不是陈羽的老婆，但怎么都是同一个人在不同宇宙的分身，陈羽反而不好开口，陈羽不愿意去怀疑她。"肖恩说道。

"这么不近人情的事情就交给你好了。"李耀杰说道，"我还是去负责玩弄大自然。"

肖恩叹了口气，说道："那好，一会儿吃午饭时我去问她，你去找陈羽，带他去实验室里四处看看。"

"对了，你别去，让艾琳娜去问，艾琳娜会读心术，而且她是女人，中文也说得比你好，让她去。"李耀杰说道。

肖恩听了，双眼一亮，说道："对啊！对对对！你提醒得好，一会儿我就和她去说这件事。"

到了吃午饭的时间，艾琳娜趁着陈羽不注意，拿着饭菜独自去了赵璐所在的那间病房，她的身体已经恢复得差不多了，但还需要再观察两天。病房的斜侧面有一扇长方形的玻璃窗，赵璐此刻正坐在床上看着玻璃窗外的海景，艾琳娜进去的时候，恰逢一条巨大的石斑鱼带着一脸呆滞的神情僵硬地从窗口飘过。

"是你。"赵璐用英语说道。

艾琳娜微笑着，用一口流利的中文说道："陈羽有点儿事，我来给你送饭。"

"谢谢！"赵璐和艾琳娜并不熟，见艾琳娜来给自己送饭，一方面有些惊讶，另一方面也有些尴尬，不知道该说些什么。

艾琳娜把饭菜放到桌上，说道："你觉得身体怎么样了？"

赵璐说道："好很多了，其实今天我就能离开病房了。"

艾琳娜坐到了床边，说道："那就好。对了，你女儿呢？"

"应该和普拉萨德在一起，她好像很喜欢这个人。"赵璐说道。

"普拉萨德这个人脾气比较温和，而且有耐心，愿意陪小孩子一起玩儿。"艾琳娜说道，"一会儿我让她来看看你。"

"谢谢。"

"对了，其实今天我来也是为了下一步的计划，你说你一直藏在枫湖公园里面，在陈羽和莉迪亚把你救出来之前，你有没有看见过什么怪事？"艾琳娜问道。

赵璐有些疲惫地轻叹一声，说道："之前我都说了，无非就是躲起来，找吃的，然后遇到了江天佐，但我和王腾都留在了枫湖，之后王腾被那些怪物杀了，我藏了起来。"

"那些怪物当真没有发现你？"艾琳娜问道。

"是王腾掩护了我，才让那些怪物没有发现我。"赵璐说道，"具体的细节我不想再说了。这件事怪我，怪我太感情用事，如果当时我就跟着江天佐过来，后面也不会发生这些事，王腾也不会死。"

艾琳娜露出温和的笑容，说道："这不怪你，换作别人也都不知道，你也是希望能找到陈羽。"

赵璐苦笑一声，说道："你们都是特工或者科学家，做起事情来都很理性，你们会不会觉得我很笨？"

"当然不会，否则陈羽和莉迪亚也不会去救你，陈羽也是因为陈苗苗才下定决心去救你的，而且准确地说，这个陈羽并不是你的丈夫，你的丈夫在很久以前就已经死了，但是陈羽还是决定要救你回来。"艾琳娜说道，"如果仅仅从理性的角度去看，你决定留下和陈羽决定去救你，都是属于不理性的做法，或许是很笨，但人毕竟不是机器，所以你不用多想这些。我不知道你有没有读过康德的哲学，理性到了极端的时候，是非常恐怖的。"

赵璐点点头，说道："我读过，我知道你的意思。"

艾琳娜看着赵璐的眼睛，最后又问了一句："你对那个王腾有感情吗？"

赵璐一惊，没有说话。

"对不起，这不是我该问的，你慢慢吃，我先走了。"艾琳娜说道。

赵璐一脸茫然地看着艾琳娜，直到她走出房间。

艾琳娜刚走出来，肖恩就从一个角落里冒了出来，跟在艾琳娜身后，两个人都没有说话，一直走到了一条空旷的走廊里。

"怎么样？"

"她没有说谎。"艾琳娜说道，"相信我，如果对她使用测谎仪，也会证明我的判断并没有错，她没有问题。"

肖恩皱起眉头，说道："我宁愿她有问题。"

艾琳娜瞪大眼睛，问道："你这话是什么意思？"

"好吧，我这话或许是有点儿冷血，但现在里夫斯一定是发现了一些什么，我可以肯定，而且就是在陈羽和莉迪亚把赵璐救回来之后。如果赵璐没有问题，那么很可能是她背后还有更大的阴谋，只是她自己不知道而已，这样的话我们就更难察觉到了。"肖恩说道。

艾琳娜说道："你现在说这些都没有用，你干吗不直接去找江天佐问问？"

"我问了，不止一次，但每次一提到这件事，他就转移话题，他根本不想正面回应这件事。"肖恩说道。

艾琳娜眯起眼睛，看着肖恩，说道："既然他不想让你知道，你就不要多管闲事了，谁知道你这样查来查去，会不会惹出别的麻烦。"

肖恩没有说话，艾琳娜的话也不是完全没有道理，但是他觉得这件事背后一定有着一个秘密，让他很难忍住不去调查这件事。

X2，江天佐已经对艾萨克·胡克交代清楚了他需要完成的任务。江天佐用了两天时间，参观了胡克先生的秘密基地。这是时空安全局最为隐秘的一个基地，就在加勒比海上的这座小岛上。虽然整座岛很小，上面只有几十个人，但他们每个人不是科学家，就是军事家。小岛的下方直通一座海底基地，他们在那里可以观测到地球上的每个地方，以及接收到来自地球周围的卫星发送的信号。

江天佐在第三天将拉普达那里已经生产出来的基因导弹全部带了过来，交给了胡克先生。因为考虑到这里的力量不足以使用氢弹去外太空拦截那些外星人，因此他让胡克先生负责发射这些微小如蚊虫一样的基因导弹，以对付将要在这里登陆的外星人，而拉普达那边则负责通过卫星定位外星飞船的位置，并通过虫洞直接在外太空投放氢弹。

一切就绪，在 EIPU7 的拉普达飞船上，从智能卫星发回的信息来看，那些外星人大约两天后就要进入他们预定的攻击范围。这一次，他们必须打通一道极其隐蔽且距离很长的虫洞。在拉普达的实验室中，反物质能源已经准备好，随时准备打通虫洞，就等智能卫星发来具体的坐标。

又过了一天，从智能卫星发射来的坐标来看，那些外星人刚越过火星的近日点，现在直奔地球而来。智能卫星几乎每时每刻都会发送那些外星人所在的位置，并估算以他们的速度大约还有多久会到达攻击范围。其他的宇宙也都是一样，现在江天佐只能负责 EIPU7 的事情，至于 X2 的事情，他虽然不是很放心，但还是交给了胡克先生负责。

在拉普达飞船上，江天佐把所有人召集到会议室，开了最后一次会议，因为外星人已经不断逼近地球，局势迫在眉睫，他们制造的氢弹，随时都要进行装载和投放了。

"刚才我看到了智能卫星发送回来的信息，那些外星人的方位离地球大约只有五百万千米，以他们的速度，大约四十个小时后就能抵达地球，他们的时速约是十二万五千千米，这只是个大概的数字，随时都还可能发生变化。"江天佐说道，"如果就以这个速度来说的话，剑盾计划的攻击范围应该是距离大气层十万千米之外。我们得操控智能卫星，在距离大气层十万千米的外太空设置虫洞，派我们的运载飞船携带氢弹去外太空，并在那里守卫，一旦发现外星飞船，它们就会自动冲上去，并引爆氢弹。"

"要怎么算时间？"王腾问道。

"是这样，在大约三十九个小时的时候，我们就要打通虫洞，然后派飞船过去。这些飞船都已经设置好程序，不会有问题。因为如果过去得太早，那些外星人会发现，他们就会临时改变方向。在三十九个小时的时候，差不多能让装载氢弹的飞船正好与那些外星人的飞船碰面，他们就来不及改变方向了。"江天佐说道，"这是最后的三十九个小时，我们这里绝对不能出任何意外。"

陈羽朝窗外望了望，说道："希望不要出什么意外。"

江天佐道："倒计时的确让人惶惶不安，希望一切顺利！"随后又扫了一眼其他人，说道，"虫洞距离远，必须尽可能缩小半径，这样能节约能量，而且也能避免被发现。陈教授，这没问题吧？"

"一般不会有什么问题，但就怕会出现不稳定的情况。"

"务必要避免各种意外。"

陈教授郑重地说道："放心，我这么说只是为了严谨，一般不会有什么问题。"

"那就好，这就交给你们了。"江天佐说道，"其实还有一些事情，我暂时先不说。"江天佐又扫了在场的每一个人一眼。

"地球表面发现虫洞！"一名年轻的科学家走进会议室，向众人报告了这个消息。

CHAPTER

22

中　止

"在哪儿？"陈教授立马站起身来，朝着实验室走去。

"中非地区，靠着刚果河那里。"

"有发现什么吗？"

"只有一艘小飞船，不知道里面是谁。"

所有人都跟着来到实验室，陈教授来到监控屏幕前，看着上面传来的图像，是一艘流线型的飞船，上面写着几个英文字母。

"是人类，可能是 X1 的人，也可能是 X2 的人。"陈教授说道。

陈羽看了一会儿，发现这艘飞船调成了隐形模式，并屏蔽掉了雷达探测，一瞬间就在画面上消失了。

"你觉得那一定是人类吗？"陈羽问道。

"我觉得应该是，这艘飞船很显然是时空安全局之前建造的飞船样式。"陈教授说道。

"没错，我也觉得那些怪物不会短时间内弄出这么一艘人类的飞船，也没有必要。而且我们的剑盾计划在外太空，并不在地球表面，即便有两个透明怪物来到这里，估计也就是提前来看看，为他们的外星同类到这里来做个准备。"

王腾说道。

陈羽想了想，也觉得这话有道理。江天佐想了想，说道："他们或许是人类，也或许是外星人，但是他们绝对不能妨碍到我们的计划。你们这里还是要随时监控，如果发现异常，找到坐标，就用死光武器定点击杀。即便是杀错人，也不能妨碍我们接下来的计划。"

陈教授说道："你们放心，这里随时都有人在看着，我们这里几乎能掌握整个地球表面的动向。"

江天佐点了点头。

还剩下三十八个小时，这段时间内，每个人的神经几乎都绷紧了，没有一个人敢松懈丝毫。氢弹的威力不言而喻，必须投放准确，才能有效打击敌人。

在X1，在整个基地里，只有赵璐和陈苗苗两个人是无忧无虑的，她们甚至不知道还有三十多个小时，外星人就会登陆这里的地球，只有她们还能在自己的房间里看看漫画书，消磨时光。房间外是另一个截然不同的世界，每个人都开始焦虑起来，江天佐已经完成了部署计划，但是他现在还有一个担心，他希望自己多虑了，但是他心里知道，在这个关键的时刻，一切的反常都绝不可能是简单的巧合。

他在办公室里坐着，什么也没有做，只是在静静地思考。最终，他决定采取行动，可是他必须得想出一个办法，可以神不知鬼不觉。

在一个僻静的走廊里，莉迪亚和陈羽两个人正在讨论着。这条走廊空空荡荡的，顶端有一道细细的玻璃缝隙能看见上面的海底世界，他们的脚步声在走廊里回荡，幽暗的灯光显得阴气森森。

"有时候我们应该相信直觉，直觉比逻辑更快。"莉迪亚说道。

陈羽点点头，看了一眼四周的墙壁，说道："你觉得不同维度之间能互为全息影像吗？"

"我认为可以，因为全息不再指三维投像，而是三维的实体也可以成为四维或是二维的全息投影。"莉迪亚说道，"你知道的，纵向相对论，也叫金字塔式相对论。"

陈羽点点头，说道："不同维度之间或许并非完全隔绝，看来我得再去问赵璐一个问题。"

莉迪亚微微一笑，说道："去吧，我就在这里来回转转。"

陈羽来到赵璐的房间，此刻她正在和陈苗苗两个人看着一本绘本。陈羽第一眼看见她们母女二人的时候，只觉得那是自己的妻子和女儿，随之而来的是一种瞬间抽离的感觉，仿佛他又回到了自己的家，一切都平静如常，没有任何事情发生。他甚至不愿意去问赵璐这个问题，以免破坏眼前所呈现出的一种让他久违的氛围。

赵璐看见陈羽走进来，脸上泛起笑容，陈苗苗直接叫道："爸爸！"

陈羽也只能是点了点头，说道："苗苗，你能一个人出去玩一会儿吗？我有个问题想问问你妈妈。"

陈苗苗有些不情愿，但还是拿着书一个人离开了房间。陈羽看着陈苗苗走出去的背影，心里一阵刺痛，他想起了自己的妻子和女儿。

"什么事？"赵璐问道。

陈羽有些为难，说道："我真的不想问，但还是忍不住想问一下，还是关于你在枫湖时候的一些事情。"

赵璐听了，脸色立马黯淡下来。

在拉普达，距离发动剑盾行动的时间越来越近。到了晚上，他们都难以安睡，但毕竟还有几十个小时，他们必须休息好，才有精神对付敌人。但陈羽始终无法睡着，他来到了实验室，陈教授还在那里。

"你怎么还不睡？"陈教授问道。

"你不也没睡吗？"陈羽说道，"你在做什么？"

"不放心，来看看。"陈教授说道。

陈羽关上实验室的门，就近坐在椅子上，眼睛根本没有去看屏幕，他说道："其实这个剑盾计划，即便成功也只能救一个宇宙中的人类，依我说，不如我们直接去进攻 EIPU10，好让 X2 那里的胡克先生发射基因导弹，从而控制这帮外星人。"

"这中间有个时间差，因为当我们实施剑盾行动的时候，那些外星人的飞船实际上离地球还有很远的一段距离，这样的话，一方面可以分散敌人的注意力，另一方面，也是给我们提供一条后路。因为我们即便全力对 EIPU10 那里的怪物发动进攻，也未必能打得赢他们，就像莉迪亚他们说的，那些透明怪物所掌握的科技，就连'上帝的办公室'也对付不了。如果到时候真的对付不了，最起码我们还可以回到 EIPU7，而且这里的人类几乎都被那些怪物变成了'虫草'，如果在这里发动战争，那些怪物为了继续控制人类，反倒会束手束脚。"陈教授说道。

陈羽笑了笑，说道："听你这么说，这个计划进可攻，退可守，的确不错。"

"只是我有个担心。"

"什么？"

"就是控制'虫草'这项技术，目前我们在理论上已经完备，也做过一些实验，但是如果想利用基因导弹控制一个宇宙中的一群外星人，从而控制各个宇宙中相同的外星人，我并没有十足的把握。"陈教授一脸忧虑地说道。

"你是怕跨宇宙的网络信号不稳定吗？"

"一方面是这样，还有就是不知道这种网络能不能控制住那些外星人。"陈教授说道，"数理逻辑是宇宙中万物的本质，我可以将信息通过数字转化发送出去。"

"我们不是有四个怪物作为样本吗？你们之前没有试过吗？"陈羽问道。

"试过，信号可以发送，也的确有用。我们研究过这些硅基生物的大脑，以及他们的脑电波，否则我怎么可能让你和王腾两个人进入他们的意识界？但是那些外星生物，你和王腾通过意识界也发现了，他们和 EIPU10 出现的透明怪物的样子并不完全相同。就像我们之前就讨论过的，这些外星人原本并不是透明的，只不过有一支在很久以前就到达了地球，地球上的环境让他们慢慢进化成了透明的身躯。如果是这样，我就不敢保证这些信号一定能控制那些刚从外星来的生物。"陈教授说道。

"我在他们的意识界察看过，核心的数理逻辑是相通的，从生物学的角度来说，应该是同一个物种的两个分支，是环境造成的，就好像人类中有黄种人、黑种人和白种人一样。我觉得应该问题不大。"陈羽说道。

"希望如此。"陈教授说道，"你早点儿回去睡吧。"

"希望我今晚还能睡得着。"说着，陈羽离开了实验室。他穿过大厅，王腾这时从大厅的另一头走了出来："你还没睡？"

陈羽回过头，笑了笑，说道："是啊，你也一样，看来我们大家集体失眠了，倒是可以放一首《今夜无人入睡》来点缀一下。"

王腾笑了笑，说道："你刚从陈教授那里出来？陈教授也还没睡？"

陈羽点点头，说道："我说了，今晚谁都睡不着。"

"你和陈教授说了些什么？"

"没什么，就是些胡乱的猜测而已。"陈羽说着，摆了摆手。

"反正也闲着没事，就随便说说呗。"王腾说道。

陈羽坐了下来，两只手摊在桌子上，一副懒散的样子，说道："简单来说，就是把剑盾行动再来回说一遍，你都知道的。"

"现在的氢弹体积已经很小了，但威力却比以前大得多。"王腾说道，"宇宙中没有空气，这一爆炸产生的辐射不知道会蔓延多远。"

"反正目前我们定下来的距离，应该是不会危及大气层。没办法，对付那些怪物也只能这样了。"陈羽说道。

"对了，之前江天佐一个人离开了这里，你知道他去做什么了吗？"

"我也没问，管他呢。"陈羽说道，"我这会儿有点儿困了，我先去睡了。"

第二天早晨八点，距离剑盾行动的展开还有二十个小时，整个世界依旧处在一片寂静中。因为今天是一个大晴天，世界里的人们，除了拉普达飞船上的人之外，全部都站在了太阳之下，沐浴在和煦的阳光中。他们一动不动，闭着眼睛，就好像在举行一个全球人类共同参与的神圣仪式一样，他们即将迎来他们的神明从天而降。

　　在隐形的拉普达飞船上，他们也在等待着，因为他们将提前终止这场盛大的欢迎仪式。陈教授带着整个科学家团队在密切监控，一共有九艘外星人的飞船正在不断逼近地球，地球的自转和公转都被他们计算在内，他们可以直线抵达地球表面。同时，陈教授他们还在时刻监视着地球上发生的事情，他们生怕在地球表面发生任何让他们措手不及的事。

　　到了中午，所有人聚在一起吃着午饭，吃了大约有五分钟，在场没有一个人说话，每个人都很沉默。陈教授看了一眼在座的每一个人，他终于第一个开口说道："我昨晚上做了个梦。"

　　"什么梦？"江天佐问道。

　　"我忘了。"

　　"废话！"

　　陈教授笑了笑，摆摆手，说道："不过那个感觉我还有，应该是一个噩梦，我感觉在剑盾行动展开的时候，一定会有意外发生。"

　　"哦？什么意外？"

　　"说不准。"

　　"陈教授，你今天连续说了一大堆废话，毫无价值！"江天佐说道。

　　陈教授喝了一口水，不紧不慢地吃了一口菜，说道："有没有价值这一点并不重要，只是看你们每个人都不说话，我才抛砖引玉一下。"

　　"真是这样吗？"陈羽问了一句。

　　陈教授看了一眼陈羽，笑了起来，说道："打仗之前说点儿废话，也没什么不好的。"

"那我也说两句废话。"陈羽说道，"因为昨晚我也做了一个梦，我在梦里梦见了一种昆虫，叫寄生蜂。寄生蜂把卵产在毛毛虫的体内，毛毛虫浑然不知，到后来，卵孵化了，幼虫开始啃食毛毛虫的内脏，毛毛虫就死了。"

"怎么，你是怀疑我们这里有寄生蜂的幼虫？"王腾问道。

陈羽没有回答，只是脸上一直挂着一种耐人寻味的笑容。江天佐说道："或许你们可以把话说得再明白一点儿，要不然总有人听不懂。"

陈教授低下头，只顾自己埋头吃饭，没有再说话。江天佐看着陈教授，冷笑了一声，说道："不过也的确是早了点儿，不急。"

这顿饭让很多人都感到不知所谓，那几个人之间的对话就像是几个精神病人的对话一样，驴唇不对马嘴，颠三倒四，乱七八糟，可是他们的状态又让人觉得这其中藏有秘密。

陈羽这时站起身来，离开了饭桌，来到旁边的窗口，望着下方。

"你吃完了？"王腾问道。

"吃得差不多了。"陈羽这时望向江天佐，说道，"好了，你宣布吧。"

这顿饭原本就吃得莫名其妙，所有人此刻都看着江天佐，不知道他要说什么。江天佐停顿了一下，才站起来说道："剑盾计划，取消！"

CHAPTER
23

移花接木

在浩瀚的太空中，九艘飞船正朝着地球而来，这九架飞船呈银色椭圆形，就好像是《魔戒》中的九大戒灵一样。空阔的宇宙中没有一点儿声响，一切都被埋藏在深邃的寂静里，那些行星一如往日，沿着自己的轨道在旋转，宇宙中的陨石漫无目的地飘游着。

随着距离地球越来越近，这九个银色巨蛋开始慢慢汇聚，形成了一道细长的银色利剑，朝着地球直插而来。地球上的人类浑然不知，就好像蚂蚁并不能看见正朝着自己踩踏而来的大脚一样。对人类来说，大气层将宇宙中的黑暗景象蒙上了一层蓝色的带有诗意的薄纱，也将致命的阳光过滤成了地球上大部分生物必不可少的生存要素，可是，这层薄纱也掩盖了一些即将要发生的事情。

剑盾计划取消了，但时间还在流逝，当最后还剩下十五分钟的时候，拉普达飞船里终于有一个人忍不住了。

江天佐此刻一个人坐在大厅里，呆呆地看着窗外。现在是凌晨四点钟，外面一片漆黑，就连星星月亮也看不见，只有一层又一层的黑云飘过，接着，下雨了。王腾走了过来，他有些焦躁地问道："为什么取消剑盾计划？"

江天佐叹了口气，看着王腾，说道："我之前说了，有些变动。"

王腾皱起眉头，问道："到底是什么变动？我们这里连氢弹都准备好了，智能卫星也能精确定位，为什么突然又取消行动？"

江天佐没有回答，而是继续看着一片漆黑的窗外。王腾焦躁地来回走了几圈，还是忍不住问道："我真是不懂，为什么你要放弃？"

江天佐见王腾如此急切，只是很淡漠地笑了笑，说道："氢弹还是有用的，只是得看准时机才行。"

"之前的剑盾计划有什么问题吗？"

"目前看起来是有的，只是我还不好说得太清楚。"

这时，陈教授和陈羽两个人也走了出来，陈教授说道："一个不太严谨的计划，最大的好处就是可以临时变化。如果一个计划太过严谨，每个环节都考虑得非常细致，有的时候一个细微的变化就能导致整个计划瘫痪，因此剑盾计划的取消，并不意味着计划瘫痪。"

"你们看看时间，只剩下两分钟了，你们当真要放弃剑盾行动吗？"王腾又一次问道。

"目前是这样。"

王腾长长地叹出一口气，沉默了大约有半分钟，他突然从口袋里拿出枪，左手一把勒住江天佐的脖子，就将枪口顶在了江天佐的脑袋上。王腾凶狠地看着陈羽和陈教授，他就像是一只正在发出低吼的豹子，低沉地说道："去，按照原计划执行，否则我就杀了他！"

"果然是你，你是他们的人！"江天佐说道。

"闭嘴！我说了，如果你们不按照原计划执行，我就杀光你们所有的人！你们最好相信我的话！"

陈羽和陈教授互相看了一眼，陈教授问道："按照原计划执行对你们有什么好处？"

"你不要管！快照我的话去做！"王腾说着，枪口对着江天佐的太阳穴用力顶了一下。

"好！你不要乱来，冷静一点儿！"

"王腾，你冷静下来，你先等一下……"

"不要废话，你们到底去不去？一分钟之内，我要看见剑盾计划按照原来的方案执行！"王腾说道，"否则我让你们每个人都死在这里！"

"好，我去，你千万不要乱来！"

王腾挟持着江天佐，陈羽跟着陈教授一同来到了实验室，其他工作人员听到动静，也纷纷走出房间，他们也跟着一起来到了实验室。王腾看着每一个人，他眼中没有丝毫胆怯，而是像一头野兽一样对他们步步紧逼。

"谁要是敢乱动一下，我让你们全都不得好死！"王腾大喝道，他此刻的状态近乎疯狂。陈教授也不敢乱动，陈羽也只能站在旁边，紧盯着王腾。

陈教授慢慢地挪到了操纵台，说道："来三个人帮我。"

有三个青年科学家走了出来，站在陈教授分配好的操纵台前，他们各自确定好方位，以及打通那么远的虫洞需要的能量，最后一个人将装载氢弹的飞船调到了自动程序。

陈教授深吸了一口气，看着屏幕中显示的不断移动的方位。所有的人在这一刻都屏息凝视，就连王腾也屏住原本粗大的呼吸声，食指扣在扳机上，两只眼睛盯着操纵台，并用余光扫视着站在周围的这些人。

浩瀚无垠的宇宙，远处是密集的群星，它们依照自己的轨道在运行，就好像是流动的河水或者水面的涟漪。一根极其渺小的银针朝着远处一颗蔚蓝色的星球以它最快的速度接近那颗行星。

X1。

江天佐这几天都很古怪，他把自己关在房间里，很少说话，也很少做什么，每天就是按时吃饭、按时睡觉，就好像是一个沉默寡言的囚徒，似乎将自己永远困在了海底，不见天日。但所有人都知道，有一群外星人即将登陆地球，在这里，那些外星人登陆地球的时间会稍稍晚一点儿，这就是混沌论。

一天下午，陈羽来到科研基地，看着正在进行实验的科学家。他来到那个名叫拉尔夫·克莱的科学家所在的实验室，克莱此刻正在纸上做着非常复杂的数学运算。

"你来了。"

"有进展吗？"

"看起来是有的，但是有一些步骤，我不愿意写出来。"克莱说道。

"我知道原因，你不用说。"

克莱环视了一下四周，说道："里夫斯这几天都不太对劲儿，你应该看出来了。"

"是的。"

"我不知道该怎么和你说，因为眼前的问题很麻烦。"克莱说道，"简单来说，有眼睛在监视我们。"

"你觉得我们能捕捉到？让它呈现出三维全息图像？"

克莱若有所思地看着纸上的算式，说道："理论上可以，操作上我不敢百分之百保证，现实的情况是总有一些问题在缠绕着我们。"

"曾经有一种说法，说黑洞本身是二维的，宇宙只是黑洞的三维全息投影。"陈羽说道，"但自从纵向相对论的理论完善后，我们知道绝对不只是如此。现在想想看，维度真是个有趣的概念。"

"不同维度互为虚影，这样的一种理论的确把我们之前的认知给颠覆了，不过人类的发展本身就是一次又一次的自我颠覆。"

"那些外星人很快就要登陆地球了，我们这里究竟有什么打算？"

"先藏好，见机行事。"

陈羽听了，左右顾盼了一下，说道："是不是先得对付我们眼前的敌人？"

"没错，不同的维度之间原本是永远不会有交集的，但是现在这一点变了，我们能做到，那些怪物也能做到。"克莱说道，"其实我们也不用互相再打哑谜了，我们周围有一个二维人，这个人很可能就是敌人派来的。"

"我们有办法对付二维人吗？"

"这个二维人潜伏在我们的周围，说到底就是为了获得我们这边的信息，当然获取的方式不是偷听，而是一种二维全息的技术。也就是说，相对于二维，我们三维就是虚影，这个二维人会将我们这里的信息转化成二维，然后发送给他们的总部，总部再将二维信息重新转化成三维图像，以此来监视我们的动向。"克莱说道，"如果把一个三维的人转化成二维，直接平铺开来，那真的是大到无边无际，因此最好的方法就是折叠，因为二维没有高度，即便是千万亿个二维人折叠在一起，也不会产生丝毫高度。但是二维世界我们还无法完全探知，不过从这几天的观察来看，这个二维人应该是真的，而且这个人并不是从三维转化成二维，而是真的生存在二维世界中，因为他的面积并不大。如果将他转化成三维，恐怕小的得用显微镜才能看见了。但也有可能他原本就是一个三维的物体，一个智能机器人或者一种变异的古怪生物，不管是什么，都是被那些外星人给二维化了，让他潜伏到我们身边。"

"但我们怎么对付这个二维人？如果那些怪物能进入二维世界，那我们要对付他们就困难了。"陈羽说道。

"我们有'上帝的办公室'，你不要忘了，这可以说是人类科技文明的最高成就，'上帝的办公室'可以穿越不同的维度，包括二维。"克莱说道。

陈羽这时想起"上帝的办公室"原本是潜行者组织里的科学家集体发明的，而潜行者组织的目的就是将人类以 1:50 的兑换率将所有天才都集中起来，将非天才全部排斥在外。而且也正因为这些天才的集中，才造就了人类科技文明的最高成就。"上帝的办公室"也是目前唯一可以与那些怪物相抗衡的武器，那些怪物之前用能量罩子困住"上帝的办公室"，原本就是想要拿回去研究，这其中有那些怪物都不曾掌握的知识。之前莉迪亚和普拉萨德曾做过一次人类学的田野报告，他们得出的结论是在那些怪物的控制下，人类的世界变得前所未有的好。无论是这些外星怪物，还是潜行者组织，仿佛都在竭尽所能开发人类的最大潜能，而得出的结论就是，大部分的人的确拖慢了人类文明进步的速度，而人性当中的顽疾也导致了世界并不够完美，潜行者集中了人类天才创造了科技文明巅峰，这些怪物通过量子纠缠原理制造的跨宇宙量子网络，遏制了人类本性中的种种缺陷，使得人类世界如今变得前所未有的好。而现在，他们要利用潜行者创造的科技来对付那些怪物。由此出现了一个非常可怕的事实，那就是绝大部分的普通人在这里面的确没有太大的作用，难道人类社会真的就是这样吗？还是真的需要一种改造？

"你怎么了？"克莱看着发呆的陈羽问道。

陈羽摇摇头，微笑着说道："没什么，你刚才的意思，是利用'上帝的办公室'可以捕捉到这个潜入在我们周围的二维人，或者是二维的生物体？"

"是的，如果'上帝的办公室'进入二维界，那么它的面积几乎就是无限大，或者说任何一个三维物体进入到二维，其面积都将是无限大。"克莱说道，"这一点我刚才已经说过了，所以如果依靠'上帝的办公室'进入二维界，那么就好像是一头巨象在草丛里寻找一只蚂蚁，这几乎是不可行的。"

"但这个二维人就在我们周围，一直在试图获取我们这里的情报，难道我们就没办法对付这个二维人吗？"陈羽问道。

克莱说道："其实维度之间，虚、实是相互的，也就是说，我们所有人都可以成为其他维度中的实体，反过来说这个所谓的二维人也是一样的。我现在觉得他应该是三维中一个极其微小的智能机器人，然后被那些怪物转化成二维，进到我们身边，而且这个进入的途径应该是你老婆，赵璐女士。"

"你是说她带进来的？"

"她应该不知道，她是被敌人利用了。"克莱说道，"她在枫湖公园那么长时间，怎么可能不被发现？只不过是那些怪物将这个二维人投放到她身上，通过她进入到我们这里。这个二维人的面积应该不大，因为他的目标是获取我们这里的信息，将我们这里所发生的事情转化成纯二维图像，储存起来。如果面积太大，就像我刚才的那个比喻，它将面对的是整个世界，反而难以精确地获取我们这里的信息。"

"难道我们就这样一直被监视，然后看着这个二维人将我们的信息一点点地传送到那些怪物手中？"陈羽问道，"你刚才也说了，既然不同维度是可以虚、实转化的，那么我们就不必进入二维界，而是捕捉到这个二维人的位置，将他转化成三维实体，即便他比原子还要微小，但我们也有机会捕捉到它。"

克莱点点头，说道："我们现在所说的话或许已经被他转化成二维信息了，不过也没有关系，你说的事情，我们接下来就会去实施，这一点得靠潜行者组织里的科学家留下来的科学技术。"

"那咱们下一步要做什么？"

"死光武器，给那些即将登陆的外星人以致命打击。"克莱说道。

"江天佐知道吗？"

"他知道。"

距离地球已经十二万千米了，银色利剑势如破竹，仿佛地球都要被它瞬间贯穿。在它前方忽然出现了一个古怪的球体，仿佛是一个球形镜面，映射出整个宇宙，从这个球体中飞出一艘极其渺小的飞船。

这把银色利剑已经觉察到了，就在这时，那个古怪的球形镜面消失了，那艘渺小的飞船以几乎直线的方式朝着那把银色利剑扑去。当那把利剑试图掉转方向的时候，那艘小飞船已经近在咫尺。一瞬间，在黑暗空阔的宇宙中，一道强光瞬间爆发出来，接着，一个光球以极快的速度不断膨胀，外围一层是灰色的云雾，其中包裹着强烈的光焰，一股无形的冲击波朝着四周发散开来。但是，没有丝毫的声音，一切都是在寂静中发生，即便是致命的射线、威力巨大的冲击波、耀眼夺目的光芒，都像是在一个屏幕中被彻底静音了一般。

"看来是打中了。"陈教授看着卫星监控画面说道。

王腾愕然，见到屏幕上所显示的画面，他气急败坏地大声问道："怎么回事？

怎么打中了？"

"这是中子弹，也可以算作是一种小型氢弹。怎么了，没想到我们能打中，是吗？"

王腾双目呆滞地看着屏幕上还未消散的爆炸场面，陈羽这时一步上前，大拇指一瞬间嵌到扳机后方，使王腾无法开枪，江天佐随即转过身来，一脚将王腾踹翻在地。陈羽将枪扔到一边，与江天佐两个人合力将王腾擒住。

"这怎么可能？"王腾睁大眼睛，竭力抬起头，看着上方的显示屏。

"你先别问，我问你，你是不是和敌人串通好了，当我们通过虫洞投放中子弹的时候，就让敌人再将虫洞形成一道环，最终让中子弹投放到我们这里，是不是这样？"陈教授问道。

"你怎么知道？"

"拉普达神出鬼没，我们在特斯拉遗留下来的手稿上又增进了很多技术环节，敌人即便想捕捉到拉普达也是件非常困难的事情，所以你们想利用剑盾计划，让我们被自己投放出去的中子弹给炸死，顺便就解决了拉普达飞船这个棘手的问题。"陈教授说道，"但我们还是发现了，我们之中出现了内奸，因为我们发现有人在窃取我们的机密，这个人就是你。我推测，很可能是某个宇宙中的你被他们抓住，并控制住了，然后操控你的行动，让你潜入我们内部，获取情报。"

王腾听了，原本强硬的姿态顿时软了下来，在这一刻，他的眼神中竟然闪现出了一丝欣慰。

CHAPTER
24
囚　笼

"对不住了！"陈羽说着，从陈教授那里拿来一个注射器，里面是能让人脑钝化的药物，如此就能阻隔这个王腾与那边的联系。王腾没有反抗，陈羽在他的胳膊上将药物注射进去，因为王腾心跳很快，血压较高，因此药物注射进去不到一分钟就起效了。两名科学家将王腾抬进了一间密室，将他暂时安置在那里。

"那些敌人真是无孔不入。"江天佐说道，"只不过王腾没有料到，我们现在并不在EIPU7，而是在X2。"

陈教授说道："还是我的安眠药有效，只要进入深度睡眠一会儿工夫，我们就不知不觉来到了X2。"

陈羽说道："那个胡克先生能完成任务吗？"

"我不敢保证，但是我们目前也只能相信他了。"江天佐说道。

EIPU7，还有半个小时，那些外星人即将登陆地球，胡克先生在这之前就带着少数人进入了这个已经是遍地虫草的蛮荒世界。他们将在最隐蔽的情形之下，神不知鬼不觉地分散发射出上万枚微型基因导弹。

胡克先生将飞船调成了隐形模式，停靠在刚果河附近的一处山坡上，周围林木葱郁，为他们提供了最天然的掩护，他带着五个人就在一片树林中等待着。

　　胡克先生看着监控屏幕，已经有一艘外星飞船登陆地球，在屏幕上显示的坐标大约是在墨西哥，另外还有八艘飞船分别停靠在了澳大利亚、西亚、东亚、欧洲、北非、南非、北美以及印度尼西亚。通过稍显模糊的屏幕，他们看见那些银色巨蛋一样的飞船缓缓降落，接着，巨蛋分裂成两半，从中间出现一道光，光中间有一架梯子，那些青灰色身材矮小的外星人纷纷从飞船上走了下来。这九艘飞船每一艘飞船下来的人都不超过一百个，规模看起来并不大。当所有的外星人都离开飞船后，那些银色巨蛋一样的飞船又合并起来，并变成了一道平面，升到大约一千米的高空，接着，这些银色巨蛋越摊越大，变成了一面银色的镜子一样的东西，又如同水流一样，在高空中上下浮动。每一个巨蛋都在无限扩张，当胡克先生和他的五个同伴一同盯着显示器的时候，他们的上空已经不知不觉被流动的银色给包裹住了。

　　"快看，胡克先生！"一个助手终于发现了他们头顶上的变化。

　　胡克先生立即抬起头来，他才看到这一面银色的物质竟然可以如此扩张开来。他们的头顶不再是大气层，而是这层银色的物质，太阳光依旧可以透过这层银色的物质照射到地表，但是光线的颜色已经变了，变得有些迷离。太阳光随着这些银色物质的流动而流动，就好像在水面以下看着太阳光随着水纹的波动而波动一般。

　　再接下来，这九个巨蛋摊开所形成的银色流动的物质在空中彼此交汇，在很短的时间内，整个地球已经完全被包裹在这层银色物质中。这层物质并不是纯粹的二维，但是已经无限接近二维，它也并非静止，而是如同水面一样，总是有波浪在缓缓推动。

　　"胡克先生，要发射导弹吗？"

　　胡克先生看着头顶这层银色的神秘物质，他深吸了一口气，说道："放！反正这些来到地球上的怪物加起来也还没有一千人，他们一共分在九个地方，把这一堆导弹分成九份，分散到世界各地，让它们自己去叮这些外星人。"

等他说完，一个助手来到隐形飞船的内部，他启动了一项程序，飞船的背部就出现了一个类似于蜂巢一样的东西，接着，密密麻麻如同蚊虫一样的基因导弹分散开来，飞到空中，转眼统统消失不见。

"很好，这些导弹一旦分散，就像小虫子一样，不仔细看都看不见，而且这些导弹都是智能导弹，它们会像活生生的虫子一样等待时机，不会贸然发动进攻，那些外星人恐怕也难以察觉。"胡克先生说道，"我现在倒是很担心我们头顶上的鬼东西，我想那些外星人是为了防止人类逃离地球。"

一个助手说道："我们暂时要打通虫洞回到X2吗？"

"你个蠢货，如果不看见这些导弹都打中目标，我们能回去吗？"胡克先生骂道。

那个助手有些委屈地低下头，没有说话。

在X1，那些外星人也即将登陆，江天佐依旧没有说话，所有人也都没有发表任何意见，他们几乎都在自己的房间里，好像集体在采取一种鸵鸟政策一样。只有克莱和陈羽之前说过，要对那些即将登陆的外星人实行截杀，需要利用大功率的死光武器。

这一天晚上，夜色格外晦暗，放眼望去一片漆黑，天空中阴云密布。江天佐看着智能卫星发来的监控报告，那些外星人距离地球大约一万千米。他算了一下，差不多了，接着，他发送了一条信息，大海上瞬间凌空出现了好几座岛屿，这些岛屿皆是从水下升起。如果将整个地球上的海洋看作一个棋盘，那么这些岛屿的分部可以说是星罗棋布，一共有八十一座岛屿，在四大洋的各个角落中升起。

接着，诡异的事情发生了，原本漆黑一片的夜幕下，从大洋上的某一座岛屿中突然射出一道红光，这道红光就好似一条长蛇，与《蜀山剑侠传》中的描绘几乎无二。这道红光一瞬间贯穿天地，划破大气层，进入浩渺的太空中，迎面正好是一颗银色巨蛋，那道红光顷刻间贯穿，那颗银色巨蛋瞬间化作一堆碎屑，在太空中以极快的速度飞散开来。

又一道红光从地表射出，进入太空，恍如雷电一般，瞬间就将另一颗巨蛋击碎，之后又是接连好几道红色死光从地表射出，将即将登陆地球的剩余巨蛋纷纷击碎。密集的碎片被迫四散开去，太空中没有空气作为介质，那些碎屑毫无阻力，速度也丝毫不减，或是飞散到遥远未知的地方，或是在太空中互相碰撞，形成更为细碎的残渣。

智能卫星的监控将太空中发生的事情如实报告回地球，江天佐看见后，才长长地出了一口气，他迫不及待地大口喝着水，又跑到了水池边，连续用冷水往自己的脸上冲。可见这些日子以来，他一直对外星人即将登陆地球而感到坐立不安，尤其是他的身边还有一个二维人在时刻监视着他们的行动。

在实验室里，每个人从刚才的沉默转眼变成了如释重负的狂欢，因为这是一场骗局，也是一场赌局。当陈羽和克莱先生在对话中提到他们将用死光武器来对付这些外星人的时候，实际上是故意让那个二维人知道的。他们既然知道了有二维人在监视他们，他们仍然说出要利用死光武器，那么敌人就有可能认为这是个骗局，却未曾想他们偏偏用了死光武器，并且不是从他们所在的海底基地，而是地球上的其他地方发射死光。

只不过这一场虚虚实实的骗局本身也带着很强的偶然性，因此当他们的计划最终成功，无一漏网地打落了九艘外星人的飞船时，他们就好像是一群赌徒一样，体会到了在最后关头终于赌赢了一把的快感。

当每个人都渐渐冷静下来的时候，脸上还挂着水珠的江天佐对众人说道："都去睡吧，明天还要商量下一步的行动，二维人还在我们身边，我们的使命还没有完成。"

这一夜，每个人几乎都睡得很沉，因为这些日子以来他们都已精力疲惫，刚刚松了一口气，再也没有失眠的理由了。到了第二天上午九点，陈羽才睡醒，他洗漱好后，来到了大厅，和众人一起吃早餐。莉迪亚坐在一边，笑着问道："看来今天很多人都会起得很晚，你还不算最晚的。"

"哦？还有谁没有起床？"陈羽脸上挂着微笑，精神焕发。

"比如李耀杰。"

陈羽笑道："我就猜到肯定有他。"

"我们能放松的时间或许不会很长，因为接下来还有任务要完成。"肖恩在一旁说道。

陈羽对肖恩惯有的严肃感到有些不耐烦，他说道："我知道，但你能先不说这些吗？"

肖恩依旧是带着严肃的神情，没有说话。

普拉萨德正在吃一块三明治，他说道："你们知道吗？这个二维人昨天晚上在我房间里绕了一会儿。"

"你怎么知道的？"莉迪亚问道。

普拉萨德笑了起来，说道："感觉，虽然那时候我已经睡着了，但总感觉有什么鬼东西在我身边绕来绕去。"

"那只是你在做梦而已。"莉迪亚说道。

"希望吧，恐怕这个二维人现在的压力比我们要大得多，提供了假情报，或许那边也会对他失去信任。"普拉萨德说道。

"战争不仅仅是靠技术，兵不厌诈这个道理，永远都不会过时。"江天佐大步走了过来，他看起来心情很好，整个人的脸色都亮了许多。

肖恩问道："我们接下来该怎么做？这个二维人该怎么对付？"

"放松一点儿，伙计，我们的第一步走得不错，不要急，什么事都得张弛有度。反正你们放心，这些问题我会想办法解决的。"江天佐说道。

胡克先生一共发射了两万枚基因导弹，这些导弹分散到世界各地，击中目标的导弹会在"虫草菌"完全进入目标体内后自动溶解消散，让人难以察觉。目前已经有一千多枚导弹击中了目标，然后消散在空气中。显示器上的数字不断在减少，当数字减少到零的时候，就是两万枚导弹全部完成了任务。

"现在还有一万八千多枚导弹。"胡克先生看着显示器的数字，说道，"等数字归零的时候就得立即让江天佐他们过来，通过电脑来操控这些外星人，也不知道外星人能不能我们被控制住。"

显示器上的数字刚刚还没有变化，转眼之间，已经减少到了一万七千多枚。胡克先生又抬头看了看上空遮天蔽日，将地球完全包裹起来的银色物质，他总有一种不好的感觉。

"胡克先生，其实这些登陆的外星人应该都被基因导弹击中了，不一定非要等到所有的导弹全部击中目标，而且我怕这么多导弹一同发射，那些外星人迟早还是会有所发觉。"一个青年助手说道。

胡克先生听了，也觉得他说的话并非没有道理。因为这两万枚导弹都是分散发射的，每一个巨蛋里下来的外星人也不过一百人，两万枚导弹分散到九个地区，平均每个地区都会有两千多枚的导弹。根据九个区域各自显示的导弹消失的数量，基本上可以判断登陆地球上的每一个外星人都已被基因导弹击中。胡克先生想了一会儿，说道："那好吧，我去拉普达一趟，把这里的情况告诉他们，你们留在这里，不要乱动，就在原地。"

五名助手纷纷说好。胡克先生坐上了飞船，准备开启一个到达 X2 的虫洞，反物质能源已经储备好，但是当他启动程序的时候，打通虫洞的装置却失灵了。胡克先生调试了很多次，但是一切就绪，就是无法开启一条虫洞，整个操作系统也没有显示有任何问题。

一个助手走了过来，问道："胡克先生，怎么了？"

胡克先生皱着眉头，不解地看着飞船，说道："不知道怎么回事，虫洞没办法打开，但程序都是正常的，这艘飞船也没有显示有任何损坏的地方。"

助手走了进去，也调试了一番，但是依旧无法打通虫洞。胡克先生这时抬头看了看天空上那将整个地球都包裹起来的银色物质，说道："或许就是这个东西把我们阻隔开了，也就是说，我们被这团银色的膜给彻底困住了，我们冲不出去，也无法到达别的宇宙。"

"胡克先生，那些外星人都中了我们的基因导弹，但是到现在也没有任何信号输入进来，也就是说，我们根本无法控制他们，我们的工作都白做了。"那个助手说道，"这层银色的膜隔绝了外部的信号，即便我们在这层膜将地球全部包裹之前就离开了这里，我们还是无法发送指令信号，也就是说，我们试图利用基因导弹去控制外星人的计划彻底失败了。"

胡克先生绝望地看着上空，说道："看起来是这样的，我们也被困在这里了。虽然我们能活动的范围依旧很大，整个地球陆地表面以及海洋，但是这就是一个笼子，我们被关在这里了，我们出不去了。"

在 X2，他们刚刚用中子弹解决了即将登陆的外星人，现在他们还在等着胡克先生那边的消息。可是一连过去了很多天，依旧没有任何消息，这里也没有探测到任何虫洞的出现。

他们不知道胡克先生那里究竟出了什么问题，他们也试图进入 EIPU7，可是每当他们将虫洞的终点目标设置到 EIPU7 的时候，都是无法开启虫洞，他们与胡克先生之间的联系被阻断了。

他们也不知道该不该前往 EIPU10，去对那里的怪物发动全面进攻。原本的剑盾计划就这样被中途遏制了，他们不敢贸然行动，因为他们根本不知道这其中的原因。后来，江天佐还是大胆尝试了一下开启前往 EIPU10 的虫洞，结果还是没有成功。

CHAPTER
25

两个小卒子

整个时空安全局再一次陷入了困境中，他们即便是截杀了两个宇宙中即将入侵地球的外星人，但是其他宇宙中的地球，此时正陆陆续续地被那些外星人占领并隔绝。

战争的双方，如果出现了一强一弱，就会出现这样两种情况：第一种，强势的一方会对弱势的一方穷追猛打；第二种，强势的一方依旧有着自己的目标，他们势如破竹，摧枯拉朽，对弱势的那一方甚至不理不睬。从表面上看，第一种似乎能将弱势的一方一举击杀，但是也容易物极必反，弱势的一方被一通穷追猛打后，也会激发他们潜在的能量，就好像草原上的狮子在猎杀水牛的时候，经常会被水牛给顶伤。而第二种则会给对方的心理上造成重创，甚至使其绝望，即便自己还没有被彻底打败，但是心理上已经接受了败局，然而无论自己是否被打败了，是否从心里感到绝望，对方依旧对你不予理睬。如此，弱势的一方甚至会产生出一种自己为什么要上战场的懊恼消极情绪，他会完全否定自己，因为自己将对方当作敌人，而对方的眼中却没有自己。

目前看来，时空安全局就处于这样的一种状态中，尤其是在拉普达飞船里，每个人都感到一种被任意丢进战场的无奈。那些外星人甚至没有组织军队来大举向他们发动进攻，而他们就已经被困在这里，各个平行宇宙都和他们隔绝开来，整个人类也都背对着他们，他们就好像是完全多余的，像是一个近乎完美的数学方程式，但最终还是遗憾地留下了一些余数。

终于有一天，江天佐对这种局势忍无可忍，他将所有人都召集到大厅，讨论接下来该做什么。会议上的氛围极为凝重，起初没有谁愿意第一个说话，最终，还是陈羽打破了这个僵局。

"有一个方法，能让我们摆脱困境。"陈羽说道。

"什么？"

"去 X1。"

"你知道那里的情况吗？我们现在打不通前往别的宇宙的虫洞，即便是 X1，你觉得又能怎么样呢？"江天佐问道。

"我没有百分之百的把握，但是上一次你和陈教授推论出，我们的那群同伴现在很可能就在那里，而且另一个你也在那里，你觉得那里的你和我们的同伴会对登陆地球的外星人没有察觉？所以他们很可能也没有让那里的外星人登陆。这么说吧，我们之所以前往别的宇宙都无法打通虫洞，是因为那些宇宙中的地球应该都已经被外星人占领了，外星人用他们的某种手段隔绝了各个平行宇宙。比如之前的 EIPU7，外星人一定登陆了，因为你让那个胡克先生去那里，用基因导弹来对付他们。但是 X1 那里很有可能并没有被外星人登陆，我们或许能去那里。"陈羽说道，"不仅如此，我们的同伴若在那里，'上帝的办公室'也会在那里，我们需要这个武器，这是人类的科技文明目前所能达到的最高的水平。"

"关于这一点，我们可以去试一试。"江天佐说道。

"还有，我绝对不认为那些外星人有能力阻隔整个宇宙，他们能阻隔的范围一定有限。而且既然他们是登陆地球，我猜想他们能阻隔的范围也就是地球表面，或许是在大气层以内。总之，之前我们没有打通虫洞，是因为我们将目标都设置在了离地表很近的位置，如果我们换个方位，比如设置在大气层之外，或许我们就能穿梭各个平行宇宙。"陈教授说道，"但是如果我们要进入外太空，最好的方法就是依靠'上帝的办公室'。"

江天佐听了，没有急着发表自己的意见。

另一名中年科学家说道："还有一点，应该弄清楚那些外星人是用什么来阻隔地球的，我们还得了解这种阻隔是否会屏蔽所有外来的信号。你们想想看，那些EIPU10的透明怪物将'虫草菌'播撒到EIPU7中，传遍整个人类，而那些怪物都是躲在EIPU10通过跨宇宙的量子网络来操控的。如果这种操控能轻易穿越那些外星人的阻隔，那么我们依旧可以在另一个宇宙控制各个平行宇宙中的外星人，最终让那些外星人撤掉这层阻隔，并让他们滚回老家。"

众人听了之后，都认为这位科学家的推论自有一番道理。但这并不是最重要的，因为他们现在每个人都感到前途渺茫，这位科学家的这番推论多少给了他们一点儿希望，这对他们来说才是最重要的。

陈羽说道："对，就是这样，我们得先解决我们眼前的问题，就这么简单，别的都不用去想。"

江天佐笑了笑，说道："尼采……不过你说得对，别的什么都不用去想。那就这样，没有任何疑问的话，我们现在就前往X1。"

"如果我们前往X1的虫洞还是打不通，那该怎么办？"陈羽反问道。

"那就继续想解决的办法。"江天佐说道。

于是，他们开始寻找X1的坐标，也就是曾经EIPU9所分裂出来的那一部分，他们很快就确定了方位，并成功抵达X1，这一次很顺利。他们将拉普达飞船降低，贴近地表，并继续保持隐形模式，屏蔽一切探测。他们开始观察这个地球，通过探测器，他们能清楚地扫描地表上的一切方位。他们探测到这个地球上的海洋有诸多疑团，在大洋之下的很多地区都探测到了一些信号，但他们不知道这些信号的来源。

"大洋下方有信号，大西洋有，印度洋也有，太平洋最多。"陈教授看着探测屏幕上的显示说道。

"你能分析出这些信号的性质吗？"江天佐问道。

陈教授笑了起来，一脸轻松的样子，说道："关于信号的复杂知识，脉冲、编码这些我就不多介绍了，简单来说，这个信号我很熟悉，这是人类的信号。我猜想能在大洋之下发送这些信号的人类，应该就是另一个江天佐，以及我们的同事。"

"你既然能肯定，那就太好不过了。"江天佐说道，"'上帝的办公室'应该也在那里，你可以给'上帝的办公室'发送一个信号，告诉他们我们来了。"

"不用，我直接打电话给莉迪亚，他们那里应该有信号。"陈羽说着拿出手机，拨通了莉迪亚的号码，不一会儿就听见那头响起一个久违的声音。

"陈羽，你怎么来了？"莉迪亚在电话那头很兴奋地问道。

"不光是我，整个拉普达都来了，你们在哪儿？"陈羽说道，"我们得在一起商量一下下一步该怎么办。"

"我把坐标发给你们。"莉迪亚说道。

陈羽挂了电话，过了一会儿，莉迪亚就把他们所在的小岛的坐标发给了他。陈教授操控拉普达飞船，转眼之间就来到了这座小岛上，他们将拉普达飞船停靠在岛上，并让整个拉普达飞船处于休眠状态。

除了陈羽和江天佐之外，莉迪亚、艾琳娜、李耀杰、肖恩、普拉萨德全部都出来迎接他们了。这会儿正好是下午，风和日丽，阳光和煦，作为老朋友，他们久别重逢，就好像他们上次见面已经是上辈子的事情了。在这一刻，他们就像是普通人一样，为见到对方而高兴。

艾琳娜一直想念着这个陈羽，这个来自EIPU1的陈羽。自从他们开始调查"狼蛛与红火蚁"这个组织的时候起，艾琳娜就一直和这个陈羽在一起。她还清楚地记得陈羽最初被家人所伤，在拉普达养病，是她经常去看望他。此刻见到陈羽，她也不需要再顾及什么，走上前便一把抱住了他，陈羽没有拒绝，他在艾琳娜耳边轻声说道："我们好久不见了！"

艾琳娜松开了他，眼中噙着泪，她用一种略有些颤抖的声音说道"上次开会，你只是用视频，这次终于见到你本人了！"

陈羽欣慰地笑了起来，说道："我们遇到了一些事，现在还能见到你们真是不幸中的大幸。"

"你们怎么了？"艾琳娜问道。

"一会儿再告诉你们。"

"对了，王腾那个家伙呢？"李耀杰问道。

陈羽脸色瞬间严肃了起来，说道："这也是发生的事情之一，一会儿都告诉你们。"

陈教授说道："现在这里有两个陈羽、两个江天佐，看来又要有人用视频来开会了。"

莉迪亚听了，露出了一种非常古怪的表情，但转眼就消失了。几个人通过地下的直达电梯来到海底基地，这里的江天佐和陈羽都已经准备好了电脑，他们在自己的房间里打开视频。当陈教授他们这群人刚来到大厅的时候，江天佐就通过视频看见了他们，他说道："来吧，无论是叙旧，还是商量计划，请你们先坐下来，会有饮料送上的。"

他们围桌而坐，过了一会儿，有个智能机器人端着杯子分发给了每个人，并从自己的口中伸出一条管子，将饮料吐进了杯子里。

"服务很周到。"江天佐说着，看着屏幕里的另一个江天佐，他心里有一种很古怪的感觉，而房间里的江天佐也是如此。他们都有一些不愿意被外人知道的心思，两个人原本就是一个人，分裂了之后，又难免会互相猜测对方的心思，如今，他们通过屏幕面对面，实在太怪了！

"好了，叙旧有的是时间，我们还是来说说我们那里所发生的事情。"陈教授说道。

屏幕中的江天佐立马拦住了他，说道："等一下！"

"怎么了？"

"我来解释吧，是二维人。"莉迪亚说道，"我们身边一直潜藏着一个二维人，这个二维人一直试图从我们这里获取信息，传送给敌方。"

从拉普达来的人面面相觑，对这个突如其来的消息都感到有些惊讶。

"我们现在在三维空间里，很难捕捉到这个二维人，如果这个二维人能获取我们的信息，也就是说我们无论在做什么，他都能知道。"陈教授说道，"那我们该如何商量下一步的行动？"

"那也未必，我们之前利用死光武器狙杀了九艘即将登陆地球的外星人飞船。"莉迪亚说道，"就是靠兵不厌诈的道理，我们故意把这个消息说了出来，结果敌方以为我们是在说谎，因此当我们按照原计划实行的时候，他们竟然毫无防备。"

陈教授听了，有些不屑地笑了起来，说道："难道我们接下来的行动，也要一直玩这种虚虚实实的把戏吗？如果万一其中一步出现了失误，那我们很可能就输了，人类也就输了。"

屏幕中的江天佐说道："陈教授，你不用想得这么悲观。遇到这些问题，总是要想办法解决的，既然暂时没办法捉到这个二维人，那只能用虚虚实实的诈术来对付敌人。"

屏幕中的陈羽说道："你们还是先说说你们那里所发生的情况吧。"

陈教授简略地将他们那里所发生的事情说了一遍，也将王腾的事告诉了他们。

"简单来说，就是别的宇宙都无法打通虫洞，或者说是限于地球表面的范围无法打通虫洞。"肖恩说道，"我已经猜出来你们下一步的行动了，所以你们就不用再说什么了。"

普拉萨德说道："不过还是说得稍微清楚一点儿比较好，毕竟咱们的武器数量有点儿少。"

艾琳娜微微一笑，说道："这些都不重要，最重要的是我们能成功施展慕容家的绝学——斗转星移。"

"你这个德国人还挺懂的。"陈羽笑道。

艾琳娜眼睛一眨，陈羽便明白了她的意思。

李耀杰说道："看来这个二维人的存在，让我们都没办法好好说话了。"

"如果你能抓住这个二维人，并把他控制起来，我们就能好好说话了。"莉迪亚说道，"既然是斗转星移，那我们必须是慕容龙城，不能是慕容复。"

"陈教授，这个斗转星移的功夫，得看你和咱们这里的科学家了。"莉迪亚说道，"是慕容龙城还是慕容复，最重要就看你们了。"

陈教授说道："这个我也不敢百分之百保证，但应该是独孤求败的重剑级了，只不过对方功力太深，或许会也难以应付。"

"有一种武功总是能出其不意，或许我们得练一练老顽童的左右互搏术。"李耀杰说道，"一只手施展斗转星移，另一只手可以施展天外飞仙，这个组合你们觉得怎么样？"

"天外飞仙？是怎么个飞法？"陈羽问道。

李耀杰有些迟疑，普拉萨德说道："假想一下叶孤城对付陆小凤，陆小凤施展凤舞九天，叶孤城施展天外飞仙，九天仍在天的范围之内，而天外飞仙则能让陆小凤防不胜防。"

会议结束后，他们在一起吃了一顿饭，大家都不再聊关于下一步行动的任何话题，而是东拉西扯说一些无关紧要的闲话。一方面是让那个二维人不知道该如何取舍听到的信息，另一方面他们也的确像老友重逢那样，有很多话想好好聊一聊。

CHAPTER

26

镜　子

　　当他们用这样的方式分配好任务后，第二天就开始行动了。这个二维人极有可能就在他们身边，但他们却不能确定这个二维人是否会尾随他们，可是目前他们都没有办法来捕捉到这个二维人，因此最好的方法就是兵分两路。

　　X2 的江天佐、EIPU1 的陈羽、艾琳娜、李耀杰，他们乘坐"上帝的办公室"；X1 的江天佐、EIPU7 的陈羽、莉迪亚、普拉萨德、肖恩，他们乘坐拉普达，两批人分头出发。陈教授和他的团队留下来，和这里的科学家团队融为一体，一同进行科学研究，试图研发出能彻底打败这些外星人的科技。

　　上午八点半，"上帝的办公室"就从小岛上飞起，一直上升到了大气层之外，并进入了外太空。"上帝的办公室"比起人类发明的任何航天器都要先进，它即便飞离大气层，里面仍旧可以像在地面上，内部的气体组成就和地球表面一样，以氮气最多，并且能制造与地球表面同等的引力，使他们如履平地。不仅如此，"上帝的办公室"能直接获取宇宙中的能源，没有了大气层的阻隔，"上帝的办公室"反而可以充分将太阳能转化。

　　"在外太空打通虫洞。"江天佐说道，"如果我们之前的推断准确，应该能抵达其他宇宙。"

说着，江天佐利用反物质在外太空打通了一个虫洞，他们即将通往 EIPU7 的外太空。而这一次，他们打通了，虫洞就在他们面前，就像一个球形镜面一样，他们进入了虫洞，一转眼就抵达了另一头。

"成功了。"陈羽说道，"看来那些外星人的确只是控制了地表。"

"在我们进行任务之前，应该好好看一看这种景色。"艾琳娜说着，指向东方。

这一次，他们站在大气层外看见了日出。在他们的视界内，仿佛整个宇宙都被太阳照亮，一个圆形巨大的红黄色物体，一点点透过一道弧线，渐渐展露全貌。在宇宙中，没有空气作为介质，他们仿佛能看见光线内有一种东西如流水一样在缓缓流动，又不分前后，这种流动既向前又向后，但又不是原地静止的。向远方望去，他们能看见平日透过大气层才能看见的行星，它们仿佛都变大了，也更清晰了。在他们的视线之内，远处渺小的天体和近处巨大的天体都在不断运行，可是又静谧无声，只有"上帝的办公室"内他们发出的声音，仿佛整个宇宙就这么一点儿声音，离他们很近，但在宇宙中又微不足道。几个人看了一会儿，最终还是江天佐说道："走吧，该行动了。"

接着，"上帝的办公室"开始缓缓下降，并屏蔽掉所有监控，呈隐形模式。当他们越往下时才发现地球表面的异样，地球的表面仿佛被一层薄薄的水银给覆盖住了，他们不知道这是什么。他们渐渐进入到平流层，越来越接近这层如同水银一样的物质，他们虽然对眼前的神秘物质完全不知，但是可以肯定这是那些外星人释放的一种神秘物质，并且能阻隔虫洞。

"你们说，'上帝的办公室'能穿越这层膜吗？"李耀杰问道。

"你们看！"陈羽指着下方说道。

下方正好有一群鸟飞着，仿佛越来越接近这层膜，结果当其中一只鸟刚好碰到这层膜的时候，它一瞬间就被吸了进去，形成了这层膜的一部分，在其中流动。

"看来是不行。"李耀杰说道，"那我们这里能向胡克先生那里释放信号吗？"

"别傻了，这是不可能的，虫洞都可以阻隔，我们释放出来的信号又怎么可能穿过这层膜。即便是穿过了，你想想看，那些外星人就在下方，他们会发现我们的。"江天佐说道。

陈羽说道："我们可以再降低些，贴在这层膜的上方，这样能更好地观察地上发生的情况。"

"上帝的办公室"缓缓下降，直到距离地表大约一千多米的位置才停了下来，在他们下方大约只有十米左右，就能清晰地看见这层银色的膜。这层膜将整个地球都包裹住了，即便是他们想探测地表，信号也无法穿透，他们被隔离在一千米之外的高空，无法落地。

"如果每个宇宙中的地球都被这层银色的膜给包裹住了，你们觉得这些外星人的目的是什么？"江天佐问道。

艾琳娜说道："我们应该前往别的宇宙，因为这里的人类都已经中了'虫草菌'，即便是观察，他们在白天一般也是站在太阳底下。"

江天佐想了想，说道："先别急，我们可以找到一些高层建筑，这样可以稍微看一看那里的人。"

"有个地方，据说是海拔最高的人类聚集地，秘鲁的拉林科纳达，那里很多人生活的地方都已经超过这个高度了。"陈羽说道。

"好。"

于是，他们朝着南美洲的方向进发，他们目前处于中非上空，转眼间就已飞行于大西洋之上。透过一层银色的膜，看着下方稍纵即逝的人类世界，让他们都不禁产生一种仿佛在做梦一样的错觉。他们透过银色的膜能看见下方渺小的城市，在银色波浪之下，就好像是沉没在海底的亚特兰蒂斯。

当他们抵达拉林科纳达的时候，发现这道波浪开始随着地势的上升而不断上升，他们能看见，即便是远处的安第斯山脉，也依旧在这道银色的膜之下。

"看来这层膜并没有碰到山峰，也就是说这层膜真的将整个地球都包裹了起来。"陈羽说道，"不过因为这里的地势较高，即使这层膜延伸到了这里，却让我们更贴近地面了，我们可以去城市上空看一看，这个距离应该能比较清楚地看见下面的人。"

江天佐操控着"上帝的办公室",很快就来到了拉林科纳达的正上方。这层膜距离地面不到一百米,这一次,他们能清楚地看见下方的情形。

当他们将"上帝的办公室"落到这层膜上方大约十米处,终于看见了下方的人群,一如他们所料,这里终年寒冷,人口也不是很多,但数量一直稳定,但是现在,几乎城市里所有的人都不畏严寒站在太阳之下,一动不动,被太阳所笼罩。即便是隔了一层银色的膜,阳光依旧可以照在他们身上。

几个人互相看了看,觉得也没有必要再留在这里了,于是江天佐又打通了一个虫洞,这一次,他们来到了 EIPU1 的秘鲁的上空。这是陈羽原本所在的宇宙。

他们虽然隔着近百米的距离,难以区分下面的人具体在做些什么,但他们能感觉到,所有的人都如往常一样,没有什么人因为头顶上的这层膜而感到惊讶或是驻足观望。这里的街道,以及街道上来来往往的行人,或是来回行走,或是互相交谈,没有显示出丝毫与往日不同的地方。他们下面的所有人都已经被控制,成了"狼蛛"或是"红火蚁",如果一定要说这里与以往有何不同,那就是从近百米的高空中俯瞰下去,仍旧觉得人们秩序井然,并且人与人的行走依旧按照蚂蚁分泌信息素的方式,有条不紊。

"控制……所有人都受到了控制,这仍是我们老早就已经知道的事实,即便加上了头顶上的这层银色的膜,我们也能猜到,下面的人不会有什么变化。"艾琳娜说道,"不过下方的声音似乎能传出来,你们能听见吗?"

李耀杰点点头,说道:"是,刚才我还听见有人敲钟,看来这层膜并没有把一切都屏蔽掉,我有个想法,不过实行起来可能会很困难。"

"什么?说来听听。"

"如果我们能找到胡克先生,可以让他到达某个没有人的高点,这样的话我们就会离得比较近一些,也可以互相交换一下进展。"李耀杰说道。

江天佐笑了起来,说道:"其实刚才没有进入 EIPU7 的秘鲁的时候,我已经用手机给胡克先生发送了一条信息,我想这样小的信号,敌人应该不会察觉,但是信息根本发送不出去，电话也打不到他那里，所以我们要怎么联系上胡克先生？我们甚至不知道他在哪儿，当然，他也不会知道我们在哪儿。希望他们还活着，佛祖保佑他们！"

陈羽说道："现在我们知道了，地球被这层银色的膜给包裹住了，我们有两种方案：第一，找到胡克先生，交换情况；第二，最好能采集一些银色的物质，带回去给陈教授做研究。"

"除了这两种呢？"李耀杰问道。

"你觉得还有第三种吗？"陈羽反问道。

就在他们说话的时候，在他们下方的十米处，这层流动的银色的膜开始发生异变，起初还不明显，渐渐地，出现了此起彼伏的光，朝着他们所在的方向照射了过去。这种光难以形容，色泽难辨，几个人看了后，却都难以再转移视线，仿佛这一道又一道此起彼伏的光将他们牢牢锁住了。

当他们将视线定在下方那层银色的膜上时，膜的表面出现了一些非常古怪的现象，他们看见仿佛是一面镜子一样的东西，但里面显现的并非是映照的物体，而是他们几个人在一个完全陌生的环境里。

"你们看见了？"李耀杰眼睛一直盯着下方，他问道。

艾琳娜点点头，说道："我看见了，我看见我们在一个地方行走，这个地方我从没有见过。"

"我也没见过。"陈羽说道。

江天佐说道："这层膜很古怪。"

虽然江天佐这么说了，但是没有人将视线离开，他们依旧看着下方。在镜面中，他们看见他们四个人一直在行走，也不知道究竟要做什么，更不知道显示这样的影像究竟有什么意义。过了大约十分钟，膜中影像依旧如此，他们在一个陌生环境中一直在行走着，速度一样，方向笔直不变，仿佛就要一直这样走下去。又过了十分钟，依旧如初。

几个人就这么一直盯着下方，看着自己在镜面中一直行走，不知道自己要走到什么时候，他们觉得这一切太古怪了，这个镜面所反应的东西让他们完全无法理解。

"我们就这么一直盯着吗？这到底有什么意义？"艾琳娜说道，但是她依旧在盯着下方的镜像。

"我觉得我们该走了。"江天佐说完，依旧站在那里一动不动。

李耀杰只是吸了吸鼻子，没有说话，也仍旧目不转睛。

陈羽皱起眉头，和他们一样看着下方。

镜面中，他们四个人仍旧在走，不停地走。镜中呈现的背景，他们完全陌生，但是走了一段时间，他们发现这个背景好像有一些变化，但总体上依旧是那样的一个背景，他们继续看着下面。下方的膜表面，光还在随着波浪的起伏一道道射出，又一道道熄灭，在他们身边来回环绕纠缠。这样一种毫无意义的行走，仿佛要一直持续下去，并且牢牢地吸引住了他们的注意力。

一个小时过去了，他们仍旧在盯着下方，一切如此诡异，又寂静无声。整个"上帝的办公室"也被一种无形的力量困住了，他们感知不到，却又无处不在。他们对着镜子中一直行走的自己看得着了迷，他们也不去思考为什么，而是就这样一直看着，仿佛自己也在一直行走一般。

可在这个时候，陈羽意识到了一些细微的不同，因为曾经的他已经死了，现在的自己是一个被重新打印出来的人，就好像复制品一样，他能和过去的自己是一样的吗？如果不是的话，他的诞生就和周围的人都有所不同。如果他们一直盯着下方，被这样一种彻底的无意义给吸引了，难道自己也要一样吗？可是即便想到这里，他依旧无法抬起头来，他仍只能低着头，就好像认输了一样。

当他想到这些的时候，镜面中的自己也发生了一些变化，他的步态变得有些古怪，虽然仍旧在行走。他看着镜面中的自己，当他们四个人走在一个陌生的环境中时，周围的景象一直都在发生最为细微的变化，可是这么多细微的变化累积到一起，仿佛又没有发生任何变化，这就是永劫回归的微观形态？这就像是一个线性映射，任意一点的微分都是其自身。可是他又一次想起自己是一个复制人，他一定与原本的人类有着某种不同的性质，如果纯粹的人类能轻易被这个镜面中毫无意义的画面给控制住，那么就如同重言式[1]，无论对其部分如何指派，其值都为真。可他又不是与人类完全不同，若完全不同，他便是矛盾式[2]，一切颠倒，其值皆为假。他两者皆不是，因此他才有了意义、有了指谓。

想到这里，他产生了一个非常恐怖的概念，难道整个人类的存在，从人类这个物种的诞生到至今，都是毫无意义的吗？重言式确无意义，难道整个人类都是毫无意义的？但存在的意义又是什么？他不愿意如萨特理解的那样颓废，他更愿意选择海德格尔的框架、尼采的核心，那便是强力意志！如果说人类是存在的，那么强力意志便是存在的意义，那么他就要问自己，或许绝大多数的人都没有，那么自己又有吗？一个人类的复制品，一个非重言式亦非矛盾式的存在，如果这样就有了意义，那么内在的核心就可以认为是一种强力意志。但是他觉得又不是，他想起了托尔斯泰的哲学，一切自由性都将归于必然性。如果将自由性归为矛盾式，则必然性当属重言式，一切的意义在于两者之间，可其中自由性或称之为矛盾式又必然归于重言式或必然性，这便引起了另一个欲求不满的结论：为了获取意义，人类不断进入自由性、矛盾式的领域。而一旦进入其中，便需破解其奥秘，可一旦被破解，矛盾式、自由性必然归于必然性、重言式，获取之意义也将不复存在。人类在不断获取新的意义，又不断将已经获得的意义最终变成毫无意义，那么，人类的出路究竟在哪儿？只有一个令人稍稍欣慰的答案，世界是无穷的，人类获得的意义也将是无穷的，人类也将无穷次地获得新的意义，其原动力在于人的意志。

万物中，只有人类会主动行走，即便是迁徙的鸟，它们所走的路线也是根据自然气候的法则，亘古不变。只有人类开始行走，并征服了各种自然气候，最炎热的撒哈拉沙漠、最冰冷的极地、最高的珠峰，甚至是起伏不定的水面，人类爆发出了超越动物的强力意志，成了人。如今，他们几个人中，仍旧对过

---

[1]重言式：数学和逻辑哲学中的概念，简单来说，所给予命题公式的值永远为真，就是重言式。
[2]矛盾式：与重言式相反。

去的这种强力意志感到迷恋，这就是行走。可是千年后，人类却毫无变化。如果说一切刺激新的强力意志诞生的是大自然所形成的外力，但是大部分的物种却无法接受，从而停滞不前，甚至灭绝。强力意志并非一成不变，而是不断更新换代。行走是一种强力意志，但已然是过去时了。对于少数人来说，新的强力意识的核心，就是凌驾！外力已经产生了，只有非重言式的人才能体会。

可是即便想到了这里，陈羽依旧被一股强力所遏制，他仍旧抬不起头来，仍旧是一副俯首称臣的样子。

他开始去推理，这层银色的膜为何会出现这样的幻象。在里面的人看不见，而在外面的人看见的是过去人类存在意义的本质。反过来说，身在其中，便不知其意，不辨其貌。但在外面的人，依旧被这层膜给控制，也就是说，这层银色的膜的最重要的目的，不是为了阻隔，而是为了控制，控制内与外。内部的人被包裹其中，他们变得越来越好，越来越有秩序，越来越理性，他们也在进化，可是陈羽总觉得这其中有不对劲儿的地方。

如果按照敌人的说法，人类就像是矩阵，他们要做的就是让这个矩阵尽可能精准和谐，那么这究竟是什么？这些外星人登陆也并没有对人类展开屠杀，只是将他们封闭起来。用一个非常庸俗的比喻，这层银色的膜就像是蛹，而人类就是即将从毛毛虫化作蝴蝶的物种。人类在这群外星人的外力之下，将迎来全面的进步，这股外力来自天外，并且强大，难以抵挡，可是他们却在全力对付这群外星人。那么最为重要的问题来了，他们和外星人，各自的意义究竟是什么？一瞬间，陈羽突然明白了，他忽地觉得脖颈僵硬，他活动了一下，才发现自己的视线离开了下方的这层膜。接着，他使出全力，将江天佐和李耀杰，包括艾琳娜在内，纷纷打倒在地，他们每个人的脸都被陈羽的拳头打肿了，这就是强力！

CHAPTER
27
水墨画

当他们被陈羽的拳头重重地击倒在地后，他们的状态就好像刚睡醒一样，眼神迷离，头昏脑涨。陈羽瞪着眼睛，就像是一头狮子一样看着他们，几个人这才回过神儿来。

"怎么了？是你在打我们？"江天佐问道。

"是的，否则还不知道你们要盯着这层银色的膜看多久。"陈羽说道，"我看了一下，我们刚才盯着下面这层银色的膜看了差不多一个半小时。"

"什么？"李耀杰感到很吃惊，"怎么可能？"

"你们感觉一下脖子酸不酸？"

艾琳娜一只手捂着脸，一只手摸了摸后脖颈，扶着边上的栏杆，站了起来，说道："你是怎么摆脱的？"

"关于这点，有时间我再慢慢和你们解释，我们得想清楚下一步该做什么。"陈羽说道，"我们不能就这么一直在这层膜的外面飞来飞去，毫无作为。"

"你想怎么做？"

"我们要想办法获取这种银色的物质，只需要一点点，保存好后带回去，给科学家团队做分析。"陈羽说道。

"可是这种东西我们根本不知道该怎么去采集，刚才都看见了，有一只鸟稍微碰了一下，一瞬间就被吸进去，成了这层银色物质的一部分。"江天佐说道。

陈羽微微一笑，说道："其实这并不困难，这层银色的膜包裹了整个地球，'上帝的办公室'有一个功能——定点截取。我们并不需要用一个实物来采集装载这些银色的物质，只需要把其中一部分截取下来，就可以带回去了。当然，我们不要截取太多，只截取一点儿，这样就不会造成太大的影响，那些外星人也不会注意到包裹地球这么大的面积的膜缺了这么一小块。这就像是在一张纸上剪下一个小点儿一样。"陈羽说道，"原理自然是赫尔墨斯振动原理，利用定点振动，使组成物质的粒子分离，进行定点切割。"

江天佐一听就明白了，说道："我居然都没想到，你这个方法的确不错。李耀杰、艾琳娜，你们做好准备，我们要截取一小块带回去，你们操作的时候一定要非常谨慎，千万不能大意。"

艾琳娜点点头，说道："好。这个程序需要一定的能量，我们的能源储备应该还够，我们截取后，将这一块物质保存起来，然后带回去。"

之后，由艾琳娜和李耀杰操作，这时一件不可思议的事情发生了，在他们的上空出现了一个仿佛是拼贴起来的小方块，里面充满了银色的膜，长、宽、高均约十厘米。在他们的下方，原本密不透风的银膜却出现了一个非常小的缺口，这个缺口与飘浮在上空的那个方块仿佛能拼贴在一起。

"很好。"江天佐说道，"这么一点儿，不多不少正合适。照这样的情形，我们可以再次前往 EIPU7，多截取一块，然后我们就可以趁机钻进去。"

"事不宜迟，我们得抓紧时间。"陈羽说道。

江天佐将这一团银色的物质放入了一个真空储藏箱，这个箱子体积大约一立方米，看起来不大，但任何储存在内的东西都不会触碰到箱子的内壁。这个箱子的内壁能释放出斥力，让放进去的物体只能在箱子内来回飘荡，而无法触碰到内壁。用这样一种箱子来储藏这团银色物质，再合适不过。

接下来，他们一转眼又回到了 EIPU7。可当他们来到这里的时候，在他们下方的膜忽然破开一个大洞，一团巨大的膜升到他们面前，几乎要将他们整个包裹起来。

"快逃！"陈羽说道。

江天佐立即操控"上帝的办公室"以极快的速度朝着外太空逃去。在他们身后是一团巨大的银膜，此刻就如同一阵惊涛骇浪一样，朝着他们汹涌而来。

"二维人就在我们这里！"陈羽说道，"快进入二维！"

接着，江天佐把"上帝的办公室"转化成二维形态，一瞬间，他们和之前都有了不同的感觉，之前他们进入四维，并没有被无限展开的原因是"上帝的办公室"找到了一个三维的点，因为维度与维度之间并非完全隔绝。可这次进入二维，他们并没有找到任何折叠形成三维夹角的点，因此，他们一瞬间只剩下了面，整个"上帝的办公室"也只剩下了面，并且是在一块面积无限大的平面上被平铺开来，他们的面积也都瞬间变得巨大。

同时，他们无法看见平面外的东西，他们第一次有这种感觉，包括江天佐在内。他们的视界范围只在一个平面内，他们看着自己，看着外界，一切都没有了立体的感觉，完全平面，无限铺展。他们眼中看到的物体，只有一条条纵向笔直的线，没有横向的面。如果物体离自己近了，他们看到的就是物体的线条越来越清晰；如果物体离自己远了，他们看到的则是物体的线条越来越模糊。他们的视角没有了左右，想要回头却是刹那的事，因为只有一百八十度的回头方式。

"我们得快点儿习惯，趁着那些银色的膜还没有化作二维体来追杀我们，我们得率先找到那个潜伏在我们周围的二维人，他或许会很小很小。"陈羽说道，"他应该还在我们内部，没有逃出去。"

然而他们的面积太大了，要找一个渺小的二维人，无异于大海捞针。尤其在二维界，就好像是在类似《乾隆南巡图》这样巨大的画作中，找到面积只有约一毫米左右、无意中洒上去的墨点。

"找到二维人，销毁他！"江天佐说道。

在无限铺展的"上帝的办公室"中，他们开始四处搜寻。"上帝的办公室"的操作台也变成了平面，在他们眼中成了一道道竖线，毫无宽度。这让江天佐暂时无法适应，他到现在都还没有习惯只有一百八十度的转角。另外，他还要弄清楚周围这些线条的组合方式，以此来还原它们应该有的模样，据此判断它们到底是"上帝的办公室"中的哪一部分。

陈羽这会儿也如同一张只有侧面的剪纸画，他的头在来回张望，只有前后或是上下，而没有中间。他看见前方的艾琳娜，因为他能从离他最近的一条黑线判断出这是艾琳娜的衣服。

"艾琳娜，是你吗？"陈羽问道。

"是我。"艾琳娜回过头，看见陈羽在自己面前形成的不规则的线条越来越清楚。

"你有什么发现？"陈羽问道。

"没有。"

在这张二维的"水墨画"中，所有的线条都在不断扭曲变化，但他们几个人都在逐步适应这个二维世界，他们都开始发现自身的一些变化，而这些变化在三维空间是绝不可能发生的。在这里，他们可以彼此重叠在一起，他们互相之间的触碰只是平面轮廓的触碰，可当碰撞后，不同的颜色也会交叠在一起，之后两个平面就重叠了。

"那些……真是见鬼，那些银色的膜也转化成了二维形态，就在我们身后。"江天佐指着身后说道。

他们一瞬间就一百八十度回过头，看着后方，在一个平面上，他们看见一条银色的线正朝着他们逼近，线的轮廓也越来越清晰，几乎占据了他们全部的视野。

"用赫尔墨斯振动波定点截取，把这块银色的东西击碎。"李耀杰说道，"可是我找不到操作台在哪儿。"

"在你上方，你往上走。"江天佐说道。

李耀杰抬起头，这一次不是一百八十度，而是缓缓抬起，在同一个侧面，他看见上方有几条黑线，看起来像是操作键盘。他一步跨上去，在画面中来看，似是凌空虚步而上。当他的一只手触碰到前上方的黑线，他就使劲儿按下，可是他却发现自己的手指与这个黑色的键重叠了。

"真是见鬼了，没办法按下去！"李耀杰说道。

几个人一时之间都没有办法，他们现在在一个绝对平面内活动，根本不知道如何操控二维体。

"如果我们与周围的物体会重叠，那么那些银色的物质即便碰到我们，或许也只是和我们重叠，并不会将我们直接吞噬进去。"江天佐说道。

"千万不要这么想，那些外星人不会不知道这些的，他们让这些银色的物质进入二维界来猎杀我们，他们就一定有方法。"陈羽说道，"我们必须得找到这个方法才行。"

"可是我们中谁都是第一次进入二维世界。"江天佐说道。

"二维和三维毕竟不一样，"艾琳娜说道，"如果二维物体只会彼此重叠而无法相互触碰，那么我们是如何还站在'上帝的办公室'里的？"

几个人一听，顿时感觉好像领悟到了什么。艾琳娜又接着说道："二维界的法则和三维的不同，在二维世界里是没有重力的，但是三维有重力，苹果从树上落下是因为重力，但苹果的影子在地上只是进行了一次横向移动而已，与重力毫无关系，因此三维世界的法则折射到二维世界就会发生重大变化。如果我们需要触碰一个二维物体，那么就需要想一想，三维世界中的触碰折射到二维将会是怎样的。"

李耀杰极其聪明，他原本对空间就比一般人敏感，艾琳娜虽然只是做了推论，并没有得出答案，但他听了艾琳娜的这番话，一瞬间就懂了。他抬起头，再一次看见前上方的那条黑色的线，他又低下头，看着脚下，一条黑线落在另一条白线之上，而他并没有落下去与白线交叉重叠。这是因为在进入二维界之前，他就站在这里，因此即便转化成二维界，他的脚与地面的关系只是从三维转化成二维，但彼此是相互触碰的。他仔细看了看斜上方的那条黑线，他明白了，原来是虚、实的不统一，才导致了彼此只能重叠。在三维世界中，两个物体相撞一定是在同一个位置，其两个影子在墙面也能相撞，但是当两个物体一前一后交错，在墙上所形成的影子也会一个小一个大，一个边缘清晰，一个边缘模糊，在交错的那一刹那，仿佛两个影子撞在了一起，可是立马就重叠起来，随即交错而过。

他看着前上方这条黑线的外围轮廓，他试图将自己的手朝着里侧移动，其实都只是在一个平面上，不存在里、外的区分，但是当他朝着里侧移动的时候，他的手呈现出来的线条也开始变得清晰，逐渐和前方的黑线一样。这时，当他把手指向前伸的时候，他终于感觉到碰到了那个键上——他能操纵了，但还要花费不少的时间。

"李耀杰，你的确是个天才！"艾琳娜夸赞道，"我并没有想出方法，但你还是找到了方法，你对空间的认知比我们都要强很多。"

李耀杰笑了起来，说道："你也不差，要是没有你的推理，我一时还反应不过来。"

陈羽说道："看来那团银色的物质真的知道如何能消灭我们。"

"我们来帮你操作。"江天佐对李耀杰说道。

江天佐和陈羽两个人一上一下，分别找到了自己需要操作的按钮，他们不时向内，又不时向外，虽然无法脱离这个绝对平面分毫，但这是对准方位的唯一方法。他们观察到自己手的轮廓与前方操作键盘上的轮廓的清晰度一样的时候，他们就能操控了。最后一个按钮，艾琳娜通过一道灰色的有些弯曲的线条找到了它，之所以弯曲，是因为这条线在她眼中所呈现的清晰度并不统一。她将手不断向外移动，直到手的边缘越来越模糊，最终，她将方位对准了身后，她能看见一条线的顶端伸到了那团银色物质的前方，接着，她按下了按钮。

赫尔墨斯振动波在二维界中显得更为古怪，虽然依旧是无形的，但仿佛是一条条的波浪线在向外扩散。他们转过头看着身后那团银色的物质，瞬间被切割成了好几条银色的长线，却更像蠕虫一般在虚空中来回扭动，而且依旧紧跟在他们身后。

他们已经越来越习惯于这种操作了，眼前的一条条线，他们能任意触碰，或是任意交错。二维虽是绝对平面，但物体的向内或向外移动，虽不能超出绝对平面，但能使轮廓清晰或是模糊，这是二维的物理定律，他们弄懂了。

那些银色的物质即便被切割成一条条流动的细线，在他们身后上下翻飞，却依旧紧追不放，平面铺展的"上帝的办公室"开始上下躲闪。

"朝内！"陈羽说道。

忽地，"上帝的办公室"的边缘轮廓变得愈发清晰，清晰到了无以复加的地步，身后一条银色的细线已经与之交叠，但那条细线相比之下轮廓显得模糊，因此并没有碰到。之后，他们身后那无数条银色的流线开始向内贴近，它们的线条也变得越来越清晰，几乎都与"上帝的办公室"有所重叠。这时会看到，在绝对平面中，一个巨大的物体不时呈银灰色，不时又呈黑色，在它的外面仍旧是一条条模糊的银色线体上下翻飞，却不能左右摆动。

"加速！"陈羽又说道，"它们的速度很快。"

江天佐看见了加速的按钮，对准按了下去，速度便又提高了许多，瞬间将千丝万缕的银色流线甩在了身后。但紧接着，那些银色流线也加快了速度。

"可以朝外了！"江天佐说着，又找到了控制方向的按键，让"上帝的办公室"开始向外移动，"上帝的办公室"在平面内的轮廓也开始变得模糊，边缘的线条变得毛糙粗大。他们身后那些银色的流线即便是追上了，虽好像是在里面，但其实还没有触碰到"上帝的办公室"，看起来就像是在"上帝的办公室"后面画出来的一样，而后又被后面的流线所覆盖。

"那是什么？"李耀杰一眼就看见了艾琳娜的身上有个异物，在她身上微动着。这个东西极其渺小，如果说艾琳娜的面积是一幅画，那么这个东西就好像是落在这幅画上的一只飞虫。虽然是一条小小的细线，但与艾琳娜呈现出的颜色有所不同。

从平面外来看，就是在艾琳娜的小腿上，有一个灰色的东西印在了上面，这个东西的形状呈现出分形几何的样式，是一个由三角形连续组合起来的物体，整体上又偏向于一个不规则的菱形。从他们的二维视觉来看，这就是一条细细的不断扭动变化的灰线，但在他们的视觉之内，无论这个东西怎么扭动，都只是在纵向之内，毫无厚度的二维之中上下摆动。

"是二维人！在你腿上！"陈羽说着，试图朝上扑过去。

艾琳娜低下头，看着自己的腿所形成的线条，她果然看见一条古怪的灰线印在了自己的腿上，她本能地想要甩开它，两条腿就移动了一下。可是这一下，却让她与"上帝的办公室"交错开了。当"上帝的办公室"正在以极速朝前进发的时候，她突然就飘浮在了虚空中。陈羽见了，立即回头大喊了一声："快接住我们！"说着，他朝内一步，整个人也脱离了"上帝的办公室"，一瞬间就被甩在了虚空里。在二维平面内毫无重力可言，也没有惯性，因此他们的身体并没有不稳，也没有下坠，而是定在了空中，双脚也不知踏在何处，他们也没有脚踏实地的感觉，只是觉得一股无形的力量将他们固定在了那里。

江天佐回过头，李耀杰立马对准他们，启动了定点振动，因为有几条银色的流线正以极快的速度朝着他们移动过去。

陈羽看准线条的虚、实，伸出手，却无法握住艾琳娜的手，只是碰到了她的指尖。接着，他低下身，准备去捉她腿上的那个二维人。

"你准备好了？"江天佐问道。

李耀杰嘴微张，神情专注，但是在二维界中他张着嘴，就仿佛是他的脸部出现了一个裂口一般，他说道："好了！"

陈羽看见了那个二维人，他伸手想要去抓，但他忘了在这里他只能去碰，并不能抓握。可那个二维人却显得很害怕，一瞬间就脱离了艾琳娜的腿，与之交错，朝着前方极速移动过去。

在他们的四周有千万条银色流线袭来，从各个角度在平面上移动过来。那个二维人的线条越来越清晰，他在朝着里面移动，而一条银色流线则正朝着外面移动，二者相撞，一瞬间，那个二维人在二维平面中就被那团银色流线吸了进去，消失无影。

"快朝外！"

陈羽与艾琳娜一同向外侧移动，那些银色流线已经与他们交叠在一起，也在朝着外侧移动，二者的轮廓都变得愈发模糊粗糙。在平面中，就好像画中的人带着身后千万道银光，试图跃出纸面。

CHAPTER
28
永劫回归

因观察浴缸中水位的变化而发现了浮力定律，阿基米德激动不已，他甚至来不及穿衣服，就一路跑到了王宫，急于把他的发现公布于世。从人类的历史上看，像阿基米德这样的人虽然不多，但终究还是有人能理解阿基米德的心境，卓越的天赋，崇高的人格，既是天才也是英雄，他是一个完美人类的典范。

陈教授也获得了这样的一种情绪，不过幸运的是他并不是在浴缸中，因此他穿着衣服，还算得体地跑到了所有人面前，大声说道："我找到了！"

"你找到什么了？"

"构造论，我找到了能彻底瓦解外星人的方法，这种方法可以瓦解一切！"陈教授说道，"这就是最根本的法则，构造论！一切的基础，一切的根基，唯一的法则！"

实验室内所有人都看着陈教授手舞足蹈的样子，虽然他有些语无伦次，但每个人都仿佛看到了希望，因为陈教授所带来的一种氛围，就好像是地平线上的第一道光一样。

拉尔夫·克莱第一个走到陈教授面前，他说道："我们也刚刚得出了一些新的理论，你说说看，看和我们的结论有什么不同。"

"全速向外！"江天佐说道。

在绝对平面中，"上帝的办公室"以雷电般的速度向外移动，它的轮廓瞬间变得模糊不清，并在眨眼之间就将落在外围的陈羽和艾琳娜接住，又装回了"上帝的办公室"内。

"别乱动！"李耀杰大叫了一声，接着，他按住一个键。刹那，平面消失了，他们又回到了三维中。这时他们才发现，那些银色的物质已经距离他们很远，此刻他们待在外太空中。他们并没有急着逃离，而是原地不动，看着那一堆银色的物质再一次聚合，朝着他们袭来。

"截取！"李耀杰说了一声，连看都没看，那团银色的物质瞬间被分离成无数细小的颗粒。然而在这一刻，他们最关心的不是外面那一团试图消灭他们的银色物质，而是他们终于脱离了那个绝对二维的平面世界。现在，他们看见周围的物体，包括自己在内全都变成了立体状，他们竟然感到不适应。眼前的立体物体在他们看来仍像是一条条线，他们甚至不习惯抓握，而是瞄准了方向去触碰。

在二维界过了多长时间，他们根本不知道，仿佛时间在二维界也有它的变化，或者说在二维界可能并没有时间，总之他们感知不到。江天佐这时第一个回过神儿来，他打通了虫洞，一瞬间逃离了这个宇宙。

海底基地中，一群科学家开始欢呼雀跃，他们高兴并不仅仅是因为获得了能打退外星人的武器，而是这段时间以来他们的飞速进步，他们可以代表整个人类的最高文明水平。对于科学的探索，他们在短时间内迈出了好几大步，这是之前从未有过的。当集中了人类精英的智慧时，一切都会变得可能。

江天佐、陈羽、艾琳娜和李耀杰四个人回来了，他们都已经精疲力竭。经过在二维里的一路奔逃，他们的身体多少有些不适，但好在没有什么太大的毛病。江天佐将"上帝的办公室"内截取的一小部分银色的物质交给了科学家团队，并将他们这一路的所闻所见大致说了一遍。

"拉普达的那几个人呢？"陈羽问道。

"还没回来。"陈教授说道，"可能他们遇到了一些麻烦，但我们现在也不知道他们在哪儿。"

"你说你们找到了能彻底让物质消失的方法？"艾琳娜问道，"说说看。"

"我先给你们看一个实验。"陈教授说道。

几个人虽然身体疲乏，但见陈教授兴致勃勃，还是跟着去了一间大实验室。这间实验室当中有一个大型的机械手臂，一共有八根手指，形成一个包围圈。陈教授说道："你们随便从身上拿个你们不需要的东西给我。"

几个人都互相看了看，李耀杰率先从口袋里拿出一枚硬币，递给了陈教授。陈教授接过硬币，笑道："你确定这一块钱没什么用吗？"

李耀杰翻了个白眼。

陈教授说道："现在就请你们观看这个世界上最神奇的魔术表演。"他说着，走到了中央的一个台子上面，将硬币放了上去。接着，他按了一下台子下方的一个按钮，这枚硬币便被一股无形的力推到了半空中，缓慢地来回翻滚着，但并没有移出它所在的方位。接着，陈教授打开了机械手臂，说道："看清楚。"

机械手臂完全张开，陈教授只按了一个键，就看见这枚硬币在半空中旋转的速度越来越快，快到肉眼几乎捕捉不到它的速度，转眼间，它消失了。

"怎么回事？"李耀杰问道。

"你们是不是都认为宇宙中的能量守恒定律，或是质量守恒定律是不变的？现在我可以郑重地告诉你们，不是！这个定律被打破了，这并不是让物质从一个宇宙转移到另一个宇宙，而是让它彻底消失。在这之前，我们就一直在研究赫尔墨斯振动原理，当我们两边的科学家团队将所研究的成果合并起来后，我们又花了一段时间，最终探测到了组成万物最基本的构造场，并分析了其属性。这是比量子力学更为微观的东西，也是万物存在的基础，我们称之为'第一作用力'。我们不能改变这股力，但是能阻隔。这种力形成构造场，从而构造万物，使万物存在。这股力本身就来自万物，我们自身也有，到处都是。这股力连接最基本的物质，并使之形成各种形态，空气、水、光、土地、岩石、植物、动物。你们能理解吗？我们这么说吧，一个自然形成的物体，比如一块呈椭圆形的石头，它之所以会成为一块石头，是因为粒子当中产生了这股第一作用力，构造出了石头的形态。因为万物都对这颗石头产生第一作用力，假设我们撤销其中一小部分的作用力，那么这块石头的形态就会发生改变，甚至性质上也会发生变化，如果我们阻隔所有的作用力，那么这块石头就消失了。因为当我们看见一个物体，本身应该具备一种类似于最精微的视角，就是能看见万物都是一堆飘浮不定的粒子组成的，而粒子的产生和组成方式，都受到这股第一作用力的影响，而这些粒子本身又会产生这股力去影响其他的粒子，粒子与粒子互相发出作用力，相互影响，最终形成了一些基本的形态，然后组合成了一些宏观的东西，我们肉眼能看见的东西。也就是说，万物的第一要素是存在，存在的本源就是第一作用力，之后就是存在的方式，这就取决于第一作用力交互作用所形成的构造场，它决定了万物的属性，然后才是我们熟知的经典物理学，决定万物的形态。"陈教授简明地介绍道，"简单来说，构造论的三大定律：第一，第一作用力使万物存在；第二，第一作用力连接万物；第三，第一作用力透过万物自身的属性决定其他万物的属性。反之，消失原理是这样的：一个物体与其他万物之间的第一作用力被隔绝，那么这个物体将消失，这里面有一个质量大小的问题，被隔绝者，必然是质量较小的物体。"

几个人虽然此前都读过《构造论》，但变成科学理论，他们仍感到惊奇，陈羽问道："也就是说，是万物彼此决定了万物的形态，也决定了万物的存在？"

陈教授点点头，说道："是这样。"

"你们怎么算出来的？"

"之前我们的研究其实已经逼近了，之后当我和我的科学家团队来到这里，和这里的科学家们一起讨论的时候，终于把金字塔的塔尖给搭建了出来。我们算出了数学模型，然后就开始在原来的设备上不断改进，最终创造出这个能让一个物体彻底消失的机械手臂。"陈教授说道，"这个手臂原本是用来发送振动波，使组成物体的粒子坍塌，但这一次不是坍塌，而是让物体彻底消失。当然，对于外星人设置的跨宇宙网络，我们同样可以瓦解，使其彻底消失。"

几个人听着陈教授讲述着研究成果，感觉就像天方夜谭一般，但却是真真实实存在的。陈羽说道："陈教授，我们带来了一小部分外星人的东西，是一种银色的物质，这种物质可以吞噬其他物体。"

陈教授说道："就是你们刚才说的那些包裹住整个地球的银色的膜？"

"对，你能研究出来它是什么吗？"

陈教授笑了起来，说道："不需要研究，我可以让它直接消失，因为我们掌握了万物的本源，对付那些外星人也就容易多了。听说你们还解决了那个二维人，这很重要！"

"陈教授，有件重要的事情我必须要和你说！"李耀杰瞪着陈教授，严肃地说道。

陈教授一怔，几个人都回头好奇地看着李耀杰，只见他渐渐露出戏谑的笑容，说道："你把我的一块钱弄没了，我要你赔！"

几个人现在信心百倍，因为这一批科学家终于发挥了人类有史以来最大的潜能，他们是这个世界上最卓越的天才，前无古人。因为这个发明，使他们已经够到了上帝的高度。

江天佐打开储藏箱，将那一团物质放在实验室中，陈教授操控机械手臂，原本想逃离的那团银色的物质就被一股无形的力量困在了中央。接着，机械手臂伸出八根手指，那团银色的物质开始旋转，且速度越来越快，所有人都看着眼前的一幕，原本穷凶极恶、能吞噬一切的这团银色物质，此刻变得孱弱无力，可怜巴巴。当它进行最后的挣扎时，旋转依旧没有停止，在这一刻，它消失了，彻底不存在了。

现在，他们这极少数的人类，可以用接近上帝的力量来对付那些外星人，但是毕竟他们人数很少，必须还要考虑发动战争时可能会发生的各种意外。并且，拉普达飞船到现在还没有返航，胡克先生他们还被困在 EIPU7，必须得想办法把他们都救出来。

陈羽躺在床上，开始思索构造论的哲学理论变成了科学现实这件事。他开始思考这个世界，他突然发现原来此前很多思想上的难题并不是解决了，而是消失了，因为构造论将二者的界限完全取消。我们可以控制万物，反过来万物也在控制我们，我们决定了万物的存在与存在的形态，万物也同时决定了我们的。同时也没有了主动和被动的区别，因为这股作用力并非由一头传递到另一头，它像是桥梁，谁能说桥的方向究竟是前还是后？它连接了，也就取消了主动与被动的差别。同时，他也突然想到了，康德的二律背反也可以用构造论的方式来一一取消，虽然一时之间还无法全部取消，但似乎已经找到了破解的方法，例如宇宙万物的构造是否有自由意志参与塑造。现在可以说，构造场也构造了人的自由意志，自由意志同时参与塑造宇宙万物，自由意志成了自然法则的一部分。从自身来看，它可自由；从自然来看，它已被构造，但又被人自身操控着，而人的自身亦由外界构造，而外界之构造，也由人自身所产生的第一作用力参与其中，因此到了这一步，便模糊了边界，从而破解了这一对二律背反。因为在这群科学家的研究中发现了这股第一作用力形成的构造场，因为没有了先后，没有了主次，也就没有了时间，就好像一座桥，两个人同时从两头朝着对面出发，谁能说出先后？这就是构造场，也因此模糊了边界，从而取消了矛盾，否定了问题本身。

第二天，所有人都养足了精神，他们必须要考虑下面的事了。在会议室里，几个人讨论起如何对付外星人的方案。

"老问题，我们即便掌握了这个技术，现在的问题是，整个人类都被他们包围，他们的目的很明确。如果说整个地球上的人类是一个系统的话，这些外星人的目的就是通过一种外力优化这个系统。"陈羽说道，"如果是这样，就像我们上次开会所说的，一个正在全面优化的系统，一旦被中断，那么人类世界很可能会发生前所未有的混乱，我不需要在这里举一大堆历史学家的理论和实例，你们都知道的。”

"可是人类如何面对自由意志的缺失？人类应该是自由的。"艾琳娜仍旧坚持自己原先的观点，即便她有过动摇。

陈羽想起了昨天晚上的思考，说道："我们现在是讨论问题，我下面说的话，希望你们不要感性来看，而是要用理性来分析。我认为人类是否有自由意志这个二律背反，已经被构造论给模糊了界限，最终取消了悖论，否定了问题本身。"

艾琳娜听懂了陈羽所说的意思，但她还是不愿意接受。陈教授说道："我们要解决两个问题：第一，即便是这个二律背反被模糊了，但是我们要确定，人类应该与原有的自然环境相互作用，还是与这个突然从遥远外星而来的外星人相互作用；第二，如果我们要解救人类，如何解决后续问题，也就是极有可能爆发的各个平行宇宙中的人类的第三次世界大战。"

"第一个问题，我认为人类不应该与这些外星人发生直接的作用力，即便他们在遥远的猎户座上的某颗行星上，依旧与我们发生着基础作用力，或是叫作第一作用力，但《构造论》里说到了层级构造的问题，基础的作用力可以，但不能越级，他们来到地球，对人类产生的作用力已经远远超过第一作用力这个层面了。"艾琳娜说道。

"没错，艾琳娜这一点说得很对。"李耀杰说道，"说到底，我无法认同让外星人来优化人类这个事实，但这样的话就必须要把第二个问题解决。"

"说实话，这个问题无解，如果我们坚持要让人类获得自由，那么就必须要承认一点，人类自身的缺陷，或者说大部分人的缺陷，可能会导致很大的混乱，甚至有可能会比外星人带来的影响更大，所以现在其实是一个选择，要让人类在和平中大幅度进步，就必须舍弃自由，承认外星人的干预。或者让人类获得自由，赶走外星人，那么就必须面对未来极有可能发生的混乱。"江天佐说道，"我们现在的科技，可以暂时保证我们不会被外星人控制，我们可以凌驾于大部分人之上，但我们仍旧是人类，我们与大部分的人仍然存在着巨大的联系，我们接下来就是要面对这样的问题。"

陈教授说道："我们现在成了潜行者。"

所有人都沉默了。的确，现在他们之中已经包括了潜行者组织的成员，拉尔夫·克莱、穆斯法塔·阿克约尔、永野良、罗成、迭戈·德弗瑞、扎伊采夫，以及江天佐，也称作史密斯·里夫斯，还包括曾经是潜行者，但后来背叛了潜行者组织的陈羽和莉迪亚。如果他们将外星人打退，是否会再一次成为潜行者？这似乎又回到了他们在另一条时空线中所发生的历史。

潜行者代表的是一种绝对的等级，这种等级从基因开始，将人类划分为天才与庸人。因集中了天才，才形成了人类世界中不可思议的文明高峰，可代价是抹灭了人道主义，使大部分的人生活在地狱中。外星人代表的是一种绝对的理性，他们以最强大的理性控制人类，使人类开始发散自身的潜能，并使整个人类社会进入一个全面的黄金时代，但却使人失去了自由，并以一个世界的人类作为"虫草菌"的附属品为代价。而时空安全局代表的是一种利用潜行者的遗产来对付外星人的中间力量，即便是科技文明到达了一个高峰，但对于自古以来就没有太大变化的人性，他们并没有什么好办法。

29

明月夜

时空安全局的人现在渐渐感觉到他们自己已经成了最大的笑话，他们虽然掌握了足以对付敌人的科技，但是直到现在，他们也无法下定决心与那些外星人决一胜负。所有人都在犹豫，那些"虚"的人道主义在"实"的混乱面前，总是显得不堪一击，但是他们之中，例如艾琳娜、陈教授等人，依旧还坚持着人道主义。

某日，陈羽在海底基地见到了赵璐和陈苗苗，然而这个陈羽和之前的陈羽又不一样，他也不是赵璐的丈夫，不是陈苗苗的父亲，但是他曾经在她们家里住过一段时间，那时是为了躲避周围狼蛛和红火蚁的监视。

当陈羽来到她们居住的房间时，时空安全局要面对的局势就被他完全抛开了。

"我曾经在你们家里住了一段时间。"陈羽说道。

赵璐笑了笑，十分无奈地摇了摇头，说道："我不知道这个世界上还有多少个你，或许也有很多个我，这些都乱了。"

陈苗苗看见了陈羽，她开心地喊道："爸爸！"

陈羽听了，心里很难过，因为他真正的妻子和女儿此刻还不知道在哪儿，生死不明。他不像EIPU7的陈羽,那个陈羽的妻子和女儿都已经死了,他虽然难过,但是心也放下了,而自己到现在还在惦记着妻女,但是他的妻子和女儿此刻都被那层银色的膜给阻隔了。他看着眼前的赵璐和陈苗苗,呆愣了半天。

赵璐见了,脸上带着微笑,说道:"你怎么了?"

陈羽叹了口气,说道:"没什么,只是想到了一些事。"

"我知道你在想什么,科学家打通了各个平行宇宙之间的通道,我也不知道这是好还是不好,原本我的丈夫已经死了,可现在你和那个陈羽轮番出现,真的,全都乱了。到现在,我反而最羡慕我女儿,她根本不去分辨,无论见到哪个陈羽,她都会毫不犹豫地叫爸爸,也许只有她这么简单纯粹,才能活得快乐。"

"你们在这里住得习惯吗?我想你们好久没有到岸上看看天空了,走吧,我带你们去。"陈羽说道。

赵璐和陈苗苗两人相互看了一眼,都有些激动,她们站起身来,走到了陈羽身边。

"爸爸,我们快走吧!"陈苗苗迫不及待地说道。

陈羽摸了摸陈苗苗的头,带着她们离开了房间,穿过走廊,一路来到了岸上。虽然只是一座小岛,四周被大洋包围,但他们仍旧觉得在走到地上来的一瞬间,仿佛和天地万物发生了感应,就连陈羽都有这样的感觉,这也许就是构造论的心理层面。这座岛因为曾沉入海中,几近荒芜,但就是这样一片岩石形成的岛屿,在天与海之间形成了一个点,他们就在这个点上。天仿佛也降低了,海就在他们脚边,远处的云层几乎要贴在海面上浮动,而鲸鱼喷出的水柱,就好像要将云雾冲开。"野旷天低树,江清月近人。"一切的逻辑在这两句诗面前都显得苍白。陈羽和赵璐、陈苗苗就在这座孤岛上,天海之间,感受着万物的气息,没有控制,没有虫草菌,只有最原始的大自然。

江天佐拯救了三个宇宙中的南桐城里的人,同时,当那个江天佐把在EIPU7中的时空安全局的人都杀掉后,又将他们按照储存的量子数据一一重新复制出来，并分派到各个分部。与此同时，这些人的分身也脱离了控制，有的在其他宇宙中并不是时空安全局探员，有的仍旧是，那些在其他宇宙中仍旧是时空安全局探员的人，陆续被他发现，以二维化的方式将他们带到了这里。剩下的人被安置在安全的地方，并且筛选出其中较为优秀的青壮年，让他们进行基础工作，甚至训练他们操控一些机器。但是到现在，他们还在犹豫是否该对外星人发动全面反攻，因为人类胜利之后的问题甚至很可能是最大的问题。他们之前虽然说要解决外星人，之后的事情不归他们管，那时是因为他们的科技还无法对付这些外星人，可是当他们掌握了能击退外星人的科技时，他们自然而人就会想得比之前要复杂。

可是他们不能一直拖下去，因为那些外星人极有可能会再次派出二维人，将他们所掌握的最高科技理论带回去，那样的话，即便想对付那些外星人，都已经来不及了。因此，他们必须在很短的时间内做出决定，江天佐给出了一个时间的期限——三天。

第一天，他们一筹莫展，直到第二天晚上，拉普达飞船终于返航，回到了这座孤岛上。

陈羽在海底知道这个消息后便独自一人来到了地面，他看见另一个陈羽从拉普达飞船上走了下来，他感觉到有一股斥力在他们之间，但是他能看见他，或者说他能看见另一个自己。他的尝试证明了他此前的一些想法，他的确是一个被复制出来的新人，因此与原本的陈羽已经有了区别。虽然与另一个陈羽仍旧产生了斥力，他也知道无法再接近了，但是他能看见另一个自己，而另一个陈羽见到了自己，也显得格外吃惊，所有人都呆住了。

"你好！"陈羽看着另一个陈羽，在很远的地方打了个招呼。

另一个陈羽也冲他点了点头，说道："你好，我们这一次是真正见面了。"

"我先回去，否则你也进不来。"陈羽笑着，离开了地面，又回到了地下。他跑进了实验室，找到陈教授，说道："教授，我见到他了！"

陈教授正在调试那个能使物体彻底消失的仪器，他听陈羽说了这么一句没头没尾的话，茫然地抬起头，看着陈羽问道："你说什么？"

"我看见另一个我了，拉普达飞船返航了。"

陈教授听了，瞬间站起身来，有些激动地说道："你见到另一个陈羽了？"

陈羽点点头，说道："要知道，我和王腾都是被复制的，也就是说，王腾虽然受到了控制，但是他不会像其他人那样被彻底控制，我们或许有办法解决他。还有，我记得当时我们对外星人投放中子弹成功，王腾一开始很惊讶，但被我和江天佐控制住后，他的脸上是一种很古怪的笑容，他好像认同我们的做法，并对我们截杀那群外星人感到高兴。"

"是的，是的！当时我也看见了，你说得对！王腾也是被打印出来的人，他当时虽然挟持了江天佐，但还保留着一个正常人的思想。"陈教授说道，"不过，陈羽，你先不要急，等一会儿先听听他们这一次出去有什么发现，然后再想办法解救王腾。"

"好。"

陈羽话音刚落，莉迪亚他们就来到了海底基地。稍作休息后，X1 的江天佐便召开了会议，而 X2 的江天佐和 EIPU1 的陈羽则用视频来开这个会。

"你们这段时间去哪儿了？"视频中的江天佐首先问道。

"我们发现了一些很重要的东西，不过在我们说之前，还是先说说你们这里。"江天佐说道。

艾琳娜将他们的一番发现，以及整个科学家团队的研究成果简单地说了一番。但当艾琳娜说完了后，莉迪亚他们似乎并不感到激动或是惊讶，这让在场的陈教授有些尴尬。

莉迪亚一直沉默着，没有说话，看起来心事重重的样子。普拉萨德看了一眼莉迪亚，说道："有一部小说，名字叫《小径分岔的花园》，谁没有读过，我可以先做个解释。"

在场的每个人都读过。

普拉萨德深吸了一口气，说道："那好，我们这一次出去，其实也是为了解决我们将要面对的问题，所以我们去找了一个人。"

"什么人？"

普拉萨德答道："我把我们这一次的旅行与发现和你们好好说一下。"

那日，当他们乘坐拉普达飞船离开了这座小岛后，并没有急着离开 X1。他们在上空徘徊，正如莉迪亚的心情。

"看你的样子，就知道你还在犹豫。"普拉萨德说道。

莉迪亚没有说话，而是呆呆地望着窗外。

"有什么事吗？"肖恩对很多事情还不太清楚。

"你和陈羽还不知道，不过你们早晚都会知道的。"

江天佐回过头，看着他们，问道："决定了没有？"

莉迪亚深吸一口气，说道："走吧。"

江天佐打通了一个虫洞，这一次，他们将去一个他们此前从未涉足的宇宙。当他们抵达那里的时候，那里并没有被银色的膜给阻隔，他们大约就能确定，这里尚未被外星人入侵。

"接下来我们该做什么？"江天佐问道。

莉迪亚说道："去中国的南桐城。"

拉普达飞船以一种并不是很快的速度朝着中国的方向进发。莉迪亚心事重重，有一些事情，只有她、江天佐以及普拉萨德知道。随着飞船越来越接近中国的南桐城，莉迪亚的内心也开始愈发惴惴不安。

普拉萨德走到莉迪亚身边，轻声说道："没什么大不了的。"

"我知道。"

"这个方法或许能彻底改变世界，改变人类。"普拉萨德说道，"而且这也是你提出来的，你如果不提，我是不会提的。"

莉迪亚笑了笑，说道："谢谢你。"

当他们来到南桐城的上空时，江天佐把拉普达飞船停在了火月山的上空。

江天佐说道："谁留在这里？是我，还是陈羽，或是肖恩？"

"你留下吧。"莉迪亚说道。

江天佐有些吃惊，普拉萨德也很好奇地看着莉迪亚，他本以为莉迪亚会希望肖恩留在这里。莉迪亚并没有犹豫，而是对江天佐说道："就你留在这里，等我们回来，好吗？"

江天佐看到莉迪亚的眼神中透着一股坚定，说道："那好，你们注意安全，这里到处都是'蜘蛛'和'蚂蚁'。"

接着，他们乘坐一艘小飞船从拉普达飞出，降落到了火月山的一片山谷中。他们设置了飞船自动返航的程序，当他们下了飞船后，飞船就自动启动了这个程序，并按原路返航，回到了拉普达上，这是为了防止有"蚂蚁"或是"蜘蛛"顺着他们遗留的信息素找到飞船。

此刻是中午，太阳挂在天中央，他们行走在山道里，一阵又一阵的山风吹来，他们只听见树叶的窸窣声与枝杈间的鸟鸣声。他们的头顶是茂密的树冠交织在一起，阳光斑斑点点地洒下来。不远处是一道潺潺的溪水，自石崖一侧流下，一条不到一米宽、约二十厘米深的小河，就在草丛中蜿蜿蜒蜒地流淌出去，不知到底流向何方。

他们顺着山道一路朝着山外走去，这一路上，他们都没怎么说话。陈羽和肖恩两个人走在后面，他们虽然彼此间没有说话，但是也能断定有一个秘密即将揭开。他们已经走出了山谷，但他们决定等到夜里再出来，这样路上的行人会少很多，他们也不容易被发现。

在一片树荫之下，他们就这么坐着，等着夜幕来临。周围都是些大自然的声音，远离城市的喧闹，他们感到了前所未有的宁静。

"莉迪亚，你究竟有什么秘密？"陈羽问道。

"今天夜里，你们就什么都知道了。"

陈羽和肖恩听了，便没有再多问一句。

终于，天色暗淡下来，夜幕很快就要降临，他们看了看时间，现在是晚上七点，他们最起码得到晚上十一点后，城市里的人才会渐渐入睡。因为在 EIPU7，那里的人整个白天都站在太阳底下，到了晚上，即便有时间活动，但也已经疲惫不堪，几乎没人熬夜。因此那里的人早睡，其他宇宙里的人自然也就能暂时摆脱网络的控制。

终于，到了晚上十一点半，他们离开了火月山，来到夜幕之下一片宁静的城市里。大街上一眼望去没有人，更没有车辆，街边的店铺也都关了门，那些夜店之类的地方几乎都已经寻不见了。

"我带你们去找一个人，希望他还在。"莉迪亚说道。

几个人跟随莉迪亚穿过马路，进入了对面的枫湖公园，又一路横穿枫湖公园，来到了另一座山中。陈羽对这里非常熟悉，因为他以前经常会一个人散步到这里，这座山中还有一座寺庙，平时去的人不多，较为冷清，从他有记忆的时候，这座寺庙就已经存在了。

如今，莉迪亚带着他们正朝着那座寺庙所在的方向前行，他们一路登山，最终来到了山中的那座寺庙前。陈羽看了一眼莉迪亚，莉迪亚此刻正看着寺门，百感交集。犹豫了几秒钟，她走上前敲了敲门。周围只有虫鸣声，没有任何其他的声音，过了一会儿，随着一阵"嘎吱"的声响，寺门被打开了，从里面走出来一个青年和尚。他看到他们几个人后并未感到奇怪，只是淡淡地问道："请问几位施主要找谁？"

莉迪亚上前一步，用中文回应道："我们找一如大师。"

青年和尚说道："方丈已经睡下了，几位有什么要紧事吗？"

"的确是要紧事，一如大师认识我，请你转达一下。"

"那你们在这里等一下，我去请方丈。"说完，青年和尚转身正要往回走，但见一个面容安详、年事颇高的老和尚走了出来。他步态稳健，穿着僧袍，看来他已经料到将会有人来找自己。

"方丈，这几位施主找您。"

老和尚点点头，说道："你去睡吧，我来接待他们。"

青年和尚就离开了，老和尚走出寺门，看见了莉迪亚，说道："我知道你早晚会来，各位，请进吧。"

几个人跟随一如大师走了进去，一如大师带着他们穿过大雄宝殿，一路来到了后院的一个小花园中。月色之下，园中一片银光反射，一侧有一棵大树，树下有一张石桌，周围有几张石凳，几个人围拢而坐。一如大师亲自给他们倒了茶。

"今晚恐怕无人能睡了，不如喝点儿茶，提提神也好。"一如大师说道。

几个人都礼貌地喝了一小口。

"女施主，"一如大师看着莉迪亚说道，"我们很久没见了，这次来，需要我做什么？"

莉迪亚说道："大师，上一次你是怎么做到的？"

一如大师听了，长长地叹了一口气，说道："是超维度空间。"

莉迪亚和普拉萨德听了都很惊异，陈羽和肖恩还没弄懂这究竟是什么意思。

陈羽问道："之前究竟发生过什么事？"

一如大师说道："好，我全都告诉你们。在潜行者时期，潜行者为了获得资源，曾利用'上帝的办公室'一次又一次地截断时间线，分裂出无数个平行宇宙，但在EIPU10，那里率先被一群外星人占领，因为那里的人类在史前就已经灭绝了。潜行者在获得资源的同时，也知道了EIPU10被外星人占领，于是就和那里的外星人周旋，潜行者所掌握的科技，虽然无法赶走这些外星人，但已经能让那些外星人不敢轻举妄动。之后，你带着陈羽一同逃离了潜行者组织。"

一如大师停了下来，看了一眼莉迪亚，陈羽转过头也看着莉迪亚。莉迪亚说道："接下来发生了一件事，就在我决定带你离开组织之前，有两个宇宙发生了战争，因为有一个宇宙，他们也发展出了与潜行者类似的组织，他们对抗潜行者，并且两边打得非常激烈。为了阻止人类之间的战争，一如大师就将两个宇宙合并了起来。"

陈羽和肖恩都没有说话，这个信息让他们感到从未有过的震惊，眼前的这

234

个老和尚竟然能将两个宇宙合并，他们不知道这究竟是怎样的一种技术，需要怎样的一种力量。

莉迪亚和普拉萨德两人互相看了一眼，她继续说道："就是这样，这两个宇宙合并，形成了EIPU2。在那之后，我才把你送到了EIPU1。因为两个宇宙被合并，因此我的眼睛才会呈现出不同的颜色，这不是基因的原因，而是因为我也是被合并的人。"

陈羽瞠目结舌地看着莉迪亚，看着她的眼睛，她的眼睛呈现出两种不同的颜色，他原本以为只是基因的原因，原来她是由两个人合并而成。这样的事实，让他的脑子一阵阵发蒙。

肖恩皱眉凝视着莉迪亚，问道："还有，这两个宇宙原本是什么？"

"这两个宇宙其中一个就是EIPU2，因为我们并不想说这件事，所以就沿用了原来的名字，就是这个宇宙发动了反对潜行者的战争。而另一个宇宙，原本是潜行者组织一个非常重要的盘踞之地，被合并了后，就出现了一种非常古怪的情况。因为两个宇宙合并，那么相对应的人与物也都会合并，这两个宇宙中原本甚至是敌对的人也都这样合二为一。你们能想象吗？"莉迪亚说道，"我之所以会背叛潜行者，也是因为原本的EIPU2中的我是反对潜行者的一名特工，合并了后，我就开始犹豫是否继续参与潜行者的行动，最终选择带着你逃离了潜行者组织。"

肖恩半信半疑地看了一眼莉迪亚，又看了一眼一如大师，问道："好吧，说说合并的方法，这是怎么做到的？"

"世界运行的逻辑在世界之外。"一如大师说道。

"原来大师也读过维特根斯坦。"陈羽说道，"那请大师具体说明，如果将两个宇宙合并，该如何克服斥力？"

一如大师淡淡一笑，说道："我说了，斥力只是一种表象，产生的逻辑根源来自世界之外，如果你能抵达世界之外，自然就能任意改变这些逻辑。宇宙之间相同的两个人彼此会产生斥力，这个逻辑是我加上去的，之前并没有。我加上去的目的，只是在于尽可能区隔一下各个宇宙间的往来，但没想到潜行者却利用这股斥力，在各个宇宙制造了一连串相互交错的无头命案。"

陈羽和肖恩在这一瞬间仿佛看见了上帝，而这个上帝就坐在他们的面前，还是个看起来很普通的老和尚。这些话在他们看来已经完全超越了科学逻辑，也超越了他们所能理解的哲学逻辑，他们一时难以接受。一如大师和莉迪亚说的话，只让他们感到匪夷所思。

普拉萨德说道："起初我听见这件事的时候也很吃惊，后来我不得不慢慢接受了。"

"可是，如何去世界之外？"莉迪亚问道，"大师，你一直都没有告诉我。"

"其实，还有一些事情，既然你们都问了，我今天就全都告诉你们。不过在说之前，我想先问问你们，你们认为宇宙是什么？它的存在有什么意义？"

几个人都面面相觑，一时不知该如何回答。

一如大师说道："因为我曾经去过世界之外，所以我知道了一些别人永远也无法知道的事情。宇宙本身是一套运算法则，是一个系统，人类社会是这个系统的一个非常重要的程序。潜行者也好，还是这批外星人也好，是世界之外的逻辑创造出来的，目的是为了优化人类社会这个程序。"

莉迪亚也惊住了，她问道："这怎么可能？我们是被创造出来的程序？"

"没错，一个虚拟出来的程序，整个宇宙都是。"一如大师说道，"人类本身从来就没有自由意志，人类无论做什么，都是被设定好的。只不过世界之外的逻辑，或者说操控那个逻辑的物体认为人类社会这道程序已经出了很多问题，才会创造出潜行者组织来优化人类社会这道程序，目的就是把这道程序中的多余部分全部归在一起，然后删除。但是潜行者并没有成功，因为出现了时空安全局。于是逻辑又创造了外星人，让他们来帮助优化人类社会，但还是被时空安全局所阻止，时空安全局可以说是这道程序最顽固的部分。不过时空安全局最终也会归于失败，因为优化程序会越来越强大。"

"等一下，你怎么知道这么多？"陈羽问道。

一如大师浅浅一笑，说道："其他宇宙中也有我，他们知道，我自然就知道，这就是佛心一如。包括潜行者的事，虽然时间线被重置，但我的记忆依然保存着，时间线的重置影响不到我，因为我曾经去过世界之外，知道这一切的前因后果，所以你们不需要惊讶。"

"你是怎么做到的？你怎么去了世界之外，又是如何改变了这么多事？还有，你又是怎么回来的？"莉迪亚问道。

"当我与这个世界阻隔了一切联系，我自然也就跳脱到了世界之外，成了自在之物。康德认为，我们一切的知识都与感知、经验和现象有关，人类的认知不可能超越这个范围，抵达自在之物，这是因为我们被千丝万缕的作用力给困住的缘故。我年轻的时候就在研究宇宙万物之间的一种最根本的相互作用力，后来，我和我的同伴终于一起研究出来，并制造了能隔绝一切作用力的机器。虽然理论已经齐全，但我们从没有做过实验，直到潜行者组织诞生，分裂了宇宙，两个宇宙又发生了战争，我的同伴为了保住我们的科学成果，在一次战争中被炸弹炸死。于是我决定去尝试我们之前的理论，结果我成功了，我将两个宇宙合并，最终化解了一场战争。之后，我开始理解世间万物，以及世界之外的事情，后来我就在这里出家，开始潜心修行。"一如大师说道。

"等一下，有个问题，你说宇宙原本只有一个，是潜行者利用'上帝的办公室'分裂出无数个平行宇宙。可潜行者是当代才出现的，为什么会有 EIPU10 这样，人类在史前就已经灭绝的地球？为什么有些宇宙中的地球出现了雷姆利亚大陆，甚至还出现了其他的种族？"陈羽问道。

一如大师喝了一口茶，并没有急着回答陈羽，此刻月华倾洒，山中寺庙披上了一层银纱。陈羽看着一如大师，等待着他的回答。

"潜行者本身只是一种外力，而核心则是因为'二心'。"一如大师说道。

"'二心'？"

"没错，'二心'。这'二心'不仅指人，也指万物。从量子论来说，一颗粒子可以在甲地，也可以在乙地。粒子组成万物，粒子本难测准，万物亦是如此，人心更是如此。所谓一念之间，正是如此。宇宙分裂，虽是从潜行者开始，但其中变化，从自古以来万物生出的'二心'就已经开始了。"一如大师说道，"一旦分裂，从古至今，皆会有彼此不同之处，微小处尚不需区分，某些不同，经年累月则会产生大的变化，到了 EIPU10，就变成了整个人类在史前就已经灭绝。"

"你是如何合并两个宇宙的？又是如何回到了世界中？"肖恩再一次问道。

"我只是知道，并未回来过。"一如大师说着，淡然一笑。

陈羽听了，恍然大悟，说道："我懂了，大师说的是另一个宇宙中的自己，只不过大师能做到佛心一如，因此这里的大师能知道另一个宇宙中的自己曾经做过什么，但是那个大师完全脱离世界后，就再也没有回来过，只是眼前的这位大师能知道而已。"

一如大师听了，会心一笑，说道："正是如此。"

莉迪亚听了后，也仿佛如梦初醒，她说道："大师，那如果另一个宇宙中的你已经找到了合并宇宙的方法，为什么不将所有的宇宙都合并起来？为什么只是合并了两个宇宙？是不是说合并了两个宇宙，就已经是非常困难的事，如果要合并所有的平行宇宙，几乎不可能？"

"技术层面上，我无法说得太多。"一如大师说道，"但是我知道另一个我的心里是怎么想的，因为潜行者和外星人是试图要彻底改变人类世界的两道程序，如果将所有的宇宙合并，消除了潜行者和外星人这两道程序，或许人类将永远不会再有希望。"

"这是什么意思？"

"你们时空安全局的目的是阻止潜行者，以及阻止外星人，但是你们会阻止人类社会的进步吗？"一如大师问道。

几个人都怔住了。

一如大师继续说道："潜行者以及外星人的出现，其实让你们看得很清楚，他们试图用各自的方式来优化人类社会。但是在你们看来都是错的，你们无法接受他们，但你们同时也看清楚了人类社会存在的问题。人类社会是整个系统中的一道程序，如果我们将人类社会数字化，自然就很容易承认人类自身的问题。关于这一点，我想不用再和你们细说了，我只想说一点，人类社会的自我优化，才是必然的选择，如果一开始就合并所有宇宙，并消除了潜行者和外星人这两道优化程序，那么人类社会原本的系统就会长时间持续下去，难以进步。换句话说，一个人的进步，首先来自外力的刺激，然后才是摆脱外力，自身向上走。整个人类社会也是如此，潜行者和外星人是人类社会进步的两股外力，他们是必不可少的。"

莉迪亚说道："我懂你的意思，潜行者与外星人代表的是两个极端：一种是绝对的等级制度，从而导致舍弃绝大多数人，让他们自生自灭；另一种是全面的控制，以此让全人类都失去了自由。"

一如大师点点头，说道："没错，就是这样，我们不能舍弃大部分人，我们也不能丧失我们的自由。当这两道程序轮番对人类社会发动改造，并且最终被你们时空安全局给击败，那么人类该如何选择一条真正的进步之路？"

"大师，如何合并两个宇宙，那些科研成果你知道吗？"

"时间线被重置后，那台机器和手稿自然就没有了。不过被合并的宇宙并没有随之分开，因为合并两个宇宙的逻辑在世界之外，不受时间线重置的影响。"一如大师说道，"还有，就是那样的一种思维仍然存在，因此某些宇宙中的我在后来写了一本书，名字叫《构造论》。"

几个人恍然大悟，他们在这一刻将一切的前因后果都弄清楚了。之后，他们离开了寺庙。这一次，他们没有碰到任何敌人，没有遇到任何阻碍，但是他们的思想都好像经历了一场前所未有的乾坤颠覆。在回去的路上，他们仍旧在想着一如大师所说的话。

CHAPTER
30
归 一

太平洋，表面上波澜不兴，但是海底的某处却暗藏涌动。时空安全局的人，包括 X1 江天佐的人，当他们听到莉迪亚将这样一个事实告诉他们的时候，他们也不知道该从什么地方开始思考了。

陈羽在床上怎么也睡不着，便独自一人来到了地面。此刻是午夜，月亮挂在他的斜上方，周围被一层层黑云包围，它不时钻入云中，但仍透着银光，不时又钻出来，银光闪烁。他周围的海浪声此起彼伏，非常规律，海风使他的心渐渐冷静下来，思绪也愈发清晰。

"你怎么来了？"一个声音在不远处传来。

陈羽转过头，看着另一边，这个声音他觉得有些熟悉，但又有些怪。他寻声而去，却发现一股无形的力挡住了他。

"你是……另一个陈羽？"

"是的。"黑暗中那个人影说道。

"你也睡不着吗？你比我更早知道这件事，你应该已经接受了。"

"这与早晚无关。"

"陈教授读了《构造论》，所以他才能最终发明出能隔绝第一作用力的机器，看来那个老和尚的科学天赋比陈教授还要高。"

"也许吧。你觉得我们人类社会只是这个系统的一道程序，一道被设定好的程序？"

"看起来是这样的，所以我们从来没有改变过未来，我们什么都没有改变，一切都已经被设计好了，你不觉得这很讽刺吗？我们整天喜欢强调自由意志，可是现在连这些都只是我们的幻觉，一厢情愿而已。"

"但一如大师至少改变过，他脱离了世界，合并了两个宇宙。"

"也只有那一次。"

"但也证明这并非不可能。"

"如果人类是设定好的程序，那我们还需要发展吗？发展对我们自身来说又有什么意义？只是一道程序而已，我们是被利用的。"

"我也不知道该怎么说，如果站在人类世界本身的立场来看，我们还是需要生存和发展的，可是站在更高的角度来看，就像你说的，我们都被利用了，我们的生存与发展也只是必然的程序而已，与我们自身的自由意志无关，或者说我们并没有自由意志。"

两个人隔着一段距离，彼此在晦暗的月色中，继续着这段史无前例的对话。

"如果我们一层层地脱离，我们是不是能成为'物自体'？"

"或许可以，但那个时候，我们就再也回不来了。"

"如果是你，你会怕吗？"

"我会。"

一阵沉默，海风和波涛仍在非常规律地运行，月亮进入了云中，一块笼罩着黑雾的亮光还在里面努力寻找着出口。

"我现在理解，为什么一如大师、莉迪亚他们不愿意把这件事说出来了。"

"说说你的理解。"

"因为这件事一旦说出来，我们就无法再自欺欺人了。"

另一个陈羽听了，不由得笑了起来。

"是的，不能再自欺欺人了。人类每一次奋发前行，都是因为我们没有看清真相，也就是说，我们的每一次进步都是因为一个谎言，一个很简单却颠覆了一切的谎言。"

"哲学从来都被很多人认为是不切实际的虚妄之说，毫无价值。的确，从某个意义上来说，哲学并不是什么好东西，因为它揭穿了我们最虔诚信仰的东西。"

"可是如果没有哲学，人类也无法进步，因为当我们破除一个虚假的事物时，就必然会找到更高级的东西，即便这个东西在未来的某一天仍旧会被哲学定义为虚假，但无论如何，我们已经站得比过去要高了。"

"科学也是如此，科学是最终的证明。"

"如果我们现在知道的这个事实被公布于世，你觉得会发生什么样的事情？"

"难以想象，有可能会发生动乱，但以我的直觉，我认为大部分的人听到这样一个事实后，不会有什么反应，而是会嘲笑公开这个事实的人。"

另一个陈羽笑了起来，说道："你的想法和我一样，看来我们也不需要说那些虚伪的屁话了，我们都对大部分的人类没有太大的信心。"

"但是人类之所以进步，就是因为人类会在潜意识中接受那些被他们在表面上否定的想法，长此以往，他们的思想也会发生渐变。"

"可是他们无论怎么变，都在一个范围内，现在我们知道的现实，超出了这个范围。"

"想想赵璐和苗苗，她们是我们的妻子和女儿，但又不是，这个后果其实是潜行者造成的，而我们曾经也是潜行者之一。苗苗不需要想那么多，见到我也好，见到你也好，她都会叫爸爸，但是赵璐呢？"

"她的丈夫死了，但是当江天佐要把他们带过来的时候，她仍然坚持要留在那里，等着你或是我来救她。"

"是的，是的。"

"当潜行者截断很多条时间线，创造出无数个平行宇宙时，那时宇宙之间相同的人是没有斥力的，可是当某个一如大师加了这条法则后，在那一刻起，这条法则就成了大自然的法则，科学家去研究这股斥力，我们认为这股斥力是自然而然的，是符合科学逻辑的。"

"没错，它是符合。"

"不过一如大师的话，对我们来说可以算作来自天外的启示，我们接下来要做什么？"

"我也不知道，如果整个宇宙只是一个系统，人类社会不过是其中的一道程序，换个说法，我们本身也是虚构的，不存在的。"

"或许也是存在的，否则一如大师又如何能脱离世界，改变世界的法则？"

"那我们该如何存在？"

"按照我的想法，自由意志仍旧是个好东西。"

"你和我想的一样，我也这么认为。"

"那就好，那就好。"

这时，海风吹得比刚才要猛一些。

接下来的几天，他们仍旧没有采取任何行动。终于，敌人行动了，当他们探测到有虫洞打开时，所有的人都戒备起来。

"战争还是开始了，我们得阻止他们！"陈教授说道，"江天佐，你之前准备好的武装力量，现在要让他们发挥了。"

X1 的江天佐下了一道命令，他们在四大洋之上本身就布置好了武装力量，现在终于可以发动了。

高空中，一个虚空虫洞就像一个旋涡一样飞速旋转着，从里面飞出一艘又一艘外星战舰，它们呈银色流线型，在空中可以任意变化，或者干脆就化作一团团银色的膜，像一个无形无状的怪物在空中张牙舞爪而来。

大洋上，一座座岛屿从水下升起，接着，一道道死光发射，对着那些在上空飘来荡去的银色物质。有些银色物质落到城市中，但凡与之触碰的物体，纷纷被吸入其中，成为它的一部分。接着，有些银色物质顺着死光发射的角度，飘飞到大洋上，朝着某一座从水下升起的小岛俯冲过去；有一些在半空中被死光击中，化作一团烟雾；还有一些绕过了一道道死光，将大洋之上的某一座小岛吞噬。

陈羽这时来找赵璐和陈苗苗，两个人也知道地球上发生了战争，但她们无能为力，只能坐在这里。当赵璐看见陈羽过来，她迫不及待地上前问道："外面怎么了？听说那些外星人已经发动了战争，是吗？"

"是的，不过你放心，我们这里绝对安全，那些外星人成不了气候。"陈羽说道。

赵璐虽然不懂这些，但听了陈羽的话，还是安心了很多。陈苗苗在一旁更是似懂非懂，但看着自己的父母都松了一口气，她也就不在乎了。

"我这会儿也没什么事做，就过来陪陪你们。"

赵璐莞尔一笑，说道："瞧你的样子，一副'谈笑间，樯橹灰飞烟灭'的潇洒气魄，不会是故意在我们面前演出来的吧？"

陈羽笑了笑，说道："如果连你都看不出来我是在你们面前演戏，我以后倒是可以改行去当演员了。"

"爸爸，另一个你呢？"

陈羽愣了一下，说道："不知道，你觉得两个爸爸哪个好？"

陈苗苗想了想，撇着嘴说道："都好，我感觉差不多。"

陈羽会心一笑，他觉得还是陈苗苗看得比谁都透。他摸了摸陈苗苗的头，一把将她抱起来，放在自己腿上，说道："你在这里住得习惯吗？"

"一开始不习惯，但后来就好多了，我经常会去看鱼，海里的鱼好多，而且各种各样。我记得之前妈妈和我说有一种鱼叫石斑鱼，还有一种鱼叫狮子鱼。但我记得最清楚的是有一次，我透过玻璃看见了鲸鱼的眼睛，我不知道是什么鲸鱼，但是我觉得它很友善。"

"你比我幸运，我在这里住了这么久，还没有这么近距离地看过鲸鱼，你真了不起！"

陈苗苗笑了起来，伸了伸舌头。

赵璐说道："我们什么时候能回家？"

陈羽沉思了片刻，说道："很快，很快，如果运气好的话，很可能今天我们就能回家了。"

赵璐有些将信将疑地望着陈羽，问道："你怎么能肯定？现在外面还在打呢，我们再怎么也不可能今天就回去吧？"

"那可不一定。"陈羽说着，露出神秘的微笑。

赵璐耸耸肩，说道："好吧，希望你的话能成为现实。"

死光一道道在空中交织，几乎要将天空打成蜂窝。而那些银色的物质就好像是海蛞蝓一样，在空中扭来扭去，到处扑腾。

在监控室内，江天佐他们一直都在盯着,他们目前还没有启动拉普达以及"上帝的办公室"。

"陈教授，那个发明能对付外星人吗？一只机械手臂，好像没办法阻隔那么多银色的东西。"李耀杰说道。

陈教授没有说话，李耀杰说得很对，虽然他们研究出了可以彻底击败外星人的武器，但是并没有大规模使用，从数量上就难以抵挡这么多外星人的轮番进攻。好在江天佐之前做好了防御，那些外星人也损失惨重，一块块银色的物质在空中被死光击中，溶解、消散。

海底，陈羽一家人还在房间里，仿佛海面上的战争与他们无关。不过这时他们看见有一条鲸鱼游到了他们斜上方的玻璃窗口，用一只眼睛看着房间内。陈苗苗见了，激动地说道："就是那条鲸鱼，我之前见过它一次！"说着，她还朝着那条鲸鱼挥手。

陈羽和赵璐转过头看着那条鲸鱼，那是一条灰鲸。

"糟糕了！"陈羽忽地惊叫一声。

赵璐和陈苗苗都被陈羽吓了一跳。陈羽话音刚落，就发现在那只灰鲸后出现了一艘流线型的潜艇，通体呈黑色，如黑曜石一般晶莹。接着，就看见这艘潜艇对着他们的海底基地发动了进攻。而那条灰鲸早已游走了。

"没想到，那些外星人竟然在鲸鱼身上种植了'虫草菌'，利用它们来找到我们在海底的基地！"陈羽转过头，对赵璐和陈苗苗说道，"待在这里，哪儿也别去！"

说着，他飞身冲出房间，走到一半，他就感觉到一股猛烈的震颤，想必是那艘潜艇对他们发射了炸弹。他大步跑到大厅里，江天佐他们也已经发现了海底已被敌人入侵，他们启动了全面的防御程序，并且出动了"上帝的办公室"，因为"上帝的办公室"可以任意在水下进行战斗。

李耀杰和肖恩两个人开始对陆地上进行更大规模的进攻，他们启动了气象武器，肖恩制造了一阵阵大风，李耀杰在海面上升起了一团团大雾，如此才将敌军给拖住了。在地面，因为大风大雾在战场的最激烈处骤然而起，外星人的战舰有很多在其中乱了阵脚，人类借此发动了更为猛烈的反击，一道道死光武器对着大雾射出。一阵阵大风又将大雾吹到别的地方，几艘外星人的战舰被风吹来的雾气迷住，又是几道死光袭来，将他们击溃。但外星人的进攻仍旧猛烈，四大洋已经被入侵，一座座海底基地被他们击毁，在海中坍塌，被海水冲刷殆尽。

在江天佐这里，"上帝的办公室"在来回围绕，对一切试图进犯的外星潜艇发动进攻，操控"上帝的办公室"的人则是江天佐、普拉萨德以及艾琳娜。

陈羽这时独自一人跑到了那间非常特殊的实验室里，他启动了那只机械手臂，他站在高台上，感觉到自己的身体越来越轻，整个人都已经飘浮了起来。他闭上眼睛，觉得自己越来越轻松，因为外界对他的作用力正在降低。当无数作用力不断减少的时候，他确实有一种要脱离的感觉。

这时，基地外发生了剧烈的震动，一处玻璃被打碎，海水已经冲了进来，基地里的人都在逃生。陈羽此刻还悬浮在空中，他看见水已经漫了进来，顺着门缝儿流进了他所在的实验室。他在空中旋转的速度也越来越快，而地上的水也在不断涨高。

眼看着水面上升，就要淹没这台机器，如果这台机器被海水破坏，他们将死无葬身之地。就在这千钧一发之际，当万物对他的作用力完全被隔绝开来的时候，一瞬间，他消失了。

他进入了一个领域，这个领域在世界之外，超越了一切维度，不受世间法则的限制，存在的只有他的意志。只是这个领域一片漆黑，他的意志在其中，也如同进入一片黑暗的深渊。他开始在其中游走，可无论如何，都找不到一丝光明。当只有他的意志存在的时候，他渐渐意识到，原来这片无边无际的黑暗，就存在于他的意志当中。

一切都已经超越了普遍逻辑，一切都不能再用世界内的眼光来看，于是，他凭借着自己的意志，发出了一条指令："要有光！"于是，就有了光，可是在光里面，他看见的并不是宇宙星河，而是无数宇宙，就好像一滴滴水一样，紧密地联系在了一起。陈羽的意志在平行宇宙之外，看见了这些宇宙。他的意志换了维度，这些水滴就变成了铺展开来的一幅幅平面的画，他又换了维度，这些平面的画又一层层折叠开来，形成高纬度的图像，就好像是万花筒一样。他将维度又换成了普通的三维，这些宇宙又形成了类似水底的形状。

他要做的第一件事，就是把无数个平行宇宙合并成一个。当他要这么做的时候，这一滴滴水就开始相互交融，一个进入另一个，虽然体积没有发生变化，但内部显现出一阵阵的颤动。

接着，他开始清除威胁人类的外星人势力。他透过这滴水，进入了水滴中那个显得极其渺小的地球，看见外星人和人类正在那里进行全面战争。在那个地球上，因为所有的宇宙都被合并了，因此地球的表面被一层银色的膜包围了。

同时，人类之中出现了一部分"虫草菌"，一部分被控制的人。另外，在印度洋上出现了远古时代的雷姆利亚大陆，上面有一群透明的外星人和一座座流光波动的金字塔。整个世界都混乱了。

他就选择了这个时间点切入，以他的意志让这些外星人都消失，于是，这些外星人就消失了，雷姆利亚大陆也消失了，地表表面的那层银色的膜也消失了，"上帝的办公室"也消失了，它从没有存在过，所有被"虫草菌"感染的人也都恢复了常态。不仅如此，他改变了现在，从而也牵动了过去，使过去的历史也随之改变，整个人类历史进入了一个全新的轨道。在过去，那些外星人也从没有存在过，他们从没有入侵地球，人类甚至不知道在另一条时间线里曾有过那些外星人。他改变了某一点，从而牵动了整条线，人类的过去也被改变了，未来也被改变了，一切都变了。唯一的宇宙，人类也不再有无限的分身。

由此，他知道人类的确从来没有改变过什么，只有跳出一切维度之外，才能改变维度内所发生的事情，这种改变是可以通过改变现在从而使过去也发生相应的变化。在世界中的人难以理解，他们总是以为现在发生的一切，永远无法对过去产生任何变化，而只会影响到未来，但他们不知道，他们也从没有影响过未来，因为未来也是注定好的，只有跳出维度，才能改变一切。

但他永远都回不去了，因为那唯一的宇宙中，已经有了一个陈羽，是其他的陈羽合并而成，他自己却成了多余的，被排除在了世界之外。他的意志虽然在一个世界之外更加广阔的领域里，但是却无所依托，他终于完全体会到庄子所说的"逍遥游"是一种怎样的体验。最后，他需要做一件事，他用他的意志留给了世界最后一样东西。

在太平洋的一座小岛上，机缘巧合之下，王腾、李耀杰、艾琳娜、肖恩、普拉萨德、莉迪亚、江天佐、陈教授几个人，不知为何统统坐船来到了这座小岛上。他们自己都觉得不可思议，他们或是因为旅行，或是因为突然间想观察一下海洋生物，或者是别的原因，总之，他们在同一天同一时刻来到了这座岛上。

当他们彼此见面的时候，都觉得彼此很熟悉，但又有些陌生。

"是你们？你们怎么来的？"艾琳娜第一个问道。

"我也说不清，反正就是来了。"莉迪亚说道，"我们好像见过，又好像没见过，但我都认识你们，这感觉很奇怪。"

艾琳娜也表示认同，说道："不管怎么样，反正都算是认识了。"

江天佐说道："昨天我还做了个梦，梦见我们一起对付一群外星人。"

肖恩听了，惊奇地说道："怪了，我也做过类似的梦。"

普拉萨德说道："梦不代表是虚幻的，就好像印度教说的，我们都来自毗湿奴的梦境。"

"这应该怎么说？冥冥中自有主宰？"王腾笑道，"虽然我不大信这些鬼话，但今天的事情，我也不得不承认，好像是有这么点儿道理。"

"的确，今天的事太巧了，而且这座岛也不是什么有名的岛。对了！你们应该和我一样，都认识一个叫陈羽的人，他今天怎么没来？"

"是啊，如果他来了，那就更巧了。"王腾说道。

陈教授看了看四周，说道："前几天我还见过他，他和他的老婆、女儿这会儿应该出国度假去了，是他和我说的。这会儿我猜想他们一家可能在斯洛文尼亚。"

"那我们来这里做什么？要不我们就回去吧。"肖恩说道。

在这个海岛上，一般的手机应该是接收不到信号的，但一瞬间，他们的手机都来了信号，并同时收到了一条信息，信息的内容如下：

拥有自由意志是一件好事，但它必须依靠一种外力才能获得，这种外力必须来自世界之外，否则一切自由意志都只是虚妄之说。我现在给你们发送了这条信息，是因为我在世界之外，这股外力给了你们，你们才有可能具备真正的自由意志，人类不仅仅是一道被设定好的程序，人类应该是实在的，应该是自主的，人类应该获得一种方向，这种方向有别于极端的等级制度，亦不等同于将每个人的能力毫无节制地获取，以剥夺人类应该享有的闲暇时光，更不能如过去那样碌碌无为，甘于平庸。至于应该是哪一种方向，这个问题就留给你们几位。最后，如果你们对我的这番话理解得不够透彻，可以去书店买一本名叫《构造论》的书，好好读一读。

　　他们每个人都收到了这样的信息，但最为奇怪的是，莉迪亚的信息显示是李耀杰发送给她的，而李耀杰的这条信息显示为王腾发的，王腾的信息则是由艾琳娜发的，艾琳娜的信息显示由江天佐发的，江天佐收到的信息显示为陈教授发的，而陈教授的信息却是普拉萨德发的，普拉萨德的信息则是由肖恩发的，肖恩收到的信息显示发送者为莉迪亚。

　　几个人面面相觑，今天所发生的一切都叫他们感到不可思议。

　　当陈羽做完了最后一件事，他的意志不愿意留在世界之外，无所依托，但是他已经无法以一个人的形象重新回到世界中，可是最终，他还是选择进入这个宇宙。渐渐地，他感到自己的意志开始变得稀薄而分散，最终，他的意志与宇宙万物融为了一体，无形无相，无处不在。

　　最后只剩下一个问题，进入超维度领域，在世界之外改变这一切的陈羽，究竟是哪一个？